Heinz Strunk

Zauberberg 2

Roman

Rowohlt

Originalausgabe
Veröffentlicht im Rowohlt Verlag, Hamburg, Dezember 2024

Satz aus der Heldane bei Pinkuin Satz und Datentechnik, Berlin
Druck und Bindung GGP Media GmbH, Pößneck
ISBN 978-3-498-00711-9

MIX
Papier | Fördert
gute Waldnutzung
FSC® C014496

1

Überlandfahrt

Heidbrink fixiert die blassbläulich schimmernden Leuchtziffern des Digitalweckers, als hoffte er, sie durch schiere Willenskraft vorantreiben zu können. Ein taubes Prickeln hat seine Fingerspitzen befallen, sein Gesicht spannt, als hätte er Klebeband unter der Haut. Die klammen Rückstände von Schlaflosigkeit auf seiner Haut fühlen sich eklig an, aber unter keinen Umständen wird er jetzt unter die Dusche springen. Die Nacht soll vergehen, vergehen, vergehen.

Seit drei Uhr siebenundzwanzig ist sie für ihn zu Ende. Noch vier Stunden, bis der Wecker klingelt. Düstere Gedanken quellen aus den Kratern und Schlünden seines Gehirns hervor und kreisen um bevorstehende Widrigkeiten, erwartbare Hindernisse, mögliche Komplikationen. Die Bilder steigen innen an seinen Lidern hoch, er reibt sie weg. Sie kriechen hoch, er reibt sie weg, sie krabbeln hoch, er reibt sie weg. Er macht einen tiefen Atemzug. Und noch einen, und einen weiteren, versucht, mit dem Rhythmus seines Atems in langsamen Spiralen Richtung Schlaf zu gleiten. Gedanken werden zu Bildern, verblassen zu Schemen, beginnen sich traumhaft zu verwirren. Schlaf senkt sich in Wellen über ihn, jede mächtiger als die letzte. Endlich! Bis sich Juckreiz meldet. Immer, wenn er an der Schwelle steht, macht der vermaledeite Juckreiz alles kaputt. Erst der Hals, dann der Bauch, dann der Hinterkopf, dann die linke Wade. Er dreht sich auf den Bauch und drückt sein Gesicht in die Matratze. Todmüde/hellwach. Todmüde/hellwach.

GEBIETSKÖRPERSCHAFT, schießt es ihm durch den Kopf. Warum auch immer, das Wortungetüm übt seit Ewigkeiten eine unerklärliche Anziehungskraft auf ihn aus. Aber doch nicht jetzt! Wie unter Zwang murmelt er den Begriff leise vor sich hin: *Gebietskörperschaft, Gebietskörperschaft, Gebietskörperschaft.*

Das wird nichts mehr. Aufstehen, Action, go! In der Horizontalen hervorgebrachtes Denken führt zu nichts außer Unbehagen, in der Bewegung lösen sich die Verknotungen oft von selbst, man konzentriert sich auf etwas anderes, und schon sind sie vergessen. Trinken, pinkeln, Hände waschen. Den üblen Geschmack spült er seit Neuestem mit Mundwasser weg. Ein Gurgler, Mouthwash-Dude, Mundhöhlenfreak. Vorbote des Alters? Das Waschmittelfach des Frontladers hängt heraus wie eine mit Brausepulver belegte Zunge; hat er vor dem Zubettgehen wieder mal vergessen, die Maschine anzustellen. Anschalten, einmummeln, wegnickern. Die Tür zum Bad lässt er offen, damit er über dem schlotzigen Schwappen und puckernden Schwenken in den Schlaf findet. Mit den extra dafür produzierten Geräuschen (*Distant Thunder, Ten Hour Rain, Waves, Frogs*) klappt das nämlich nur selten, sein Gehirn, eine schäumend sich drehende Waschmaschine voll Schmutzwäsche, lässt sich so leicht nicht überlisten. Die Sekunden ticken, die Minuten in der Schwebe, Spinnenfäden winden sich um seinen Kopf, und ihn überkommt eine pelzige, sabbschige Müdigkeit. Als die Waschmaschine nach einer Stunde fünfzig mit einem hochfrequenten, wimmernden Schrei in den Schleudergang schaltet, schreckt er hoch. Los jetzt, hochschnellen, ausräumen, aufhängen. Atomkleine Fetzen eines Papiertaschentuches haben sich in Hosen, Hemden, T-Shirts, Strümpfen verfangen, es wird tausend Wäschen dauern, bis sich auch das letzte aufgelöst hat oder abgezupft wurde.

Nach aktueller Verkehrslage beträgt die Fahrtzeit 4 Stunden und 52 Minuten. Wobei Verkehrs*lage* das falsche Wort ist, denn so früh am Morgen spricht man noch von keiner Lage; am Zielort dürfte das Fahrzeugaufkommen gen null gehen. Er hat die Strecke so oft studiert, dass sie sich ihm (jetzt schon) unauslöschlich eingebrannt hat: A 1, A 20 bis Pasewalk-Süd, und dann geht es auf der Landstraße weiter. Die Straßenschilder voller Lost Places mit O: Rubkow, Bargischow, Neu Kosenow, Klein Jasedow: Führe er weiter Richtung Osten, wäre er schnell in Polen. Oder: Er bleibt einfach hier. Er könnte Bier/Wein/Likör trinken und dabei eine Mail an die Klinik schreiben: Unvorhergesehene Umstände ...

In der Küche ist es kalt, ein Luftzug dringt durch das auf Kipp gestellte Fenster. Seit gestern Abend schneit es unablässig, eine Milliarde Flocken haben ein Tuch aus reinem Weiß über der Welt ausgebreitet. Vielleicht ist die Autobahn unpassierbar? Die Bundes-, Land- und Kreisstraßen sind es ganz gewiss. Haben die so tief im Osten überhaupt Räumfahrzeuge?

Aber Ausreden gelten nicht, sind verboten. Er wird das durchziehen. Ein Monat. Dreißig Tage. Seit einem halben Jahr ragt der Tag aus dem Kalender wie ein Nagel, er ist wie eine Raubkatze von hinten an Heidbrink herangeschlichen, der vorbereitend nichts anderes getan hat, als sich *mental vorzubereiten*. Und nach diesem enormen Stress in letzter Sekunde zu kneifen, wäre a) das Eingeständnis völligen Scheiterns und b) unverhältnismäßig. Er ist ein Sportler, für den nach monatelangem Training nun der Tag des Wettkampfs gekommen ist. So muss man's sehen, Und wenn Heidbrink erst mal *da* ist, sitzt er sowieso in der Falle, und andere bestimmen über sein Schicksal.

Ein Koffer und eine große Tasche (mit 180 Litern sogar eine *sehr* große Tasche) warten seit Tagen fertig gepackt im Flur. An Frühstück ist nicht denken, der Appetit wird sich im Laufe des Vormittags schon noch einstellen. Im Handschuhfach lagert die

Notreserve: Vollmilchnussschokolade, Erdnussriegel, Studentenfutter und, als herzhafte Variante, Südtiroler Kaminwurzen (plus Mini-Senftüten), die darauf warten, vor Ablauf des Verfallsdatums verputzt zu werden.

Ein Windstoß lässt ein paar abgebrochene Zweiglein über den Boden hüpfen, eine zerfetzte Plastiktüte fliegt mit Tempo in die Höhe. Wind mutmaßlich polaren Ursprungs fährt ihm unter den Kragen und den Rücken hinab und macht seinen Schweiß eiskalt. In einem Hauseingang hockt ein riesiger Hund mit einem Kopf so groß wie ein Farbeimer. In dem Vieh hätte sicher noch ein zweiter Hund Platz, ein Hund im Hund. Ein Hüne von einem Hund, als Lawinensuchhund könnte der sicher zwei oder drei Opfer gleichzeitig bergen. Auf dem Weg zur Tiefgarage besorgt er sich Cappuccino, Avocado-Schwarzbrot (mit Dill) und Franzbrötchen. Fünf Stunden *Überlandfahrt* liegen vor ihm. Dieser Begriff hat einen festen Platz im Vokabular von Fahrschulen und bezeichnet eine zweihundertfünfundzwanzig Minuten dauernde Sonderfahrt außerhalb geschlossener Ortschaften.
Am Horner Kreisel nimmt er die Ausfahrt auf die A 24 Richtung Berlin. Autos rauschen in schmutzig aufsprühenden Tropfenschleiern an ihm vorbei, Schneeregengrau spritzt gegen seine Windschutzscheibe. Sein Gesicht im Rückspiegel: kein schöner Anblick. Ein Pseudointellektueller, Kindergreis, Woody Allen junior, fahl, käsig, kränklich, die Augen rot und verschwommen, als hätte jemand Salz hineingestreut. Außerdem wirkt seine Miene völlig ausdruckslos, obwohl ja so viel in ihm vorgeht. Nach zweieinhalb Stunden passiert er das Kreuz Rostock. Da war er *auch* noch nie. Er könnte die nächste Abfahrt nehmen und umkehren, er ist frei, zu tun und zu lassen, was er will. Laut Navi erreicht er sein Ziel um 12:45, als Störenfried, der mitten in die Haupttagesschwerpunktmahlzeit platzt. Was es heute wohl Schönes gibt? Hausmannskost de luxe, stellt er sich vor; Königs-

berger Klopse mit saurer Soße und Kapern. Wie kommt er denn jetzt darauf? Weil er das Alltagsessen von früher seit Kindertagen nicht mehr gegessen hat? Kulinarischer Flashback. Bei dem Gedanken an die locker-luftige Hackspezialität läuft ihm das Wasser im Mund zusammen, Spucke sammelt sich als warme Pfütze in seiner Backentasche. Kurz vor Anklam biegt er auf eine Parkbucht und frühstückt. Der Avocado-Sandwich schmeckt köstlich, das Franzbrötchen matschig. Das Geheimnis leckerer Franzbrötchen: stets zweimal toasten, geht im Auto nicht, das entzieht dem Matschgebäck die Feuchtigkeit und macht es schön kross. Im Schlitz versenken, Hebel nach unten drücken, Hebel rastet ein, Hitze steigt auf und beschlägt das Gesicht mit einer zuckrigen Glasur. Juckreiz schlägt zu, diesmal im Nacken. Er lässt den Kopf auf der Kopfstütze hin und her rollen, was aussieht, als würde er ein Sonnenbad nehmen.
Was hat Anklam eigentlich an Hotels und Ferienunterkünften zu bieten? Wohnung «Otto Lilienthal» und «Siedlungsnest» sind mit fünf Sternen *hervorragend* bewertet. Gutshaus Stolpe (Relais & Châteaux) verfügt laut Internetauftritt über *eine herrschaftliche Auffahrt. Einen weitläufigen Park. Warme Lichter im Gutshaus.* Dort könnte er sich ein paar Tage in Spa und Restaurant verwöhnen lassen und dann erholt die Heimreise antreten. Oder nicht? Auf einem Grasfleck kauert ein Kaninchen, die Ohren eng angelegt, und beobachtet ihn mit zitterndem Näschen. Nein, sagt das Kaninchen, go!

Das Lenkrad ist klebrig vom Franzbrötchenzucker. Flocken treffen auf die Windschutzscheibe und lösen sich auf. Je näher er seinem Ziel kommt, desto mulmiger wird ihm. Eine unsichtbare Schlinge legt sich ihm um den Hals, sein Magen pulsiert, als versammelte sich ein Insektenschwarm in ihm. Noch fünf Komma fünf Kilometer. Hier ist *wirklich* nichts. Kein Haus, keine Maus. Kein Hof, keine Scheunen und Stallungen.

Polenrandgebiet.
Vor ihm taucht ein Hügel auf, kaum mehr als eine leichte Schwellung, dahinter erheben sich die Umrisse des Gebäudes aus der grauen Emulsion des Wintertags. Seit Jahrhunderten hockt das Schloss nun schon hier und schaut über die Felder. Ein großes Hexenhaus aus Zuckerguss und Lebkuchen. Heidbrink überkommt ein Unwirklichkeitsgefühl.
Noch neunhundert Meter, achthundert, siebenhundert ...
EINGANG LIEFERVERKEHR
Vierhundert, dreihundert, zweihundert, einhundert, neunzig, achtzig, siebzig ...
PRIVATGELÄNDE. DAS BETRETEN IST UNBEFUGTEN STRENGSTENS UNTERSAGT.
Auf dem weitläufigen und unbefestigten Parkplatz verlieren sich etwa dreißig Fahrzeuge. Sicher wird von überall und nirgends beobachtet, ob er vernünftig einparkt, Schrittgeschwindigkeit einhält, was er überhaupt für einer ist.
Am Ankunftstag möge man sich an der Rezeption anmelden, hatte in der Bestätigungsmail gestanden. Besser vorher kurz anrufen.
«Hallo?»
«Guten Tag, Jonas Heidbrink, ich bin für heute angemeldet.»
«Guten Tag, Herr Heidbrink! Schön, dass Sie da sind, Sie können im Auto bleiben, bis Sie abgeholt werden.»
Eine Stimme, darauf geschult, Neuankömmlingen ein gutes Gefühl zu vermitteln.
Nur keine Angst, hier sind Sie richtig! Von wegen: Flieh, solange du noch kannst!
Eine Minute vergeht. Zwei, drei, vier, fünf. Seine Zehen sind so eisig, dass sie sich wie heiße Kiesel anfühlen. Niemand kommt, keiner holt ihn ab. Er steigt aus. Sobald er das Schloss betritt, werden alle Menschen darin sofort sterben.

Out in Bad Standing

Der Treppenaufgang der dreiflügeligen Schlossanlage ist von zwei Säulen flankiert, auf denen steinerne Löwen hocken. Der Sog der Vergangenheit ist enorm, er ruft Bilder von Gaslaternen und Landauern wach, von Dienstmädchen in gestreifter Bluse und livrierten Kutschern.

Auch das Licht ist anders hier, das Licht vergangener Zeiten.

Heidbrink zählt 15 Stufen (noch 15 Schritte bis zur Heilanstalt!). Eine neongelbe VORSICHT, FRISCH GEWISCHT-Pyramide im Foyer aus hellem Marmor versperrt ihm den Weg. Sogleich kommt eine Frau herangeeilt und räumt sie hastig beiseite.

«Tut mir leid, muss das Housekeeping vergessen haben. Herr Heidbrink, stimmt's?»

«Genau.»

Vor Anspannung umklammert er den Autoschlüssel so fest, dass er in seiner Hand pocht, für einen Moment überkommt ihn eine überwältigende, an Lähmung grenzende Verwirrung.

«Entschuldigung, dass ich Sie habe warten lassen. Ein Anruf, auf den ich den ganzen Vormittag gewartet habe. Ich bin Schwester Irene.»

Sie reicht Heidbrink die Hand. Ein herzliches Lächeln breitet sich auf ihrem Gesicht aus.

«Macht ja nix.»

Schwester Irene ist eine Frau mittleren Alters, mit einem runden, freundlichen, etwas ausdruckslosen Gesicht. Ihr Haar hat sie mit Kämmen an den Seiten zu einer aufgeplusterten Pilzfrisur hochgesteckt, die sich bei Bedarf sicher mit einem einzigen Griff auflösen ließe. Sie strahlt eine seifige Frische aus.

«Wollen Sie erst mal meinen Personalausweis sehen?»

«Das wäre gut. Dann brauch ich noch ein paar allgemeine Angaben. Wir machen das eben zusammen, dann geht's schneller.»

Wieso sollte es schneller gehen? Egal. Heidbrink diktiert, Irene schreibt. Ihre adernlosen Handgelenke sind schmal und rund wie die eines Kindes. Sie spricht laut aus, was sie aufschreibt, wobei sich ihre Unterlippe ganz bemerkenswert bewegt und verformt.

«J o n a s H e i d b r i n k.»

Sie zieht seinen Namen in die Länge, dass er wie ein Klagelaut klingt.

«Geboren 8. April 1986 in Neumünster.»

Heidbrink würde sehr viel dafür geben, nicht in Neumünster geboren zu sein. Sein Geburtsort ist ein schwarzer Fleck auf seiner ansonsten weißen Weste, ein Stigma, ein Malus.

«Wenn es da steht, wird es wohl stimmen.»

«H a h a h a h a h a», macht Irene.

Ihr Lachen ist langsam und schleppend, wie eine Kuhglocke.

«Beruf Erfinder?»

«Man könnte für das, was ich tue, auch Unternehmer sagen, aber Erfinder klingt irgendwie origineller, finden Sie nicht?»

«H a h a h a. Stimmt. Daniel Düsentrieb.»

Lach, schepper, klong, poing. Man kann die gute Laune in ihrer Brust klötern hören. Die Frau steht bzw. sitzt genau an dem Platz, an den sie gehört. Steht so fest im Leben, dass sie nicht einmal mit einem Räumfahrzeug zur Seite geschaufelt werden könnte. Bestimmt trägt sie Strumpfhosen aus Stahl.

Aus Stahl dürfte auch die auf Hochglanz polierte, massive Ritterrüstung sein, die, leicht nach rechts versetzt, hinter Irenes Schreibtisch steht. Die silbrigen Handschuhe des Ritters umfassen die Klinge des Schwertes, das er zwischen seinen Beinen hält. Die Konstruktion ist vielleicht einen Meter sechzig groß, der dazugehörige hineinpassende Krieger muss also wenigstens zehn Zentimeter kleiner gewesen sein. Wie konnte ein solches Kerlchen, nach heutigen Maßstäben ein Winzling, sich in einem derartig monströsen Panzer bewegen, geschweige denn kämpfen, geschweige denn ein Pferd besteigen, geschweige denn, auf einem galoppierenden Pferd sitzend, Schild und Stangenwaffe (Lanze) halten? Mit zugekniffenen Augen versucht Heidbrink, den Text auf der Infotafel zu entziffern, die – wie kommt man nur auf eine solch dämliche Idee – am geschlossenen Visier befestigt ist.

«Treten Sie ruhig näher heran. So sehen Sie ja nichts. Ist ganz interessant.»

Heidbrink tritt hinter den Schreibtisch.

Fußkämpfer, um 1530. Kettenhemd, Eisenhut mit gebördeltem Kamm. Handschuhe aus getriebenem Eisen. Visierhelm mit umlaufenden Zierfutternieten. Glocke geflutet, abgetrepptes Balgenvisierteil. Kanneliertes Rückenteil. Große geflutete Schulterflügel, vertiefter Rand mit geschnürtelter Borte. Geflutete Armkacheln. Geflutete Kniekacheln und Beinschienen, Eisenschuhe.

Aha. Wieso Eisenhut? Und vom Kettenhemd sieht man nichts.

«Hätten Sie auch ein Autokennzeichen für mich?»

«HH-TY 1843.»

Ihre nach links abfallende Schrift ist krakelig, spinnenhaftes Gekritzel aus dem Reich der Kindheit. Draußen stößt ein zurücksetzender Lastwagen ein trauriges Fiepsen aus, als würde er etwas suchen, das nie mehr zu finden ist. Als das Fiepsen verstummt, wird es völlig still bis auf das Schaben von Irenes Schreiberling. Stiller als still, eine eigentümliche Atmosphäre, wie nach einer Evakuierung.

«Existiert eine Patientenverfügung?»

«Existiert eine Vorsorgevollmacht?»

«Haben Sie einen Pflegegrad?»

«Irgendwelche Allergien bekannt?»

«Hatten Sie in den letzten 3 Monaten Gewichtsverlust?»

«Hatten Sie in den letzten 3 Monaten Gewichtszunahme?»

Ratter, ratter, ratter.

Er hat Schwierigkeiten, sich auf Irenes Fragen zu konzentrieren. Sein Denken erstickt, als hätte man ihm ein nasses Handtuch auf den Kopf gelegt. Auf dem Schreibtisch steht eine Schale voller glattpolierter, künstlich aussehender Äpfel. Plötzlich schnellt hinter Heidbrinks Rücken eine Hand hervor und greift einen. Erschrocken schaut sich Heidbrink um. Hinter ihm ein kleiner, eierschalenblasser Mann mit papierenem Gesicht, das von einem schmalen Errol-Flynn-Piratenfilmschnurrbärtchen in zwei Teile geschnitten wird.

«Herr von Berg. Was haben Sie auf dem Herzen?»

«Nichts Dringendes. Ich kann warten.»

«Es dauert hier aber noch einen Augenblick.»

«Macht nichts. Ich hab Zeit.»

Errol Flynn setzt sich auf einen Sessel und isst seinen Apfel. Wohl doch nicht künstlich. Heidbrink ist angewidert von dem regelmäßigen krachenden Abbeißen und den unappetitlichen Schlürfern des fahlen Schlossgespenstes.

«Was gibt es denn, Herr von Berg? Wenn's was Kompliziertes ist, würde ich Sie doch bitten, am Nachmittag wiederzukommen.» Ein leicht schroffer Unterton hat sich in ihre Stimme eingeschlichen. Irene hat den Laden im Griff, der tanzt so schnell niemand auf der Nase rum. «Das dauert wirklich zu lange. Ich gehe mit Herrn Heidbrink gleich zum Mittagessen, und dann zeige ich ihm sein Zimmer.»

Mittagessen? Er hat gar keinen Hunger. Er hat Angst vor den Räumlichkeiten. Er hat Angst vor den Mitpatienten. Eigentlich hat er vor allem Angst.

«Ich hab auf dem Weg schon was gegessen», sagt er schnell. «Am liebsten würde ich erst mal auspacken.»

«Aber es ist für Sie eingedeckt.»

«Ich habe keinen Appetit.»

«Nur 'ne Kleinigkeit. Kommen Sie, ich zeige Ihnen Ihren Platz, dann können Sie sich schon mal ein wenig akklimatisieren.»

Widerstand zwecklos. Was soll's, früher oder später muss er es eh hinter sich bringen.
«Und das Gepäck können Sie so lange hier stehen lassen.»
Irene im Stechschritt vorweg, er hinterher. Das Schlossgespenst schaut ihnen stumm nach. Von hinten ist sie etwas moppelig, sie hat sich aber ihre ursprünglichen Proportionen bewahrt. Es geht in ein schlauchartiges Durchgangszimmer, offenbar Teil des Speisetraktes, Heidbrink zählt etwa ein Dutzend Patienten. Rascheln, Gläserklingeln, Besteckgeklimpere, leise, stochernde Gespräche, ein Choral aus Murmeln und Lispeln und Sprötzeln. Dafür redet Irene umso lauter. Sie kommentiert das Wetter, wahrscheinlich eine bewährte Maßnahme, um Neuankömmlinge zu beruhigen und in Sicherheit zu wiegen.
«Das ist tatsächlich der kälteste Januar seit *elf* Jahren.»
Wie oft sie diesen Satz wohl schon gesagt hat? Neben dem aktuellen Wetter hat sie bestimmt noch die Dokumentationen der letzten zehn Jahre parat. Freundlich nach allen Seiten nickend, hastet Heidbrink durch das Spalier der Essenden. Er spürt Blicke auf sich ruhen, kommt sich drei Meter groß vor und nackt. Irene öffnet eine Schiebetür, und Heidbrink hat das Gefühl, in einer Windhose ins große *Refektorium* hineingezogen zu werden.
«Kommen Sie.»
Irene führt ihn an einen Sechsertisch an der Stirnseite des Raumes, wo sein Platz durch ein Namenskärtchen ausgewiesen ist. Rücken zum Buffet, Blick auf den Schlosspark. Außer ihm sitzt hier nur ein in sein Handy versunkener Mann. HERR MARCEL RINKHAUS, verrät sein Kärtchen. Zwei weitere Plätze sind ebenfalls eingedeckt. FRAU MELANIE UTHMANN. FRAU DENISE FRICKE. Rechts ein weiterer, voll besetzter Sechsertisch, rund ums Buffet zählt Heidbrink ein weiteres halbes Dutzend Tische. Acht mal sechs macht 48, minus zwei ist 46, mit den Leuten im Schlauchraum wären das insgesamt also etwa 60 Hausgäste.

Angrenzend eine halboffene Küche, in der drei weiß behaubte Köche schnippeln, brutzeln, schwenken. Schwester Irene reicht ihm einen Stapel Formulare.

«Das ist die Verpflichtungserklärung, dass Sie während der Zeit ihres Aufenthalts weder Alkohol noch Drogen noch Medikamente einnehmen, sofern sie nicht ausdrücklich verordnet wurden. Lesen Sie sich das in Ruhe durch, und geben Sie es mir später bitte unterschrieben zurück.»

Und weg ist sie.

Herr Marcel Rinkhaus scrollt, ohne dem Neuankömmling Beachtung zu schenken, durch das Wetter der nächsten Tage. Der Platzhirsch macht gleich klar, wer hier wen zu grüßen, wer das Sagen hat und den Ton angibt. Zum Glück gibt's Handys, denkt Heidbrink und zieht seins aus der Tasche. Aber irgendwas muss er als *Hinzugesetzter* ja sagen.

«Hallo.»

«Hallo», echot Rinkhaus mit tonloser Stimme, hebt eine Hand und lässt sie gleich wieder matt sinken, wie zum Zeichen, dass es vielleicht einiges zu sagen gäbe, er aber keine Lust dazu hat. In seinen Augen eine schwer fassbare Herablassung, der Blick strahlt Intoleranz, Arroganz und Humorlosigkeit aus. Der Neue wurde gewogen und für zu leicht befunden. Heidbrink senkt den Blick ebenfalls aufs Gerät und geht seine Standard-Apps durch: News, Wetter, Geburtstage, Schrittzähler. Am Nebentisch spießt ein Mann die Kirschtomate auf seinem Salat auf, doch er trifft nicht ganz die Mitte, die Tomate hüpft vom Teller und landet auf dem Boden. Er macht ein dummes Gesicht und lässt sie dort liegen. Rinkhaus starrt mit der Inbrunst eines Gläubigen auf sein Display. *Außerhalb der Festungsmauern* würde Heidbrink an so einen Typen keinen Gedanken verschwenden, aber wer weiß, ob der noch wichtig für ihn wird. Ein natürlicher Verbündeter in einer feindlichen Welt. Rinkhaus, Patient O (Null), ganz weit vorn in der Insassenhierarchie. Irgendwie macht der Knabe aber einen unseriösen, windigen Eindruck. Vielleicht aus der Finanzindustrie, aber dritte Reihe, halbseiden. Verkauft nichtexistierende Ferienhäuser. Zugekokster Trader, der gerade eine Million fremdes Risikokapital versenkt hat. Allianz-Generalvertreter in Büsum.

Heidbrink, bei grellem Tageslicht fremden Menschen schutzlos ausgeliefert, ist ganz allein und muss so tun, als würde er sich halbwegs wohl fühlen. Das Ganze ist Teil einer umfassenden Prüfung. Er fühlt sich an Klassenfahrten erinnert oder Jugendlager oder Konfirmandenfreizeiten. Sofort nach dem Eintreffen am *Zielort* setzte die verzweifelte Suche nach schneller Nähe ein, einen Platz in der Gemeinschaft finden, beim anderen Geschlecht punkten, mit den Coolen abhängen. Wem das nicht auf Anhieb gelang, hatte für den Rest der Zeit das Nachsehen. Die prägnantesten Erinnerungen seines Lebens sind die mit starkem Schamgefühl verknüpften Demütigungen in solchen Situationen, die man dann ein Leben lang mit sich trägt. Die allerletzte Jugendgemeinschaftsferienabenteuerreise hatte ihn nach Schweden geführt, und er war, ohne dass es dafür einen ihm ersichtlichen Grund gab, von Tag eins an Außenseiter und Super-Loser. KEIN ANSCHLUSS UNTER DIESEM CAMP. Und kein noch so heftiges Bemühen hatte daran etwas ändern können. Er musste bei den Aussätzigen sitzen oder alleine, die Tische der Coolen waren für ihn gesperrt. Schließlich war ihm nichts anderes übriggeblieben, als sich mit dem Rangniedersten, Hans-Joachim, zusammenzutun. Hans-Joachim, was für ein abgefuckter Blindgängername. Bei jeder Gelegenheit hatte Heidbrink die Verzweiflung wegzuonanieren versucht – seine Wichsdichte war wirklich schwindelerregend hoch gewesen. Not in Wichse verwandeln. Der traurigste aller Tiefpunkte war, als Kati oder Karin oder so ähnlich ihn dabei erwischte. Die Erinnerung daran ist immer noch so frisch wie am ersten Tag. Und jetzt droht die Fortsetzung. Der Raum schrumpft auf die Größe des Tisches,

an dem Rinkhaus und er sitzen: Patient Zero vs. Hangaround. Fullmember vs. Prospect. RINKHAUS: EXPECT NO MERCY – HEIDBRINK: OUT IN BAD STANDING.
Ein Monat. 30 Tage.
Checkliste Klinikalltag, Sanatoriums-Routinen, Heilanstaltspraxis: In Krankenhäusern, Heimen, Gefängnissen und Pflegeeinrichtungen werden die Mahlzeiten, Tageshöhepunkte und oftmals einzige Freude, bekanntlich sehr früh eingenommen. Der sehr junge, sehr dünne *Ober* (schwarz-weiß livriert) händigt Heidbrink eine laminierte Speisekarte aus. Er ist lang und schlaksig wie eine Libelle, scheint nur aus Ellbogen, Schienbeinen und Beckenschaufeln zu bestehen. Der Totenkopfschädel mit dem kleinen Mundwerkzeug und den einwärts gekippten Zähnen unterstreicht das Insektenhafte. Gottesanbeter(in). Fangschrecke. Faszination Fangschrecke, männlich: Fangschreck. Kellner Fangschreck eröffnet ihm nun mit fisteliger, sirrender Insektenstimme, zur täglichen Auswahl stünden ein Fleisch-, ein Fischsowie ein vegetarisches Gericht. Vom Salatbuffet könne er so viel nehmen, wie er wolle. Am praktischsten, so Fangschreck, sei es, wenn der Gast gleich für die ganze Woche auswähle. Heidbrink kreuzt sämtliche Fleischgerichte an. Dabei ist er zu Hause Quasi-Vegetarier. Warum tut er das? Vorauseilender Protest gegen irgendwas, was er nicht zu benennen vermag. Zum Abenteuer Klinikum zählt auch das Abenteuer Fleischmahlzeit. Grünkohl mit Kasseler und Pinkel, Zürcher Geschnetzeltes, Rinderrouladen, Nackenbraten, Bœuf Stroganoff, Biersuppe mit Speck, Maultaschen, Schweinsrollbraten, Wurstgulasch, falscher Hase: Klassiker der Hausmannskost, Nostalgiespeisen, von gleich drei Köchen zeitgemäß interpretiert. Deutsches Soulfood, das Selbstzahler anlocken und ihnen das Geld aus der Tasche ziehen soll. Für 823 Euro/Tag darf man ja auch ein gewisses Niveau erwarten. Selbstzahler stehen als Patienten erster Klasse an der Spitze der Nahrungskette, gefolgt von Privatpatienten; Patien-

ten dritter Klasse (*Kassenpatient: bitte nicht wiederbeleben!*) werden gar nicht erst aufgenommen. Im Unterschied zu einem Krankenhaus, wo der Patient Bittsteller ist, buhlt man in einem privaten Sanatorium um die Gunst der Cashcows.

Heute stehen Spaghetti Bolognese auf dem Programm. Heidbrink schaut sehnsüchtig Richtung Parkplatz. Die meisten Autos dürften dem Personal gehören, vermutlich werden viele Patienten von Angehörigen gebracht und abgeholt. Der Motor seines Autos dürfte noch wenigstens handwarm sein. Sicher kommt es immer mal wieder vor, dass Patienten ihren Aufenthalt gar nicht erst antreten oder gleich nach dem Einchecken das Weite suchen. Er hört und sieht sich schon mit quietschenden Reifen davonrasen, das Schloss verschwindet im Rückspiegel wie eine Insel im Nebel.

Am Buffet schaufeln sich vier Mitpatienten die Teller voll. Patient – an das Wort muss er sich erst noch gewöhnen. Patient unter Patienten. Je mehr Menschen ihn umgeben, desto einsamer fühlt er sich, war schon immer so. Es wird noch etwas dauern, bis er es wagen wird, sich mit einem Schälchen an den saisonalen Köstlichkeiten entlangzutasten und dabei mit dem einen oder anderen Patienten ein paar Sätze zu wechseln: *Haben Sie schon vom Tomatensalat gekostet? Was ist* das *denn eigentlich? Was die sich* hierbei *wohl gedacht haben?* Im Netz schwirren unzählige Erfahrungsberichte zur Klinik herum, die er selbstverständlich alle gelesen hat. Seine Strategie: Sich (zunächst) unsichtbar machen, wie ein Fisch in einem Korallenriff einfügen, auf die Sekunde pünktlich zu den Anwendungen, Therapien, Mahlzeiten erscheinen, Anordnungen von Ärzten und Pflegepersonal widerspruchslos befolgen. Ein guter Patient, dem nach angemessener Bewährungszeit die eine oder andere Freizügigkeit zugestanden wird.

Eine leichte Verbeugung andeutend serviert Fangschreck das Tellergericht. «Guten Hunger», sagt Rinkhaus, ohne den Blick zu heben. Jaja, denkt Heidbrink, bald ist Rinkhaus Geschichte, und *er* ist der alte Hase, vor dem die Novizen kuschen. Der Tischnachbar macht ein Gesicht, als habe er Magenbeschwerden und kämpfe gegen aufsteigende Säure an. Vielleicht nimmt er deshalb nichts zu sich. Oder er hat schon gegessen. Weswegen der wohl hier ist? Man vermag sich kaum vorzustellen, dass bei so einem jemals was in seelische Schieflage gerät. *Aber mir sieht man wahrscheinlich auch nichts an.*

Die Bolognese ist angenehm scharf, frisch, fruchtig. Heidbrink schmeckt Zitronenabrieb heraus. Eine von Haubenköchen komponierte Premiumbolognese. Mehr aus Versehen verschlingt er die ganze Portion. Zum Nachtisch serviert Fangschreck Apfelkompott mit einer Kugel Vanilleeis. Fertig, Abmarsch.

«Bis später.»

«Ja, bis später», nuschelt Rinkhaus und starrt ihn dabei an, als wäre er nicht nur von Heidbrinks Anwesenheit, sondern von seiner Existenz entsetzt.

Heidbrink latscht durch das nun verwaiste Durchgangszimmer ins Foyer und reicht Irene die unterschriebene Verpflichtungserklärung.

«Hat's geschmeckt?»

«Danke, ganz köstlich.»

«Sehen Sie! So, jetzt zeige ich Ihnen Ihr Zimmer.»

Heidbrinks 180-Liter-Reisetasche ist randvoll mit *Leibwäsche*. Der Fahrstuhl befindet sich im rechten Flügel, am Ende eines mit roten Läufern ausgelegten langen Flurs, von dem diverse Räume abgehen. Vielmehr Säle. Hallen. Basiliken. Saal Anklam. Saal Stettin. Saal Ostsee.

«Ihr Zimmer ist die 222 und liegt im zweiten Obergeschoss. Einen tollen Blick haben Sie von dort. Den besten in der ganzen Residenz, wenn Sie mich fragen.»

Der etwa 25 Quadratmeter große Raum ist mit frisch geschliffenem und geöltem Eiche-antik-Parkett ausgelegt. Offenbar wurde hier erst kürzlich entkernt und renoviert, in der Luft liegt noch schwach der Geruch von Farbe, Schleifstaub und Grundierungsrückständen. An der rechten Wand ein Einzelbett, das dem Raum eine mönchische Note verleiht. Es ist kalt wie auf einem Dachboden, dessen Fenster nach Norden zeigt. Das Zimmer wirkt, als habe nie zuvor jemand dort übernachtet, es wird sich in nichts auflösen, noch im Moment, in dem Heidbrink es, tot oder lebendig, wieder verlässt. Irene läuft durch den Raum und dreht sämtliche Heizkörper auf.

«Wird ganz schnell warm», sagt sie und lächelt Heidbrink durch ihren Grübchenvorhang an. Bei 823 Euro, denkt er, hätten die ruhig mal vorheizen können.

«Jetzt packen Sie erst mal in Ruhe aus. Kommen Sie dann bitte kurz vor drei ins Foyer, die psychiatrische und allgemeine Eingangsuntersuchung findet nicht im Haupthaus statt, sondern nebenan, im ehemaligen Gesindehaus. Also, bis gleich.»

Sie macht mit der Hand eine schwer zu deutende, wegwerfende und zugleich resümierende Bewegung und geht dann.

Gegenüber vom Bett ein Phonomöbel/Lowboard, auf dem ein (unterdimensionierter) Fernseher steht, links ein massiver Drehtürenschrank, rechts Schreibtisch und Stuhl. Vor der Fensterfront eine Mini-Sitzecke mit Tisch und Cocktailsessel. *Der beste Blick der ganzen Residenz.* Heidbrink stellt sich ans bodentiefe Fenster und schaut hinaus. Hinter dem Schlossgraben tut sich eine Sumpflandschaft auf. Eine endlos scheinende Sumpflandschaft. Er stellt sich vor, wie die sich bis weit über die Landesgrenzen hinaus über Polen bis in die eisigen Weiten Russlands erstreckt. Ist das ein Teil des Peenesumpfes? Des Peenehaffs? Des Stettiner Haffs? Heidbrink öffnet das Fenster. Unten steht ein krummer alter Mann und bläst eine schwalbenschwanzförmige Wolke Rauch aus. In seinen zu großen Sachen sieht er ganz verloren aus, wie ein urzeitlicher Gnom. Er drückt

die Zigarette an der Wand aus, schlitzt die Kippe mit dem Fingernagel auf, schüttelt die Tabakkrümel in den Wind, rollt das Papier zu einer winzigen Kugel, die er fortschnipst. Er beugt sich und macht den Klettverschluss seiner Schuhe auf und wieder zu, was aussieht, als wolle er überprüfen, dass er dazu noch in der Lage ist. Zu alt zum Turnen, zu jung zum Sterben. Das strengt ihn offenbar derart an, dass er einen Hustenanfall erleidet, der in einem ungesund feuchten Röcheln verklingt. Kaum hat er ausgehustet, steckt er sich die nächste Zigarette an. Er raucht mit einer Geschwindigkeit, wie es Heidbrink noch nie gesehen hat. Es ist fast windstill, der Alte steht in einer Säule aus Rauch, die Haare steif lackiert vom Qualm. Er stöhnt leise vor sich hin, als wäre das Rauchen schmerzhaft für ihn. Er drückt die Zigarette aus, schlitzt wieder die Kippe auf, schüttelt die Tabakkrümel in den Wind, diesmal lässt er die Zigarette einfach fallen. Er hustet ausgiebig und lässt wie zum Abschied einen fahren. Aber was für einen. Dann trippelt er auf seinen alten Männerbeinchen davon. Heidbrink schließt vorsichtig das Fenster.
Das Tageslicht-Duschbad ist in tadellosem Zustand. Wand-Tiefspüler, Einloch-Retro-Waschtisch, vollverglaste Duschkabine mit Regenpaneel und Handbrause. Beheizt wird der Raum von einem Röhrenheizkörper (Handtuchwärmer) und einem Flachheizkörper unterhalb des Fensters.
Er packt aus, ordnet an, sortiert ein, schichtet auf. Gleich wird es ernst, dann geht's ans Eingemachte. Auf das Aufnahmegespräch hat er sich akribisch vorbereitet. Druckreif formulieren, nicht ins Labern kommen, einen Gedanken zum Nächsten führen lassen und den folgerichtig zum nächsten, bis alles Relevante gesagt ist. Einen therapiewilligen/-fähigen Eindruck vermitteln. Einen guten Patienten abgeben. Einen sympathischen Kranken. Jeder will gemocht werden, das gilt ganz besonders für seelisch Labile. Nach vielen kleinen (Schlaflosigkeit, Überlandfahrt, Einchecken, Erstkontakt mit Patienten und Personal) erwartet ihn jetzt die

erste *große* Prüfung. Endlich all die Sachen erzählen, die sich in seinem Kopf angehäuft haben.
Unvermittelt überkommt ihn Müdigkeit, eine regelrechte Müdigkeitsattacke. Seit elf Stunden ist er auf den Beinen und frisst nahezu ununterbrochen: Avocado-Sandwich, Franzbrötchen, Ragù alla bolognese. Stationäre Aufenthalte sind Fettfallen. Sitzen, Leerlauf, Langeweile – Langeweile, Leerlauf, Sitzen. Mit sechsunddreißig kommt er langsam in ein Alter, in dem man höllisch aufpassen muss, dass einen nicht die Adipositas erwischt.
Er wählt einen neutralen Look: Jeans (Jacob Cohën), Steve-Jobs-Rolli (Kaschmir), Sakko (ebenfalls Kaschmir), Stiefeletten (rahmengenäht). Sein Sonntagsstaat, sein einziger. Neben zwei Joggingkombinationen hat er gleich drei Schlafanzüge im Gepäck. Lange Unterwäsche, Handschuh, Schal, Mütze. Richtige Irren- und Büßerkleidung. Gibt es hier überhaupt eine Möglichkeit, Wäsche waschen zu lassen? Ganz vergessen zu recherchieren.

Untersuchungen

«So, da wäre ich», meldet er sich kurz darauf im Foyer. «Wo ist denn das Gesindehaus?»
«Hinter dem kleinen Wäldchen, etwa 250 Meter. Ich kann Sie eben hinbringen.»
«Nicht nötig, finde ich schon.»
«Beim Ausgang links halten, können Sie gar nicht verfehlen. Dann in den ersten Stock, Zimmer 101.»
Das Gesindehaus liegt versteckt hinter einer Wand aus Minitannen. Die Nadelbäume sind so schwer mit Eis überzogen, dass sie aussehen wie große, vereiste Zipfelmützen. Graues Licht schmiert über den Himmel wie Salbe durch einen Verband, der

Wind erfasst den Schnee und scheint ihn zurück in die Wolken zu wehen.
Als er vor der 101 steht, hat er ein schlechtes Gefühl, einen trichterförmigen Sog durch die Eingeweide. Er kann das Schlagen seines eigenen Herzens so deutlich hören, als hätte er Wattebäuschchen in den Ohren. Egal jetzt, Augen auf und durch.

«Guten Tag, Herr Heidbrink, mein Name ist Dr. Reuter, ich bin Ihr behandelnder Arzt. Und das ist Frau Wiesnowski.»
Frau Wiesnowski ist so mager, dass sie wie ihr eigenes Röntgenfoto aussieht, man kann die Strahlen durch ihre Knochen scheinen sehen. Ihr auffallend dickes, wie lackiert glänzendes Haar ist so schwarz, dass es das Licht zu schlucken scheint, es steht in auffälligem Gegensatz zu ihrem anämischen Äußeren. Eine unheimliche, irgendwie entrückt wirkende Erscheinung. Mit der stimmt doch was nicht, denkt Heidbrink, vielleicht wurde sie in einer Sekte großgezogen. Eine weitere Frau, das Gesicht so rund wie eine Bratpfanne, Zuckerwattehaare und von käsegelber Wächsernheit, sitzt auf dem einzigen Sofa und bleibt unvorgestellt.
Nach den Shakehands begibt sich Dr. Reuter hinter seinen Schreibtisch, drückt die Hände mit verschränkten Fingern nach vorn, bis die Knöchel knacken, hebt sie über den Kopf und legt sie in den Nacken. Frau Wiesnowski setzt sich zur Namenlosen aufs Sofa, so dicht, dass die beiden wie eine Person wirken. Rechts drei Stühle, die unangenehm leer wirken. Als seien Leute aufgestanden und weggegangen, oder als würden Leute, die man erwartet hatte, nicht kommen.
Dr. Reuter ist ein für einen Psychiater erstaunlich junger oder jung wirkender dicklicher Mann mit Patschehändchen und schütterem rotblondem Haar. Sein Babygesicht glänzt und wirkt irgendwie schmuddelig. Heidbrink fühlt sich ihm spontan überlegen. Außerhalb der Klinikmauern, denkt Heidbrink, dürfte

der wenig reißen. Aber vielleicht wohnt er hier auch und verlässt das Klinikum nur ein-, zweimal im Jahr, zum Geburtstag seiner Mutter oder um in Stettin günstig Weihnachtsgeschenke einzukaufen. Der ist also sein *behandelnder Arzt*. Oder vielmehr *behandelnder Psychiater*. Und die Frauen? Nervenärztinnen? Pflegefachkräfte, Ergotherapeutinnen, Gesundheitspflegerinnen? Er könnte fragen, traut sich aber nicht.

«Setzen Sie sich, bitte. Wie war die Anreise?»

«Danke, ganz gut.»

«Schön. Wir führen jetzt das psychiatrische Aufnahmegespräch, auf dessen Grundlage wir Ihren individuellen Therapieplan zusammenstellen.»

«Ach so.»

«Erzählen Sie doch einfach, wieso Sie hier sind.»

«Da müsste ich etwas ausholen.»

«Wir nehmen uns alle Zeit, die Sie brauchen.»

Irgendwas ist mit Heidbrinks Stuhl. Die Oberfläche fühlt sich unangenehm fettig und warm an. Er könnte sich einen der anderen Stühle nehmen, aber man will ja nicht gleich als Querulant gelten, der den Laden aufhält.

«Wenn ich es richtig verstehe, dann stellen Sie keine Fragen, sondern ich erzähle?»

«Genau. Alles, was Ihnen einfällt, ganz egal ob es Ihnen wichtig oder unwichtig erscheint.»

«Tja, dann.»

Er kennt seinen Text auswendig. Die Kunst ist, ihn nicht auswendig gelernt klingen zu lassen. Und vielleicht fällt ihm spontan ja was ein, was ihn selber überrascht. Also dann, Feuer frei:

«Dass ich so ziemlich das genaue Gegenteil einer rheinischen Frohnatur bin, ist das eine: Aber dass es so nicht weitergehen kann, ist mir endgültig klargeworden, als ich in der Badewanne in Tränen ausgebrochen bin. Scheinbar völlig grundlos. Es woll-

te gar nicht mehr aufhören. Ein Jahr ist das ungefähr her. Das war kein normales Weinen, sondern Eruptionen, wie das Wimmern eines Tieres. Das ging bestimmt eine halbe Stunde, und immer, wenn es sich zu beruhigen schien, kam ein neuer Weinkrampf. Und das war nur das erste Mal. Es kam immer wieder, nicht nur in der Badewanne, sondern in allen möglichen Situationen. Die Panik vor der nächsten Attacke ist zu einer Art Grundgefühl geworden, sie ist mir wie tief in die Nervenfasern und Muskelstränge eingepflanzt. Jeden einzelnen Tag wache ich mit einer dunklen Schwere in der Brust auf und kann einfach keine Ursache finden, es ist, als wären meine äußeren Lebensumstände abgekoppelt von meinem Innenleben.»
Er ertappt Dr. Reuter dabei, wie der einen Blick auf das Foto auf seinem Schreibtisch wirft. Vielleicht seine Eltern.
«Gleich nach dem Aufwachen rollt die erste Panikwelle an. Die steigt in mir auf, über die Beine, den Bauch, bis zu den Schultern, den Nacken hoch, im Kopf glüht es, als hätte mich ein offenes Stromkabel getroffen. Das kann so schlimm werden, dass ich manchmal fürchte, die Kontrolle zu verlieren, richtig ausraste und dann im Berserkermodus bei McDonald's Leute abknalle, so was.»
Über Reuters Pokerface huscht ein kaum wahrnehmbares Zucken. Frau Wiesnowski wischt, wie im Reflex, den Mund an der Schulter ab, eine seltsam extreme Gebärde. Vielleicht glaubt sie wirklich, dass Heidbrink unter seiner Jacke eine Waffe versteckt hält und der Showdown jetzt ansteht. Die Namenlose kritzelt ungerührt mit dem Bleistift in ihren Block.
«Sorry, war nicht wörtlich gemeint, schlechtes Beispiel, dazu wird es natürlich nicht kommen. Ich mein ja nur, totaler Kontrollverlust, es hat sich ja jeder schon mal vorgestellt, was das sein könnte. In der Kirche oder auf einer Beerdigung plötzlich anfangen loszubrüllen oder einen Lachanfall zu bekommen ... Das ist ja mehr ... so abstrakt ...»

Er stammelt, die Nadel schrammt sich fest.
«Ist schon in Ordnung», meldet sich Reuter. «Wir können uns vorstellen, was gemeint ist.»
Ich glaube nicht, denkt Heidbrink und spürt Wut in sich aufsteigen. Was ist mit dir eigentlich nicht in Ordnung, Mister Reuter? Hängeschultrig, plattärschig, die Verkörperung des Nichts, und will mir erzählen, was gemeint ist und was nicht. Ein Kopfschmerzfaden schlängelt sich an seiner Schläfe entlang ... REG DICH WIEDER AB!! ... und bleibt dumpf klopfend im Hintergrund hängen. Das Trio wartet darauf, dass er weitermacht.
«Meine Kindheit war schön, behütet, eine Kinderbuchkindheit. Auch die Vorpubertät, falls man das so nennt, also die Zeit, wenn man auf der Schwelle steht, aber die Sexualität noch keine Rolle spielt. Herrlich war das, als würde das Leben angeknipst, wie ein elektrischer Schalter. Sommer, Liebe, ein unbeschwertes Leben. Und dann fiel der Vorhang. Schlagartig. Von einem Tag zum anderen wurde ich furchtbar ernst, todernst, steinern, zugefaltet, wie eine Blume, von der die Sonne sich abgewandt hat. Als hätte mich eine schreckliche Wahrheit heimgesucht. Die unfassbare Tatsache nämlich, dass alle Menschen sterben müssen. Das war mir natürlich auch schon vorher klar, aber plötzlich wurde es mir *bewusst*, ein gewaltiger Unterschied. Wie können die Leute das ignorieren, dachte ich, wie können sie angesichts dieser absolut niederschmetternden Umstände unbeschwert ihre insektengleich kurze Lebensspanne fristen und so tun, als wäre nichts? Das Universum existiert seit dreizehn Milliarden Jahren, vier Milliarden liegen noch vor uns. Auf dem Planeten werden irgendwann neue Bewohner leben, die mit ihren Vorläufern nur noch entfernt verwandt sind, und selbst die wenigen Genies sind nach einem Flügelschlag wieder vergessen. Shakespeare, Mozart, Einstein, Kopernikus, in einer Million Jahren ist nichts mehr von denen übrig, und was ist, in kosmologischen Dimensionen, schon eine Million Jahre? Wir sind allein in einer bedeutungslo-

sen Welt. Ich bin auch nicht Teil von etwas Größerem, nur von mir selbst, einer komplett lächerlichen Person. Ich bin weniger als ein kleiner Fisch, weniger als eine Schnecke, eine Kaulquappe, ich bin nichts.»

Er lässt eine winzige Pause, um Reuter Gelegenheit zu geben nachzuhaken. Eine Frage zu stellen. Tut der aber nicht. Und warum nicht? *Weil alles, was ich gesagt habe, unbestreitbar ist.* Frostgraupel prasselt jetzt wie Reis gegen das Fenster.

«Ich weiß, dass das alles ein wenig nach pubertärem Weltschmerz klingt, und natürlich ist mir auch klar, dass die Bedingungen für alle Menschen gleich sind. Die meisten verschwenden keinen Gedanken an die eigene Endlichkeit. Wozu auch. Bringt nichts, führt zu nichts, ist mir, wie gesagt, vollkommen klar. Und nicht, dass da ein falscher Eindruck entsteht, ich wünsche mir auf gar keinen Fall ewiges Leben. Unerträgliche Vorstellung, wer kann das schon ernsthaft wollen. Ich erwähne das nur, weil ich diesen destruktiven Gedanken permanent ausgesetzt bin, ohne zu wissen, wie sie sich abstellen ließen. Ob das jetzt die einzige Ursache meiner Dauerschieflage ist, keine Ahnung. Um das rauszufinden, bin ich schließlich hier.

Um noch mal auf meine Pubertät, vielmehr Spätpubertät zurückkommen: Natürlich gab es hin und wieder auch schöne Augenblicke, aber die schienen einzig dem Zweck zu dienen, dass ich mich hinterher nur noch schlechter fühlte. Der einzige Unglückliche unter lauter Glücklichen.

Ich habe versucht, das irgendwie mit mir selbst auszumachen, aber meine Mutter hat's natürlich gemerkt und mich zur Rede gestellt. Dann hat sie einen Termin beim Psychiater organisiert, dem einzigen weit und breit. Wir waren Kassenpatienten, und für die gab es eine endlose Warteliste. Wie ich diesem vermeintlich lebensrettenden Termin entgegengefiebert habe! Der verlief dann allerdings ausgesprochen enttäuschend. Dr. Bertram, so hieß der Mann, war selber tiefenerschöpft und hat mich, glaube ich, schon allein aufgrund meines Alters nicht ernst genommen; wer geht schon mit achtzehn zum Psychiater. Ich konnte in seinem Gesicht ablesen, dass er überhaupt nicht wusste, was er mit mir machen soll, er hat mir aus Verlegenheit Benzodiazepin verschrieben. Mit Hilfe der Benzos habe ich dann immerhin das Abi geschafft und das Studium begonnen. Wie ich da durchgekommen bin, ist mir im Nachhinein immer noch schleierhaft, ich war ja überhaupt nicht lebensfähig.

Jeder würde natürlich sagen, dass ich schwer depressiv bin, ich bin mir da allerdings nicht so sicher. Beim Körpergewicht gibt es bekanntlich die Setpoint-Theorie, die besagt, dass das Gewicht genetisch bestimmt und der Körper so reguliert ist, diesen Sollwert zu halten; der Grund, weshalb Dicke hungern können, so viel sie wollen. Die Theorie ist umstritten, aber mir erscheint sie plausibel. Ich glaube, dass es bei der Seele ähnlich ist. Die einen wissen gar nicht, wohin vor lauter Lebensfreude, und die trüben Tassen trüben immer weiter ein. Die Frage wäre also, ob ich eine unglückliche *Disposition* habe oder klinisch depressiv bin. Abgesehen davon, dass mit dem Begriff *Depression* viel zu inflationär umgegangen wird. Jede Stimmungsschwankung wird gleich zur Depression hochgejazzt. Winterdepression, wenn ich das schon höre. Wirklich Depressive fürchten nämlich den *Sommer*, weil im Sommer die Sonne das Elend ans Tageslicht holt. Normalos blühen auf im Tageslicht, Depris verblühen.»

Als Reaktion auf dieses Miniwortspiel meint Heidbrink ein leichtes Zucken an Reuters Lidern wahrnehmen zu können.

«Nebenbei gesagt: Antidepressiva wirken bei mir nicht, sie bewirken das genaue Gegenteil, ich hab's ein paarmal versucht, aber mir ging es danach ungefähr doppelt so schlecht. Um meine Geschichte zu Ende zu bringen: Ich habe vier Semester vor mich hin studiert, Physik und Informatik, und dann hatte ich die Idee, man muss wohl sagen: die Idee meines Lebens. Außerdem Glück. Sogar sagenhaftes Glück, manchmal erscheint es mir ganz und gar unwahrscheinlich, dass es jemals so kommen konnte. Vielleicht so was wie ausgleichende Gerechtigkeit, obwohl ich daran ebenso wenig glaube wie an Wiedergeburt. Jedenfalls veränderte sich mit meiner Erfindung schlagartig alles. Wunderkind, hieß es, Ausnahmeerscheinung, ich stand ernsthaft unter Genieverdacht. Und war jung genug, um mir darauf was einzubilden. Und, meine Erfahrung: Es gibt auf der Welt keine größere Kraft als Ruhm. Plötzlich war ich kein No-Name-Student mehr, sondern einer, um den sich alle reißen. Ich habe dann durchgekachelt, von einem High zum nächsten, dabei ging es mir nicht ums Geld, das kam ja von alleine und hat mir nie sonderlich viel bedeutet. Ich habe kein einziges Mal richtig einen draufgemacht oder mir teuren Quatsch gekauft. Schade eigentlich, im Nachhinein. Ich war wie auf Droge und irgendwann davon überzeugt, Beklemmung, Schwermut, all die sinnlosen Grübeleien hinter mir gelassen zu haben; ein regelrechtes Triumphgefühl war das, den Kampf zu meinen Gunsten entschieden zu haben.

Falls Sie sich jetzt fragen, wovon überhaupt die Rede ist, also welche Entdeckung ich gemacht habe, kann ich es kaum in Worte fassen. Das sagt nur Insidern was, ganz normale User haben davon mit Sicherheit noch nie gehört. Es würde den Rahmen sprengen, wenn ich versuchen würde, Ihnen das genau zu erklären; ganz grob fällt es in den Bereich *Low Code.*»

Wie nicht anders zu erwarten, blickt Heidbrink in verständnislose Gesichter.

«Egal. Jeder hat ja schon mal von den unwahrscheinlichen Start-up-Erfolgsgeschichten gehört, wo irgendwelche Nerds in irgendwelchen Garagen vor sich hingefrickelt haben, bis ihnen – zack – aus dem Nichts eine bahnbrechende Idee quasi vor die Füße gefallen ist. Und ein paar Jahre später übernimmt eines der großen Tech-Unternehmen aus dem Silicon Valley die Klitsche für einen Phantasiebetrag. Die sogenannten Billion-Dollar-Babys. Bekanntestes Beispiel dürfte WhatsApp sein, 19 Milliarden hat Zuckerberg 2014 gezahlt. Natürlich spiele ich nicht ganz in der Liga, aber vom Prinzip her ist es so gelaufen.»

Als er eine Minipause lässt, senkt sich Beklommenheit herab wie dunkle Luft vor einem Gewitter. *War das jetzt arrogant? Prahlerisch? Unsympathisch.* Aber das sind nun mal die Fakten! Seine Gesäßmuskeln sind so angespannt, als könnten sie ihn aus seinem Stuhl katapultieren.

«Kurz vor meinem Dreißigsten kam das Übernahmeangebot. Eins, wie man es nur einmal im Leben kriegt, und ich war vernünftig genug, es anzunehmen. Ich konnte ja jederzeit was Neues anfangen, dachte ich.»

Plötzlich summt es leise, wie ein auf dem Rücken liegendes Krabbelviech. Hat die Namenlose tatsächlich vergessen, den Vibrationsalarm abzustellen.

«Entschuldigung.»

Hastig pfriemelt sie ihr Handy hervor und klickt den Anruf weg. Es kommt Heidbrink vor, als wären ihre Gesichtszüge unscharf geworden. Augen, Mund und Nase zeichnen sich nicht mehr richtig ab, als trüge sie eine Strumpfmaske.

«Jetzt hatte ich die Taschen voller Geld und war frei, freier geht's nicht. Privatier, dachte ich, auch ein erstrebenswerter Beruf. Erst mal. Wie gesagt, ich ging davon aus, dass mir schon bald was Neues einfallen würde. Was aber nicht der Fall war. Und dann ging es wieder los, die schwarzen Gedanken und die Verzweiflung und die Angst haben aufs Neue von mir Besitz ergriffen. Es ist furchtbar, sich beim Aufwachen erst mal schlecht zu fühlen, sich in jeden Tag reinkämpfen zu müssen. Als hätte ich in meinem ganzen Leben nichts geleistet und müsste immer wieder komplett bei null anfangen. Meist bessert sich das irgendwann am Nachmittag, aber was ist das für ein Leben! Endlos sich aneinanderreihende Tage, die leer vor mir stehen, ein dauerhafter

Zustand aus Angst, Panik, quälender Langeweile, Aussichtslosigkeit, Hoffnungslosigkeit und alle anderen Losigkeiten. Wissen Sie, was Erwachsensein bedeutet? Erwachsensein bedeutet, dass es nichts gibt, worauf man sich freuen kann.»
Vor Selbstmitleid drücken ihm nun die Tränen von hinten auf die Augen. Bitte nicht! Los, weiter, ist ja gleich vorbei.
«Wenn ich ehrlich bin, warte ich auf eine pharmakologische Revolution, einen unbekannten Wirkstoff, der alles schlagartig ändert. Seit der Entdeckung der Antidepressiva ist ja nicht mehr viel passiert. Wieso geht es ausgerechnet da kein Stück voran? Vom Internet bis zur KI in einem Wimpernschlag, nur die Psychopharmaka sind in der Steinzeit steckengeblieben.»
Jetzt nicht ins Labern kommen. Der abschließende Satz liegt in der Luft.
«Na ja, das ist, was mir einfällt. Wahrscheinlich habe ich was vergessen, aber wenn Sie noch was wissen wollen ...»
Eine müde Winterfliege brummt durch den Raum, prallt gegen die Wand, fällt zu Boden und schüttelt ihre Flügel, als wolle sie den Schock des Aufpralls abschütteln.
Keine weiteren Fragen. Dr. Reuter nickt freundlich und schickt ihn zum nächsten Termin.

Der allgemeinmedizinische Check-up findet gleich nebenan statt, Zimmer 102. Nach der Begrüßung setzt sich Dr. Börner athletisch lässig auf die Kante des Schreibtisches, eine Demonstration von Beweglichkeit und Dominanz. Er hat das vierkantköpfige Gesicht eines Action- oder Westernhelden vergangener Zeiten, glatt rasiert bis an die Schläfen, stahlseildünn, hohlwangig, kerzengerade, die agile Knochigkeit in Person, gusseisern bis ins Mark. Ein altgedienter Recke mit silbernem Haar, der seine Laufbahn auf einem gutdotierten Posten fernab von Unikliniken und medizinischen Hotspots ausklingen lässt.
«Haben Sie irgendwelche körperlichen Beschwerden?»

«Beschwerden? Was meinen Sie?»
«Schmerzen? Stoffwechselstörungen? Allergien?»
Ja, gegen das Leben selbst.
«Nein.»
«Bluthochdruck? Herz- und Gefäßkrankheiten?»
Dr. Börner nimmt die Form eines langsam sich aufrichtenden Fragezeichens an.
«Nein.»
«Gicht? Kreislaufbeschwerden?»
«Nein.»
Zack-Zack. Die schneidend nasale Stimme des Doktors klingt nach preußischem Militärarzt. Irgendetwas reizt, ihn mit veraltetem militärischem Jargon zu belegen: Frontschwein. Schütze Arsch. Etappenhengst.
«Operationen innerhalb der letzten zehn Jahre?»
«Auch nicht.»
«Karies? Diabetes? Verdauungsprobleme?»
Unter dem Druck dieses inquisitorischen Blickes hat wahrscheinlich schon so mancher Patient Krankheiten gebeichtet, unter denen er nie gelitten hat.
«Arteriosklerose?»
«Dafür bin ich wohl noch ein bisschen jung.»
«Sagen *Sie*.»
«Körperlich bin ich topfit, würde ich sagen.»
«Wussten Sie, dass die dritthäufigste Todesursache bei Männern ist, nicht zu Vorsorgeuntersuchungen zu gehen?»
Börners Blick brennt ihm Löcher ins Hirn, seine Stimme schabt den Putz von den Wänden. Wahrscheinlich gilt die Taktik, den Neupatienten rundum einzuschüchtern, um ihn anschließend wiederaufzubauen. Heidbrink *weiß*, dass er gesund ist. Kerngesund sogar. Leider. Er wünschte, es gäbe eine physische Ursache für seine psychische Schieflage; irgendwelche ausgefallenen neurobiologischen Gründe, verschleppter Infekt, Vitamin- und/oder

Hormonmangel. Es gab eine Zeit, da galt die Schilddrüse als Wurzel allen Übels. An allem war die Schilddrüse schuld; Überfunktion, Unterfunktion, Fehlfunktion.
«Wie viel wiegen Sie?»
«Keine Ahnung. Ich steig nur selten auf die Waage. Aber ich brauch mich bloß im Spiegel anzuschauen, und ich weiß es aufs Pfund genau.»
«Dann ziehen Sie sich bitte mal aus. Unterwäsche können Sie anbehalten.»
Ein kleines Gewicht sackt in Heidbrinks Bauch nach unten. Demütigend, sich vor einem Fremden zu entkleiden. Jetzt bloß nicht schwanken, das Gleichgewicht verlieren oder sich sonst eine Ungeschicklichkeit zuschulden kommen lassen. Eine *gute Figur* machen.
«Es fehlt Ihnen an Beweglichkeit.»
«Wie meinen Sie das?»
«Sehnen und Muskeln sind verkürzt. So was sehe ich sofort. Das führt dann zu Gelenksteife. Treiben Sie Sport?»
«Zurzeit eher wenig.»
«Zurzeit. Und, was meinen Sie, dass Sie wiegen?»
«Achtzig Kilo, vielleicht einundachtzig.»
«Das glaube ich nicht. Steigen Sie bitte auf die Waage.»
Als Heidbrink auf die Waage tritt, zieht er den Bauch ein. Gute Figur machen.
«Achtundachtzig Komma vier.»
«ACHTUNDACHZIGKOMMAVIER? DAS KANN NICHT SEIN!»
«Das kann allerdings sein. Übergewicht. Und nicht zu knapp. Wie groß sind Sie?»
«Im Ausweis steht einseinundachtzig.»
«Das glaube ich nicht. Ich würde sagen, einsachtundsiebzig.»
«Was?»
«Je weniger Sport man macht, desto früher schrumpft man. Sie müssen versuchen abzunehmen. Vermutlich haben Sie erhöhte

Blutfettwerte. Jetzt nehme ich Ihnen noch Blut ab, in einer Woche haben wir die Ergebnisse.»
Börner drückt Heidbrink das kalte Rund eines Stethoskops auf das Brustbein und zapft ihm anschließend gleich fünf Ampullen ab. Heidbrink beißt die Zähne zusammen. Der verdammte Truppenarzt will ihn auf Zwergenmaß zurechtstutzen. Aber so leicht lässt er sich nicht in die Knie zwingen.
Als Nächstes schreitet Börner zur sonographischen Untersuchung. Er dreht den Monitor so, dass Heidbrink seine eigenen Innereien sehen kann.
«Das hier ist die Schilddrüse. Topzustand, wie man das in Ihrem Alter ja auch erwarten kann. Sie sind Nichtraucher?»
«Ja.»
Er ist kurz davor, *jawohl* zu sagen. Oder *jawoll.*
«Die Halsschlagader. Quasi im Urzustand, keinerlei Plaque oder Verengung.»
Erzähl mir was Neues.
«Trinken Sie Alkohol?»
«Gelegentlich.»
«Wie es aussieht, etwas mehr als nur gelegentlich. Hier, sehen Sie, wie die Leber vergrößert ist? Fettleber. Die Leber ist deutlich echoreicher, also heller als die Niere.»
«Aha.» Von dem bisschen Gelegenheitstrinken?
«Alkohol ist *ein* Faktor, ein anderer die Ernährung. Die allermeisten Menschen essen viel mehr Fett, als ihre Leber verträgt.»
«Die Leber regeneriert sich doch sehr schnell. Sie können bei meiner Entlassung noch mal schauen, in vier Wochen. Bei völliger Abstinenz sollte sich die Leber vollständig erholt haben.»
«So schnell geht das nicht.»
«Ach so.»
«Die rechte Niere, sehen Sie?»
«Hmm.»

«Genau, wie sie sein soll.»
«Das ist ja schön.»
«Sorge macht mir die linke. Sehen Sie die Ausstülpung?»
Ausstülpung? Was für eine Ausstülpung?
«Vergleichen Sie das mal mit der rechten Seite.»
«Sieht irgendwie anders aus.»
«Eine Raumforderung. Es handelt sich mit einiger Wahrscheinlichkeit um einen Tumor.»
TUMOR!!!! Nie im Leben. Der Mann muss wahnsinnig sein.
«Was da genau los ist, lässt sich am Bildschirm nicht erkennen, deshalb müssen wir so schnell wie möglich ein MRT machen.»
«Was war das gleich noch mal?»
«Kernspintomographie.»
«Ach ja.»
«Wenn es bösartig ist, muss es so schnell wie möglich operiert werden. Haben Sie ein präferiertes Krankenhaus, in dem der Eingriff vorgenommen werden soll?»
«Nein. Zuletzt im Krankenhaus war ich als Kind, mit Keuchhusten, seitdem nie mehr.»
«Die größte Auswahl ist natürlich in Berlin. Aber es gibt auch die Curasana Klinik, das ist nur 25 Kilometer von hier, in Crowelin, ein gutes privates Haus. Wenn alles gut verläuft, sind Sie in drei Wochen wieder hier.»
«Drei Wochen», sagt Heidbrink mechanisch. Wenn er sein Gefühl in einen Zeichentrickfilm hätte übersetzen sollen, würden Blitze und Donner in seinem Kopf explodieren, bevor er in die Umlaufbahn eines fernen Planeten katapultiert würde.
«Wenn *ich* mir einen Tumor aussuchen dürfte, dann wäre das die Niere.» Soll das ein Trost sein? «Und Sie wissen wahrscheinlich, dass man auch mit nur einer Niere leben kann. Vielleicht können wir den Tumor herausschneiden, dann muss die Niere nicht entfernt werden.»
«Ach so.»

«Wenn der noch nicht gestreut hat, ist das gar keine so große Sache.»
«Ach so.»
«Ich kümmere mich gleich um einen Termin. Sie bekommen noch heute Bescheid.»
«Danke.»
Übelkeit kommt langsam und unausweichlich über ihn. Er starrt auf Börners Tisch, auf dem Kaffeetassen ein Muster aus Ringen aufgedrückt haben.
«Tut mir leid, aber da ist noch eine weitere Sache, die mir Sorgen macht.»
WAS DENN NOCH?!
«Die Stelle hier am Bauch. Das sieht gar nicht gut aus. Pechschwarz und an den Rändern ausgefranst. Hat die sich in letzter Zeit verändert?»
«Keine Ahnung. Ist mir bisher nicht aufgefallen.»
«Gefällt mir gar nicht. Das muss so schnell wie möglich weggemacht werden.»
«Wie, wegmachen?»
«Operieren. Besser heute als morgen. Herr Heidbrink, bitte erschrecken Sie nicht, aber das sieht nach einem Melanom aus.»
Was labert das Arschloch da? Das Muttermal sitzt schon ewig am gleichen Fleck. Er hat noch nie etwas mit der Niere gehabt. Oder der Leber. Oder einem anderen Organ. Er ist KERNGESUND!
«Hautkrebs? Das kann nicht sein. Es hat weder auf mütterlicher noch auf väterlicher Seite einen Krebsfall gegeben.»
«Damit ist nicht zu spaßen. Ich versuche, noch für heute einen OP-Termin in Crowelin zu bekommen. Der Eingriff wird ambulant vorgenommen und dauert etwa zwanzig Minuten.»
«Wie, heute?»
«Worauf wollen Sie warten? Das geht dann gleich in die Histologie, und in einer Woche haben wir hoffentlich Entwarnung. Auf breiter *Front*.»

Der Militärarzt spricht. Es scheint ihm klammheimliches Vergnügen zu bereiten, Heidbrink Hiobsbotschaften zu überbringen, ein haarfeiner Riss von Grausamkeit, hinter der professionellen Fassade.
«Sie können sich wieder anziehen. Morgen früh zwischen neun und zehn sehen wir uns zur Visite.»

Tja, denkt Heidbrink auf dem Rückweg, dann war's das ja schon, und ganz anders als gedacht. Es hat wieder zu schneien begonnen. Die Flocken fallen so dicht, dass es den Eindruck macht, als wären Himmel und Erde zusammengeklebt. Über Wolkenfetzen bleicht eine zerronnene Sonne, ein Lichtschacht erhellt ein Rechteck hinter dem Raucherpavillon.
Schwester Irene empfängt ihn mit einem etwas übertrieben in die Länge gezogenem Lächeln.
«Gute Nachrichten, Herr Heidbrink. Wir haben schon einen OP-Termin bei Professor Watzmann. Der ist ab morgen nämlich in Urlaub. Sie sind sein letzter Patient. Taxi ist bereits unterwegs, wenn Sie noch mal aufs Zimmer wollen, müssen Sie sich beeilen, sonst können Sie auch hier warten.»
«Das ging ja schnell. Wer ist denn Professor Watzmann?»
«Sie haben ein Riesenglück, dass der den Eingriff persönlich vornimmt. Professor Watzmann ist der beste Dermatologe weit und breit, manche sagen, des ganzen Bundeslandes. Seine Auszeichnungen und Zertifizierungen lassen sich gar nicht zählen. Dr. Martini-Preis, Veröffentlichungen in den führenden Fachzeitschriften. Bei dem sind Sie in den allerbesten Händen.»

Watzmann, der Name ist Programm. Ein Riese, der mit eingezogenem Kopf durch die Tür tritt und aufklappt wie ein überdimensionales Taschenmesser. Er ist so groß, dass er auf Stelzen zu gehen scheint. Der Hüne ist Inbegriff ärztlicher Autorität, eine Koryphäe hippokratischen Zuschnitts, gekleidet in einen Panzer unerschütterlichen Selbstbewusstseins. Streng wie Sauerbruch, genial wie Semmelweis, menschlich wie Schweitzer, weise wie Paracelsus. An seiner Seite Dr. Ziller, ein juveniler, gertenschlanker Assistenzarzt. Reuter in flott, denkt Heidbrink.

«Der erste Tag, und gleich so was, was? Zeigen Sie doch mal.»

Heidbrink zieht den Bauch ein und das Unterhemd hoch. Der etwa daumengroße Fleck sieht wirklich nicht gut aus.

«Das ist da schon ewig. Hat sich überhaupt nicht verändert.»

Ach so, dann war es wohl Fehlalarm. Sie können sich wieder anziehen, Herr Heidbrink.

So leicht lässt sich die Kapazität aber nicht übers Ohr hauen.

«Ich schneide das großflächig raus. Die Eindringtiefe ist zum Glück relativ gering, ich muss also nicht allzu tief schneiden. Sie bekommen jetzt eine örtliche Betäubung, und in einer halben Stunde sitzen Sie wieder im Taxi.»

Beim Einstich der ultradünnen Injektionsnadel spürt er nur einen leichten Druck. Während des Eingriffs erklärt Watzmann seinem Assistenten jeden einzelnen Schritt. Heidbrink versteht kein Wort, spürt aber, dass dieser Meister aller Klassen die WAHRHEIT spricht. Dr. Ziller muss froh und dankbar sein, sich im Orbit des Wundermediziners aufhalten zu dürfen. Zur Ablenkung denkt Heidbrink an ungewöhnliche sexuelle Spielarten. Erregung und Angst heben sich gegenseitig auf. Die Minuten vergehen. Schneidet der noch, oder näht er schon?

«Sie haben es geschafft. In den kommenden Tagen Anstrengungen meiden und keinen Sport. Den Verband lassen wir zwei Tage drauf, danach Wundpflaster, aber das machen die schon, sie müssen sich um nichts kümmern.»

«Herr Heidbrink! Wie ist es gelaufen?»

«Keine Ahnung. Für heute reicht's.»

«Das glaube ich gerne. Tut mir wirklich leid. Aber ich bin fest davon überzeugt, dass es gut ausgeht.»

Irenes Tonfall klingt unnatürlich herzlich. Heidbrink überreicht ihr das Kuvert, das Watzmann ihm mitgegeben hat. Irene starrt es an wie ein belastendes Beweisstück und atmet geräuschvoll aus, als hätte sie die letzten Stunden die Luft angehalten. Und nun?

«Seit wann gibt es das Sanatorium eigentlich?»

«Seit 2006.»

«Ach. Das ist ja noch gar nicht so lange.»

«Wie man's nimmt.»

«Und das Gebäude? Welchem Zweck hat es ursprünglich gedient?»

«Von 1961 bis zur Wende war hier eine Heilanstalt. Danach stand es leer.»

«Aha. Aber ursprünglich. Also ganz früher. Wann ist es denn erbaut worden?»

«Das kann ich Ihnen nicht genau sagen. Da müssten Sie den Professor fragen.»

«Welchen meinen Sie denn?»

«Professor von Rodenberg. Unseren Chef. Der Klinikleiter.»

Heidbrink schaut sich suchend um. Als ob der hier irgendwo herumgeistern würde.

«Bevor ich es vergesse.» Sie reicht ihm einen Tablet-Computer. «Da erscheint morgen früh Ihr Therapieplan. Um den einsehen zu können, müssen Sie Ihre E-Mail-Adresse eingeben und das Passwort. Passwort ist Name und Geburtsjahr.»

«Also Heidbrink1986. In einem Wort oder mit Punkt?»

«In einem Wort. Sie können sich jederzeit einen Überblick über Ort und Dauer der jeweiligen Therapie verschaffen. Am Tag Ihrer Entlassung geben Sie das Tablet einfach wieder ab.»

«Ja, mach ich.»

Irene hält ihm eine mit kleinen Steinchen gefüllte Schale hin. «Schließen Sie die Augen und greifen Sie rein.»

Aha? Heidbrink tut, wie ihm geheißen.

«Und, was steht drauf?»
«*Freude.*»
«Sehen Sie. Der Stein findet Sie. Und jetzt ruhen Sie sich aus. Gute Besserung. Morgen sieht die Welt schon anders aus.»
Der Stein findet Sie. Was soll das nun wieder heißen?

Vitalwerte

Staub schwebt in der Luft, eine Milliarde unendlich kleiner Teilchen. Taumeln, taumeln, wanken, wanken, rutschen, rutschen. Unvermittelt wird Heidbrink von einem Weinkrampf geschüttelt. Die Google-Suche hat ergeben, dass gleich drei potenziell tödliche Krankheiten in ihm wüten, wer weiß, wie lange schon.
1) Fettleber/Leberentzündung/Alkoholhepatitis/Leberzirrhose. Die Leber, steif und hart, in sich zusammengesunken, wird nicht mehr mit Blut versorgt, giftige Stoffwechselprodukte kontaminieren das Gehirn. Schließlich kommt es zu akutem Leberversagen.
2) Nierenzellkarzinom, ein bösartiger Tumor, relativ seltene Krebserkrankung. In fortgeschrittenen Krankheitsstadien sind die Heilungsaussichten ungünstig.
3) Malignes Melanom, auch schwarzer Hautkrebs, extrem aggressiver, bösartiger Tumor der Pigmentzellen, der bereits im Frühstadium Metastasen bildet.
So schnell kann's gehen.

Die Hand nass von Speichel, der aus seinem Mund gesickert ist. Wo bin ich? Ach ja. Schmerzen ziehen wie dünne Glasscherben seine Wunde hoch und zwingen ihn, sich auf den Rücken zu drehen. So liegt er da und *horcht in sich hinein.* Zwei Tumore plus Leberzirrhose.

Nach der OP direkt in die Reha, sich ins Leben zurückkämpfen. Ewiges Zittern vor der nächsten Untersuchung, vor dem nächsten Befund. Er ist kein Kämpfer, nie einer gewesen, er findet das Leben weder schön, noch begreift er es als einzigartiges Geschenk; keinesfalls ist er bereit, weiteres Leid und Elend auf sich zu nehmen, nur um es um ein paar Tage, Wochen oder Monate unnötig *in die Länge zu ziehen*. Der Wikipedia-Eintrag nach seinem Ableben: JONAS HEIDBRINK WAR EIN DEUTSCHER UNTERNEHMER UND ERFINDER. Alles fällt dem Vergessen anheim, die wesentlichen Fragen bleiben antwortlos, und mit sehr, sehr viel Dusel endet alles unentschieden, Glück und Unglück etwa ausgeglichen.

Schon mal was von der bleiernen Bürde des Daseins gehört, Dr. Börner? Nächste Frage: Kennen Sie den bemerkenswerten Satz von Lilian Bell *Life is just one damn thing after another?*. Ein verdammter Tag nach dem verdammten anderen. Jemand wie Börner vermag sich nicht vorzustellen, dass es Menschen gibt, die nicht sonderlich am Leben hängen. Kein Talent zum Glück, Doktorchen, ja, so was gibt es, auch wenn das nicht in Ihren Kommisskopp reingeht.
SCHWACHER LEBENSWILLE, HEIDBRINK. WEGTRETEN!
Er sucht mit seinem Kopf auf dem Kissen eine noch unberührte, kühle Stelle. Dann passiert etwas Seltsames: Kraft durchströmt ihn, ebbt ab, schwillt neuerlich an, von Sekunde zu Minute hellt sich seine Stimmung auf. Weil er bald von der *Bühne des Lebens* abtreten darf? Weil er keinen Kater hat? Weil das Licht hier anders ist? Sind *hormonelle Schwankungen* der Grund? Oder etwas ganz anderes, auf das man so leicht nicht kommt? Das ist ja das Verrückte: Nie weiß man, warum man wie empfindet. Tatsache aber ist, dass er sich jetzt gerade zufällig und ohne besonderen Grund ganz überraschend wohl in seiner Haut fühlt, und das sollte man niemals hinterfragen. Die Feste feiern ...

Er schaut auf sein Tablet, ob der Therapieplan schon online ist. Heidbrink1986, da steht es schwarz auf weiß: progressive Muskelrelaxation, Musiktherapie, Bibliographie, Theatertherapie, Fototherapie, Kulturabend, Gesprächsgruppe, Tanz und Bewegung, Patientensprechstunde. SIE GEHÖREN ZU GRUPPE 3.
Aus wie vielen Mitgliedern besteht diese Gruppe? Nach welchen Kriterien wurde sie zusammengestellt? Wie viele Gruppen gibt es? Wieder kommt ihm der Gedanke, dass es ihm freisteht, jetzt und hier und gleich abzubrechen. Er muss sich weder entschuldigen, noch braucht er sich für irgendwas rechtfertigen, er kann sich jederzeit selbst entlassen. Für die Rückfahrt wird er sich richtig viel Zeit nehmen, Kaffeepausen machen und im Edeka Zutaten für z.B. einen Steckrübeneintopf einkaufen; die exotische Variante mit Backpflaumen, Chili und Koriander. Dazu eine Flasche Champagner. Der Geschmack von Freiheit.
Oder er reißt sich zusammen und hält durch. Eine Woche. Fügt sich in den Klinikalltag, sucht und findet Anschluss, gar neue Freunde. Was hat er schon zu verlieren? Daheim würde er doch nur grübeln, bis er vor Verzweiflung auseinanderfällt. Auf den alsbald einsetzenden Schmerz warten, Vorbote des Todes. Sich nicht zum Arzt trauen, geschweige denn nach den Ergebnissen der Untersuchung erkundigen. Kann er auch hierbleiben. Und wer weiß, vielleicht machen die Therapien sogar *Spaß* und/oder, unwahrscheinlich, aber nicht völlig ausgeschlossen: helfen. *Einen verdammten Tag nach dem anderen*. Einen Tag, einen Tag schafft er.

Jetzt heißt es erst mal ab ins Schwesternzimmer, wo dreimal täglich vor den Mahlzeiten die *Vitalwerte* gemessen werden. Im Gang warten zwei Männer und zwei Frauen auf Einlass. *Menschen wie ich, die jedem Tag mutig entgegentreten*. Er tut so, als würde er den Aushang studieren. Nach zehn Minuten wird er hereingerufen. Die Schwestern sind etwas farblose Gestalten mittleren Alters, Typ Mutti-Tanti-Omi. Eher unwahrscheinlich, dass sie den männlichen Patienten den Kopf verdrehen. Wie es ihm gehe, ob er eine gute Nacht gehabt habe, fragt Schwester Petra, während sie seine Vitalwerte nimmt.

SAUERSTOFF	97
TEMPERATUR	36,5
BLUTDRUCK	128:82
PULS	65

Ob das *im Rahmen* sei, möchte Heidbrink wissen. Topwerte, antwortet Petra.

Rinkhaus hält sein Kinn zwischen Daumen und Zeigefinger wie eine Pfeife.
«Hallo, guten Morgen», sagt Heidbrink.
«Hmmrraa.»
Eine kurze, undeutliche Reaktion huscht Rinkhaus über das Gesicht. Dann wieder Handy. Wäre Rinkhaus ein netter Mensch, würde er fragen, ob Heidbrink in der ersten Nacht in neuer Umgebung gut geschlafen habe. Wieso sitzt der hier eigentlich ewig rum, wenn er nie etwas isst? Oder hat er sein Frühstück bereits *verschlungen*? Oder: Wartet er, bis Heidbrink sich verzogen hat, um dann *in aller Ruhe* zu frühstücken?
«Ähem, Entschuldigung.» Heidbrink deutet auf die eingedeckten Plätze mit den Namensschildern. «Was ist denn eigentlich mit denen?»
«Melanie ist gestern abgereist, und was mit Denise ist, weiß ich nicht.» An Rinkhaus haben sich schon andere die Zähne ausgebissen, denkt Heidbrink, hoffentlich wird der Kerl bald ungeheilt entlassen.

Halbe Stunde noch bis zur Visite. Er drückt auf einen Knopf des Getränkeautomaten, bis eine Coladose herausklappert. Am Kaffeeautomaten zieht er einen Cappuccino und einen dop-

pelten Espresso. Dann geht er noch mal in seinen *Room with a View*. Der Himmel hat dieselbe Farbe wie der mit schmuddeligem Schnee bedeckte Sumpf. Die Bäume bilden schwarzviolette Flecken auf der Fläche, die sich bis zum Horizont erstreckt. Das Koffein schießt in die Blutbahn, sorgt für einen Moment der Euphorie. Er betastet seinen Verband. Der brennende Wundschmerz ist einem pochenden Taubheitsgefühl gewichen.
Punkt 10 erscheint Dr. Börner zur Visite und verkündet die frohe Botschaft, dass er Heidbrink am Freitag um 15 Uhr einen MRT-Termin in der Radiologie der Curasana Klinik verschafft habe. Vielen Dank. Börner ab.
Da er mit dem Verband an der *progressiven Muskelrelaxation* noch nicht teilnehmen darf, setzt er sich wieder auf den heißen Stuhl und schaut weiter aus dem Fenster. Ein Schwarm Kraniche kommt angesegelt. Die Vögel zerreißen mit ihren messerscharfen Schreien die Luft und verschwinden aus seinem Blickfeld, wie sie wahrscheinlich schon seit Millionen von Jahren über diesen Fleck Erde fliegen. Das Schloss, der Sumpf, die Vögel, die perfekte Kulisse für einen Edgar-Wallace-Krimi aus der TV-Steinzeit.
Vor dem Mittagessen werden die Vitalwerte erhoben.

SAUERSTOFF	95
TEMPERATUR	36,7
BLUTDRUCK	126:80
PULS	64

Stabil.

Heute steht mit Hack und Feta gefüllte Paprika auf dem Speiseplan. Von Rinkhaus keine Spur, Heidbrink sitzt mutterseelenallein an seinem Sechsertisch. Mehr Outcast geht nicht. Wenn er eingeladen würde, sich irgendwo dazuzusetzen, könnte er wenigstens ablehnen. Ein untersetzter Dreihundertpfünder wackelt so schwerfällig zum Buffet, dass es scheint, als würden die Gegenstände erzittern und die Flüssigkeiten in den Gläsern schwappen. Während der Beleibte klumpige Pilzsuppe in den tiefen Teller schöpft, wechselt sein Gesichtsausdruck für einen kurzen Moment von sterbenselend zu ultraaggressiv, als stünde er kurz davor, alles kurz und klein zu schlagen. Zurück an seinem Platz betrachtet der Pfünder den Suppenteller, schaut *in* den Suppenteller, ob darin ein Geheimnis schwimmt, welches sich vielleicht zu ergründen lohnte. Dann schiebt er den Teller beiseite, als wäre die Entscheidung *für* die Suppe und *gegen* den Salat ein weiteres Steinchen im Mosaik seiner Fehlentscheidungen.

Der Feta hat eine unangenehme, schmierig-zähe Konsistenz. Dauernd bleibt er in Heidbrinks Zähnen hängen, verklebt den Gaumen. Heidbrink hätte Lust auf die Pilzsuppe, aber er traut sich nicht ans Buffet. Muss man sich mal vorstellen, traut er sich einfach nicht ans Buffet! Nicht auffallen, nur nicht auffallen, für die anderen so unsichtbar sein, wie sie für ihn sichtbar sind. Und Schweigsamkeit beschert ja ein gewisses Maß schützender Unsichtbarkeit. Seine Stunde kommt schon noch.

Die meisten Patienten im Saal sind unauffällig gekleidet, beige und braun und dunkelblau und mattschwarz und graphitgrau. *Echte* Patienten sind viel deprimierender als Film- oder TV-Patienten. Im Unterschied zum turbulenten TV-Krankenhaus-Alltag passiert im wirklichen Krankenhaus nie etwas, keine geilen Ärzte, keine durchgeknallten Besucher, keine amourösen Verwicklungen, keine Überraschungen, nichts, nur Vitalwerte, Suppe und Langeweile. Nach dem Essen nimmt er eine Schmerztablette und legt sich aufs Bett. Dann liegt er da wie von einem Bestatter hergerichtet, die Arme dicht am Körper. Unter dem Verband puckert der Schmerz. Noch eine Stunde bis zu seiner ersten *Therapieeinheit*.

River is Flowing

Da Heidbrink Probleme hat, den etwas versteckt im zweiten OG des Gesindehauses gelegenen Musiktherapieraum zu finden, kommt er ein paar Minuten zu spät. Die Luft ist dick und schmeckt nach Schweiß. Vier Männer sitzen im Kreis um eine Frau. Mit Kopfnicken bedeutet sie Heidbrink, sich dazuzusetzen. Das ist also die Gruppe 3. Gehören alle diese Männer zur Gruppe 3? Zum Glück wurde Rinkhaus nicht der Gruppe 3 zugeordnet.

Der Raum ist bis unter die Decke mit Instrumenten vollgestopft, die Hälfte davon Trommeln jeder Form und Größe: Röhrentrommeln, Fasstrommeln, Reibetrommeln, Zylindertrommeln, Bongotrommeln, Bechertrommeln. Ein ganzes Arsenal an Percussion-Instrumenten: Klingende Stäbe, Rasseln, Maracas, Schellen, Tamburine, Schlagwerk und Fellinstrumente, Guiro, eine Reihe Orff'scher Instrumente.

«Hallo und herzlich willkommen. Mein Name ist Veronika Paschen. Ich bin die Vertretung von Frau Knappweis, die ab dieser Woche im Mutterschutz ist. Bevor wir beginnen, ein paar grundsätzliche Sachen. Es ist überhaupt nicht wichtig, ob Sie ein Instrument beherrschen. Sie müssen sich nur darauf einlassen.»

Veronika könnte geradewegs aus Woodstock hergebeamt worden sein. Ein spargeliges, friedlich-freundlich-vegan/vegetarisches Geschöpf mit leicht schiefem Gesicht, glatte graue, bis zur Taille reichende Haare, Batikkleid.

«Spaß an der Sache zu haben, ist das Allerwichtigste. Musik kann ja ganz unterschiedliche Funktionen haben: Entspannung, Ruhe, Erholung, aber auch Freude, Entäußerung, Ekstase.»

Ekstase, soso.

«Was erwarten Sie persönlich von der Musiktherapie?»

Erwartungsvoll schaut sie in die Runde. Schweigen, Räuspern, Schnalzen, Schlucken. Die Stille ist zermürbend. Nach gefühlt zehn Minuten erbarmt sich Veronika und gibt selbst ein paar mögliche Antworten.
«Musiktherapie baut Stress ab, mindert Ängste und Depressionen, reduziert das Schmerzempfinden. Sie entspannt, heilt und beruhigt. Wer von Ihnen hat denn bereits Erfahrungen mit Musiktherapie?»
Die Patienten schauen auf den Boden oder ins Leere.
«Spielt jemand von Ihnen ein Instrument?»
Schweigen. Herumnesteln. Leises Pffft-Geräusch.
«Oder hat schon mal ein Instrument gespielt? Zum Beispiel Blockflöte. Die meisten haben ja als Kind mal Blockflöte gespielt.»
Nicken. Zustimmendes Murmeln.
«Sehr schön. Eine Trommel haben die meisten sicher auch schon in der Hand gehabt.»
Nicken. Zustimmendes Murmeln.
«Man unterscheidet ganz allgemein Melodie- und Rhythmusinstrumente. Die Melodie gibt den Verlauf und die Höhe der Töne an, der Rhythmus dagegen beschreibt die zeitliche Abfolge der Töne. Tonhöhe, Rhythmus, Lautstärke und Ton sind die vier Parameter der Musik. Einfacher gesagt: Rhythmus bestimmt, wie schnell, langsam usw. die Töne sind, die Sie singen oder spielen. Der Verlauf der Tonhöhe wird mit der Melodie festgehalten. Melodie ist eine Kombination aus Tonhöhe und Rhythmus.»
Die Männer sitzen da, als wären sie aus Stein gehauen, keiner nimmt auch nur ein My von dem auf, was die Schreckschraube vor sich hin blubbert.
«Weil wir uns noch nicht kennen, würde ich Sie nun bitten, sich vorzustellen. Ihr Name, woher Sie kommen, wie Ihre Diagnose lautet und die Dauer Ihres Aufenthalts. Ich fang mal an: Mein Name ist Veronika Paschen, hab ich, glaub ich, schon gesagt, ich

bin Diplompädagogin und Musiktherapeutin. Ich habe in Crowelin eine eigene Praxis und vertrete Frau Knappweis. Und nun machen Sie sich mit den anderen bekannt. Der Herr links von mir, fangen Sie doch bitte an.»

Uwe aus Dormagen, dick, triefäugig. Sein Körper hat Ähnlichkeit mit einer Kirchenglocke. Einer der phlegmatischen, leicht unterbelichtet wirkenden, geschlechtslos-onkelhaften Männer, die, weil sie so harmlos sind, als sympathisch durchgehen. Leidet unter Burnout, Depressionen und einer Abhängigkeitsstörung, Verweildauer sechs Wochen.

Simon aus Leipzig. Seine Stirn ist von einem Spiralnebel entzündeter Pusteln übersät, die auch einen Teil der Wangen bedecken, Nasenlöcher und Ohren sind ebenfalls entzündet. Brille, kleine, einwärts gekippte Zähne. Sieht aus wie neunzehn, ist aber wahrscheinlich viel älter. Leidet seit einer Psychose an einer manifesten, generalisierten Angststörung und Abhängigkeitsstörung. Wovon er abhängig ist, verrät auch er nicht.

Jan aus Flensburg, nordischer Typ, das weiche, unbestimmte Gesicht des alterslosen, ewigen Studenten; er hat irgendetwas Enges, Verbiestertes um den Mund. Burnout, Schlafstörungen, bipolare Störungen. Aufenthaltsdauer noch ungewiss.

Hans-Christian, sportlicher Mann in den besten Jahren, der sich auf Datingportalen (veraltet: Bekanntschaftsanzeigen / Heiratsannoncen) wahrscheinlich als *ansehnlicher, erfolgreicher Mittfünfziger* vermarkten würde. Souverän, selbstsicher, strahlt eine gewinnende, ironische Intelligenz aus. Zu attraktiv für Probleme. Und der Einzige in der Runde ohne Büßerkleidung; Heidbrink identifiziert eine Ralph-Lauren-Jeans und, trotz der frostigen Temperaturen, ein Moncler-Poloshirt in der Farbe Navy. Könnte Werbefigur für Best-Ager-Produkte sein. Leichter Sugardaddy-Einschlag. Was macht so einer hier? Antwort: Depression, somatoforme Störung. Der Begriff sagt Heidbrink nichts, aber er wird schon dahinterkommen.

Er selbst bleibt im Ungefähren; Antriebslosigkeit, allgemeine *Sinnlosigkeitsgefühle*. Er komme aus Hannover, lügt er, und weiß auch nicht, wieso. Unauffällig wirft er einen Blick auf die Uhr. Fünfzehn von neunzig Minuten sind verstrichen.

«Jetzt wollen wir gemeinsam musizieren. Suchen Sie sich dafür bitte ein Schlaginstrument aus.»

Ausgiebig testen die Männer die vielen kleinen, mittleren und großen Trommeln, hauen mit der Handfläche aufs Fell, inspizieren die Instrumente von allen Seiten, klemmen sie sich zwischen die Beine, stellen sie wieder hin.

«Lassen Sie sich ruhig Zeit.»

Aha. Veronikas Konzept ist also, die *Einheit* ohne großartigen Aufwand hinter sich zu bringen. Sinnvoll und vor allem zeitsparend wäre es nämlich, wenn *sie* die Instrumente verteilen würde. Aber solange die Männer sinnlos rumprobieren, rückt das Ende der Stunde wieder ein paar Minuten näher. Fünfundzwanzig von neunzig. Veronika nimmt einen Stapel Textblätter vom Klavier, sortiert diese sehr sorgfältig und händigt jedem Teilnehmer ein Exemplar aus. *The River is Flowing*.

«Zunächst wollen wir uns mit dem Text beschäftigen. Ich lese ihn einmal vor.»

The river, she is flowing,
Flowing and growing,
The river, she is flowing
Back to the sea.
Mother Earth carry me
Your child I will always be,
Mother Earth carry me
Back to the sea.

Von Uwe kommt ein gurgelndes, aus geheimnisvollen Tiefen aufsteigendes Stöhnen, das von Veronika geflissentlich ignoriert wird.

«Und gleich noch mal, wenn Sie mögen, sprechen Sie ruhig mit.»

The river, she is flowing,
Flowing and growing,
The river, she is flowing
Back to the sea ...

«Dieses Stück lebt von der Wiederholung. Wer nicht mitsingen möchte, kann auch einfach nur trommeln.»
Sie greift zur Gitarre, spielt die Akkordfolge einmal, bevor sie die Melodie singt. Ihre Intonation ist wacklig und rhythmisch unsauber. Nach drei weiteren Durchläufen bedeutet sie den Patienten durch Kopfnicken einzusteigen. Simon summt, Uwe brummt, Jan bleibt still, Hans-Christian schlägt die Eins jedes Taktes mit seiner Bongotrommel.
Wiederholung folgt auf Wiederholung folgt auf Wiederholung, bis zum zehnten Durchgang zählt Heidbrink mit, dann schweifen seine Gedanken ab, und er wird von großer Schläfrigkeit geflutet ...

Mother Earth carry me
Back to the sea

... Sein Kopf wie leergeräumt – seine Gedanken sind Eisenspäne, und er steht direkt an einem Magneten. Ist das etwa der gewünschte Effekt? Draußen hat es wieder zu schneien begonnen. Weiße, unbewegliche Schatten hinter dem Vorhang aus fallendem Weiß.

The river, she is flowing,
Flowing and growing

Vermutlich führt dieser Titel die ewige Hitparade der *Healing Music* an, wirksam bei Demenz, Alzheimer und Schlaganfall. Veronika eilt von Wiederholung zu Verlängerung zu Fortsetzung, und verbreitert den River um atemberaubende zwanzig Minuten. Fünfundvierzig von neunzig.

Auch der sich anschließende Instrumentaltitel *Abendlied* gehorcht dem Muster Heilung durch Monotonie. Veronika zupft offene Akkorde auf der Gitarre, die Patienten machen irgendwie auf ihren Vorschulinstrumenten mit. Geballte Trostlosigkeit. Halbe Stunde noch.

Jetzt sollen sich alle zusätzlich ein Melodieinstrument aussuchen. Veronika öffnet eine Truhe, der sie Xylo-, Metallo-, Marimbaphone, Mundharmonika und vieles mehr entnimmt. Viel mehr jedenfalls, als in die Truhe reinzupassen scheinen. Ist die Kursleiterin eine verkappte Zauberkünstlerin, die ihren besten Trick vorführt? Nachdem sie die Instrumente verteilt hat (5 Minuten), schlägt sie mit einem großen Klöppel in langsamen Schlägen auf eine Rahmentrommel. Das Tempo des Beats, erläutert sie, entspreche dem Pulsschlag. «Ich fange an, und Sie steigen ein. Sie können einfach nur die Grundschläge mitmachen, oder Sie finden eigene Muster. Wichtig ist nur, dass Sie das Tempo halten.»

Hans-Christian am Xylophon bleibt bei seiner bewährten Technik, auf die Eins zu klöppeln. Simon versucht sich an komplizierteren Mustern, gerät aber schnell aus dem Takt. Uwe hat ausgerechnet eine Mundharmonika ausgehändigt bekommen. Seine Lippen kriechen wie fette Raupen über die Löcher des *Linguaphons*. Er legt sich mächtig ins Zeug, vor Anstrengung treten seine Augen heraus wie bei einer Kröte. Jan ist sichtlich überfordert, gleichzeitig Melodie- und Rhythmusinstrument zu bedienen.

Welche Assoziationen das Stück ausgelöst habe, möchte Veronika schließlich (nach 15 Minuten) wissen. Uwe, einsilbig: Schiff. Zustimmendes Nicken. Uwe ergänzt bzw. präzisiert: Galeere.

Sklavenschiff. Was ist das Leben anderes als ein permanentes Diminuendo, ein durchgehendes Fade out, denkt Heidbrink, behält es aber für sich. Viertelstunde noch.

«Zum Abschluss wollen wir uns einer langen, tiefen Entspannung widmen. Nehmen Sie sich dazu bitte eine Matte und decken Sie sich mit einer Decke zu. Lassen Sie nun Ihren Gedanken freien Lauf, hören Sie auf Ihren Körper und spüren Sie, wie sich jeder Muskel lockert und entspannt. Es macht nichts, wenn Sie dabei einschlafen.»

Nachdem sich alle in Position begeben haben, nimmt Veronika Klöppel und eine Klangschüssel, mit der sie durch stetes Herumrühren ein irgendwie fernöstliches Gesumme produziert, über das sie im Märchenerzählerinnenton einen Meditationstext spricht.

Schließe deine Augen, spüre, wie du zur Ruhe kommst, fühle dich leicht und frei, fühle, dass es jetzt gerade nur dich selbst gibt ... Lenke deine Aufmerksamkeit nun sanft zu deinem Atem ... beobachte deinen Atem ... atme ein und aus und ein und aus ... spüre, wie du mit jedem Atemzug Energie aus dem Kosmos einatmest ... Atme ein und aus und ein und aus ... Spüre, wie du mit jedem Atemzug mehr in dein Inneres findest ...

Heidbrinks Wunde fühlt sich taub an, wie anästhesiert, und pocht dumpf vor sich hin. Sein Unterleib ist seltsam angeschwollen, als stecke er voller Gift.

Und nun überlasse deinen Atem einfach sich selbst ... Spüre, wie dein Bewusstsein sich öffnet ... Genieße deine Leichtigkeit und deine Offenheit und nimm einfach die nun folgenden Sätze auf ... Du hast jetzt die Absicht, dein wahres Selbst zu finden ... Es ist leicht, dein wahres Selbst zu finden ...

Über die Klangschale gebeugt, sieht Veronika aus wie eine überdimensionale Spinne. Wenn man sie anstoßen würde, würde sie selbst wie ein Gong tönen. Dann hält sie den Schnabel und rührt die letzten fünf Minuten nur noch in der Schüssel herum. Das

Rühren und Schaben wird immer leiser und leiser, bis Veronika die Meditation mit einem sanften Pong abschließt.
«Jetzt kommen wir langsam zurück.»
Genau.

SAUERSTOFF	97
TEMPERATUR	36,6
BLUTDRUCK	125:85
PULS	63

Die Vitalwerte weichen nur geringfügig von denen der Mittagsmessung ab. Um 18:55 geht Heidbrink runter. Am Buffet stehen neben Brot und Brötchenauswahl Salate, Wurst- und Käseaufschnitt, ein Trog mit Steinpilzsuppe (vom Mittag) und ein Bain-Marie (Wurstwärmer) mit Wienern. Am Nebentisch tobt eine lautstarke Unterhaltung. «Das müsst ihr euch mal angucken», blökt einer und zeigt auf dem Handy einen lustigen Katzen-Clip, woraufhin alle in Gelächter ausbrechen. Heidbrink schlingt erst ein Würstchen mit Senf, dann ein Nutellabrötchen hinunter und verkrümelt sich. Im wahrsten Sinne des Wortes.

Endlich Schuhe ausziehen. Langmachen. So lang, wie es geht. Ein Bett für eine Person. Jugendbett. Krankenbett. Patientenbett. Sollte er jemals Besuch empfangen, müsste der mit dem Besucherstuhl vorliebnehmen. Die Möglichkeiten der Abendunterhaltung sind begrenzt: Fernsehen, Lesen, Musik hören, Gedanken nachhängen. *Ich bin eine einzige Abwesenheitsnotiz.* Niemand weiß, wo er ist, er hat alles so organisiert, dass er vier Wochen unbehelligt bleibt, abgeschnitten vom allgemeinen Informations- und Nachrichtenfluss.
Er schaltet den Fernseher an. TV, eine untergegangene Welt, in die Heidbrink eher selten eintaucht. Lineares Seherlebnis in virtueller Gesellschaft derer, die genau in diesem Moment die gleiche Sendung schauen. Viele Zuseher dürften Patienten sein, die in Kliniken und Heimen landauf und landab vor dem Gerät der

Visite der Nachtschwester entgegendämmern. Danach genehmigt sich so mancher bestimmt noch einen heimlichen Schlummertrunk. Wenn dann die Schwester spät in der Nacht ein weiteres Mal vorbeischaut, liegt Alkoholdunst in der Luft, und es gibt Ärger.

Um 22:36 klopft es an der Tür.

«Guten Abend. Ich bin Schwester Angela. Geht's Ihnen gut?»

«Ich glaube ja.»

«Brauchen Sie noch irgendwas?»

«Ich glaube nicht.»

«Was macht die Wunde? Haben Sie genügend Schmerzmittel?»

«Ja danke, es geht schon.»

«Morgen früh kommt der Verband ab und wird durch ein Pflaster ersetzt. Falls irgendwas sein sollte, wo das Schwesternzimmer ist, wissen Sie ja. Und im Notfall klingeln.»

«Ja, wird schon. Vielen Dank.»

«Gute Nacht.»

«Gute Nacht.»

Die Sonne steht tief am Himmel und wirft ein schwaches Licht, das aussieht wie ein Bühneneffekt. *Auch diesen Tag werde ich meistern.* Einen verdammten Tag nach dem anderen. Nach der Dusche (er ist bereits seit 6:30 wach) setzt er sich auf den Stuhl. Der Klinikschrat, der tagein, tagaus auf seinem Platz hockt und ab und an die Vorhänge lüpft. Direkt vor seinem Fenster gräbt ein Mann in Forstjacke ein Loch in die gefrorene Erde. Der Spaten beißt in den Boden, immer wieder, unermüdlich. Der Hausmeister? Ein (externer) Mitarbeiter (Gartenhelfer)? Der Haufen Laub, den er vorher zusammengerecht hat, zerstreut sich schon wieder und wird vom Wind davongeweht.

Vor dem Schwesternzimmer warten zwei Patientinnen. Nie gesehen, nie gehört. Gehören die zur Gruppe 1, zur Gruppe 2, zur Gruppe 4? Wie viele Gruppen gibt es überhaupt? Die Ältere der beiden trägt die angesagte Hospizkombi Schlappen plus amorphes Wabbelquaddelzeug. Die Jüngere, dick und vergnügt dreinschauend, steckt in einem ungünstig geschnittenen Fitnesseinteiler, der mindestens eine Nummer zu klein ist. Vielleicht hofft sie, im Laufe des Aufenthalts rein- bzw. rauszuwachsen. Joggingsachen, Schlafanzug, lange Unterhose, Thrombosestrümpfe, Latschen, Turnschuhe. Hierarchielose Anstaltskleidung, Zeugnis schnell voranschreitender Verwahrlosung. Wieder stellt er sich vor den Aushang und wartet darauf, hereingerufen zu werden.

SAUERSTOFF	97
TEMPERATUR	36,5
BLUTDRUCK	128:82
PULS	65

«Was sind das eigentlich für Vögel im Sumpf?»
Schwester Petra starrt ihn an, als sei diese Frage zu ungeheuerlich, um überhaupt gestellt zu werden.
«Kraniche?», versucht er ihr auf die Sprünge zu helfen.
«Ja, wahrscheinlich sind das Kraniche.»
«Und das Sumpfgebiet. Hat das einen Namen?»
«Wozu das *genau* gehört, weiß ich jetzt auch gerade nicht. Angela, weißt du, was für ein Sumpf das hier ist?»
«Nee, auch nicht. Vielleicht wissen das die Ärzte. Oder Irene. Die weiß das bestimmt.»
«Okay, danke, dann frage ich Irene. Bis nachher.»

Rinkhaus, eingesogen vom Display, hat seine Umgebung vollständig ausgeblendet. Vielleicht genießt er als Altpatient ein Anrecht auf gastronomischen Zimmerservice. Am Nebentisch verzehrt ein Gast einen großen Salat. Morgens gleich Salat, denkt Heidbrink, der will's wissen. Das allerletzte Blatt füllt den ganzen Teller aus, es ist das größte Salatblatt, das Heidbrink je gesehen hat. Statt es mit dem Messer in mundgerechte Stücke zu

schneiden, stopft der Mann es sich im Ganzen in den Mund und nimmt dabei die Finger zu Hilfe. Sein dicker Schildkrötenhals vibriert, als würgte er Fische aus. Hat er sich wohl übernommen.
Nach dem Frühstück zieht Heidbrink einen Cappuccino und pimpt ihn mit zwei Extrashots auf Euphoriestärke. Koffein hat eine bessere Wirkung, wenn man nüchtern und unverkatert ist. Der Grund, weshalb trockene Alkoholiker Kaffee gleich literweise in sich hineinschütten: schwacher Abglanz des nassen Rausches.
Statt Dr. Börner nimmt heute Dr. Reuter die Visite ab.
«Wie geht es Ihnen?»
«Och, so weit ganz gut.»
«Wie haben Sie geschlafen?»
«Besser als zu Hause.»
«Und was macht die Wunde?»
«Ganz gut, glaube ich.»
«Lassen Sie mal sehen.»
Reuter frickelt den Verband ab. Die feine Narbe ist leicht gerötet und zieht sich etwa zwanzig Zentimeter über den Bauch.
«1-a-Arbeit von Professor Watzmann. In ein paar Wochen merken Sie so gut wie nichts mehr. Sie bekommen jetzt von mir ein Duschpflaster, das sollte dann drei, vier Tage halten.»

Die Fototherapie findet ebenfalls im Gesindehaus statt. Im Foyer kommt ihm Simon entgegen. Sein Gesicht ist so verpickelt, dass es zu glühen scheint. Augäpfel von einem Meter Durchmesser schauen hinter einer gewaltigen Brille hervor und schwappen hinter den Gläsern hin und her.
«Und, was liegt bei dir an?»
Heidbrink, erfreut über die unerwartete Ansprache: «Fototherapie. Keine Ahnung, was das sein soll. Hast du das schon mal gemacht?»
Simon grinst. «Da will ich auch hin. Ist gar nicht so bescheuert, wie es klingt.»

Sie traben gemeinsam los. Auf dem Weg schnäuzt Simon sich völlig ungeniert erst das eine und dann das andere Nasenloch frei.

Leichter Desinfektionsgeruch liegt in der Luft, die Nebelschwaden am Fenster wie Milch. Jan blickt mit verträumtem Ausdruck nach draußen, als wären dort die unbegrenzten Möglichkeiten des Lebens zu sehen. Von der Seite sieht sein Gesicht aus, als knirsche er mit den Zähnen. Uwes Gesicht ist vor Kälte und Anstrengung rot wie eine Rübe. An seiner Gürtelschlaufe hat er ein Schlüsselbund befestigt, schwer wie ein Vorhängeschloss, was ihn wie den Hausmeister erscheinen lässt. Wozu um Himmels willen braucht er *Schlüssel*? Es muss sein privates Schlüsselbund sein, das er nun gewissermaßen als Zierde trägt. Hausmeister aus Leidenschaft.
Frau Schröder (Felizitas) ist eine asketische, sehr schlanke Frau in den Vierzigern, Typ Privatschuldirektorin. In ihrem dunklen engen Kostüm sieht sie aus wie in Seetang gewickelt. Die hellrot geschminkten Lippen betonen ihr scharf geschnittenes, blasses Gesicht, die Wangen sind fast durchsichtig, wie hauchdünn geschnittene Fischfilets in Sushi-Qualität. Eine Erscheinung, die so gar nicht in diese Therapiewelt passt.
Auf der Werkbank liegen drei wuchtige, historisch anmutende Digitalfotoapparate. Uwe nimmt einen der Klötze in die Hand, betrachtet ihn von allen Seiten und stellt ihn mit leerem Blick zurück auf seinen Platz. Frau Schröder schaut in die Runde wie eine Lehrerin, die darauf wartet, dass endlich Ruhe einkehrt, ihr Blick ist bohrend, streng, fast beängstigend. Dabei hat niemand einen Ton gesagt.
Das heutige Motto: Perspektivwechsel. Darunter verstehe man die Fähigkeit, sich in eine andere Person hineinzuversetzen und die Welt aus deren Blickwinkel zu betrachten. Schröders Stimme ist sehr klar und irgendwie perkussiv, die einzelnen Silben wie

Bohnen, die in einem Gefäß klötern. Man unterscheide, sagt sie, zwischen kognitiver und emotionaler Perspektivenübernahme. Kognitive Perspektivenübernahme sei die Fähigkeit, die Perspektive eines anderen zu verstehen sowie dessen Verhalten vorherzusagen, emotionale Perspektivenübernahme die Fähigkeit, eine gefühlsmäßige Verbindung zu einem anderen Individuum aufzubauen. Uwe macht ein paarmal den Mund auf, wie um etwas zu fragen, macht ihn dann aber unverrichteter Dinge wieder zu.

Heidbrink stellt sich vor, Fotografie zu seinem Hobby zu machen, seinem ersten überhaupt. Oder eine andere Leidenschaft zu entwickeln für z.B. Schellackplatten. Antike Spielautomaten und Musiktruhen. Windmühlen: Turmwindmühle. Bockwindmühle. Kokerwindmühle. Dem Steckenpferd zuliebe auf Entdeckungsreise durch Holland gehen. Die Windmühlen fotografieren, «Windmühlen im Wandel der Zeit». Windmühlenmodellbausätze, Windmühlenpuzzles, Terrassen- oder Garten- oder Balkon-Miniaturwindmühlen, einen Windmühlenstammtisch gründen. Ein Sachbuch über Windmühlen verfassen: *Zwickmühlen*. Bald merken, dass sich nichts Neues mehr zu diesem Thema beitragen lässt, sich aber mit dieser ruhigen, schneckengleichen Tätigkeit außerhalb jeder Sichtbarkeit über die Zeit/Runden retten.

Jan sagt, er würde gerne wieder etwas mit den *Figuren* machen. Uwe und Simon stimmen zu, Heidbrink, der keine Ahnung hat, was gemeint ist, macht ein Geräusch, das man als Affirmation interpretieren könnte. Daraufhin entnimmt Frau Schröder einem Karton sechzehn etwa daumengroße Plastikfiguren und positioniert sie zwischen den Kameras: ein stehender Mann, ein gehender Mann, ein hockender Mann. Eine liegende Frau mit angezogenen Beinen, eine auf einem Stuhl sitzende Frau, eine Oma mit Rollator, ein Opa auf Krücken. Ein Kind mit Ball, ein Kind mit Hula-Hoop-Reifen, ein Kind auf einem Dreirad. Ein Affe, eine Katze, ein Hund, eine Giraffe, ein Vogel, ein Seehund.

Frau Schröder fordert die Patienten auf, sich jeweils vier Figuren auszusuchen. Fotoneuling Heidbrink überlässt den alten Hasen den Vortritt. Für ihn bleiben hockender Mann, Affe, Katze, liegende Frau mit angezogenen Beinen. Frau Schröder erklärt nun die Bedienung der Fotoapparate. Mit diesen Modellen aus den achtziger und neunziger Jahren lasse sich viel *bewusster* fotografieren als mit Handykameras. Was immer das heißt. Die Patienten bekommen nun eine halbe Stunde Zeit, die Figuren auf dem Klinikgelände in den unterschiedlichsten Perspektiven abzulichten.

Der Park ein Schwarzweiß aus Eis, Schnee und Matsch, der Himmel ein schmutziger Gaze-Verband, der über der Landschaft hängt. Die Kälte zieht Heidbrinks Schädel zusammen. Hätte man ruhig ansagen können, dass alle nach draußen gejagt werden.
Als Erstes drapiert er den hockenden Mann auf einer Bank. Er lichtet den Winzling von oben, von unten, von der Seite, von vorne ab, wobei der Eindruck stets der gleiche bleibt: ein Zwergenwesen auf einem Riesenmöbel, vergessen, verloren, verlegt. Ein Männlein steht im Walde. Wie der Figur Leben einhauchen? Er zückt sein Handy und googelt *Perspektive für Anfänger*: Wie lässt sich Tiefe und Entfernung angemessen ausdrücken? Zentralperspektive, Froschperspektive, Vogelperspektive, Zwei-Punkt-Perspektive. Tja. Er steckt das Männchen in die Hosentasche und setzt seinen Weg fort. Hosentaschenperspektive. Auf der nächsten Bank schießt er eine weitere Serie. Eindruck bleibt Eindruck bleibt Eindruck: ein kleiner Mensch, verloren in der großen Welt. Er setzt sich dazu und macht ein Selfie. Die Parkbank leitet die Kälte aus der Erde in seinen Körper und in den des kleinen Mannes. Zwanzig Minuten noch. Die eisige Luft brennt auf der Gesichtshaut, Kälte bohrt sich wie ein glühender Draht in die Nase, beißt in seine tauben Zehen. An einem Strauch haben

sich Tortillachips- und Flipstüten zwischen den kahlen Ästen verfangen. Wer hat denn diese Sauerei bloß angerichtet? Er setzt die Figur auf einen Zweig, der so dick mit Kondenswasser lasiert ist, dass er tropft. Bevor er den Fotoapparat zücken kann, wird das Männchen von einem Windstoß davongepustet. Heidbrink braucht geschlagene fünf Minuten, bis er es wiedergefunden hat. Diesmal *klemmt* er das Männchen an einem Zweig fest und schießt die nächste Serie. Einfallslos, aber mehr fällt ihm partout nicht ein. Ein Geräusch lässt ihn zusammenzucken. Direkt vor ihm bricht ein Kranich aus dem Schilf und steigt mit schwerem, mächtigem Flügelschlag in die Höhe. Er geht weiter.

Auf der Suche nach unverbrauchten Motiven umrundet er das Schloss, wo er wieder auf Simon stößt, der mit vor Kälte hochgezogenen Schultern in sich versunken vor einem Vogelhäuschen steht. Statt nun aber seine Figuren (Oma mit Rollator, gehender Mann, sitzende Frau, Kind auf Dreirad) im Häuschen zu platzieren, hat er den Kopf gesenkt und lässt eine lange Speichelschnur aus dem Mund baumeln. Kurz vor dem Kontakt mit dem Boden zieht er sie wieder zurück, sichtbar befriedigt von der punktgenauen Kontrolle, die er über seinen Geifer ausübt. Dann geht er weiter, geduckt und ruckartig wie eine infantile Krabbe.

Wer nicht will, der hat schon, das Vogelhäuschen ist jedenfalls ein dankbares Setting. Heidbrink setzt den Mann auf den Schoß des Affen, positioniert die liegende Frau daneben und die Katze an deren Kopfende. Mensch und Tier, friedlich unter einem Vogelhausdach vereint. Er shootet das Arrangement in diversen Einstellungen, geht doch. Auf dem Rückweg läuft er am Schlossteich entlang, dessen Oberfläche eine trübe Schicht überzieht, die wie Quecksilber aussieht, an den Rändern hat sich weißlichgelber Schaum gesammelt, es riecht trotz der Kälte faulig. Zwei Raben sitzen auf einem kahlen Baum wie zusammengefaltete Regenschirme und beobachten, wie er Affe und Katze auf ein Blatt setzt, es vorsichtig ins Wasser gleiten lässt und, nachdem er eine schnelle Serie geschossen hat, die Figuren wieder herausfischt. In einem schmutzigen Schneehaufen findet er ein letztes Motiv. Expedition zum Nanga Feldberg. Mit dem zur Verfügung stehenden Figurenensemble lässt sich der Abstieg glaubhafter darstellen als der Aufstieg: Der hockende Mann rutscht den Berg hinunter, dicht gefolgt von Frau und Tieren. Bekanntlich passieren die meisten Unfälle auf dem Weg nach unten. Erstaunlich, was sich aus dem Wenigen mit einem kleinen bisschen Phantasie alles rausholen lässt. Zwei hoch schießmichtot Motive, mehr, als das Universum an Molekülen beinhaltet. Moliküle. Muleküle.

Er ist der Erste, der wieder im Warmen sitzt, fünf Minuten vor Ablauf der Frist.

«Sind Sie mit der Kamera klargekommen?»

«Ja, hat so weit alles geklappt.»

«Das freut mich.»

Steife, schwere Trippelschritte kündigen Uwe (Seehund, Kind mit Hula-Hoop-Reifen, stehender Mann, Katze) an. Auf Simons roten Wangen Streifen, wie Fingerabdrücke, hat ihn jemand geohrfeigt? Jan legt seine Figuren (Giraffe, Kind mit Ball, Opa mit Krücken, Hund) sorgfältig auf einen Haufen. Fotokünstler unter sich.

Es ist an der Zeit, die Ergebnisse zu sichten und zu bewerten. Simon hat sechzehn, Jan achtzehn, Uwe vierundzwanzig Fotos produziert, die Felizitas auf die Leinwand projiziert. Uwes Figuren sehen so aus, als würden sie gleich anfangen zu sprechen und/oder davonzulaufen. Ausgerechnet der dicke Uwe scheint den Kniff rauszuhaben, ihnen Leben einzuhauchen. Heidbrink wartet auf die Frage, was mit den Fotos zum Ausdruck gebracht werden soll und so weiter, aber offenbar ist die Stunde schon vorbei. Was hätte man auch sagen sollen außer dummem Zeug.

SAUERSTOFF	97
TEMPERATUR	36,5
BLUTDRUCK	126:79
PULS	65

Aschenbrödel Heidbrink sitzt still wie das Miniaturmännlein am Katzentisch und knibbelt an seinen Fingerkuppen, während vom Nebentisch eine Lachsalve nach der anderen aufsteigt. Nehmt, psalmodiert ein Mann mit welkem, rötlichem Schnauzer, während er sich eine Scheibe Polenta auf den Teller legt, dies ist mein Leib. Sturzflutlachen. Die Polenta leuchtet wie eine Miniatur-Sonne.
«Wenn wir einst sowieso alle glücklich im Himmel enden, warum müssen wir dann erst darauf warten?», juchzt eine Frau. Der Mann antwortet:
«Weil es eben so ist. Und jetzt gib mir noch was von der Plente, denn Gott verteilt keinen Nachschlag.»
Riesengelächter. Vielleicht Teilnehmer einer Gruppe, bei der gerade Glaubenslehre auf dem Programm gestanden hat. Heidbrink ist genervt von der aufgedrehten Bande und sehnt sich zugleich nach Zugehörigkeit. *Ich finde bestimmt bald rein. Es braucht eben seine Zeit, aber ganz bald bin ich Teil der Gemeinschaft und ein beliebter, allseits heiß begehrter Tischnachbar.*

Fangschreck serviert mit Zwiebeln, Gurken, Senf und Speck gefüllte Rinderrouladen auf Erbsenpüree und Salzkartoffeln, zum Nachtisch gibt es Baumkuchen. Die Roulade schmeckt so gut, dass Heidbrink am liebsten gefragt hätte, ob er noch eine zweite bekommen kann. Die würde er in die Serviette einrollen und später kalt auf dem Zimmer verzehren. Aber er traut sich nicht. Nie traut er sich was. Dabei sind sicher ein paar übrig, die werden vielleicht sogar weggeschmissen. Der Kuchen schmilzt in seinem Mund zu einer elastischen Gallertmasse, er stellt sich vor, wie sie in seinen Magen eintritt, die überschüssige Magensäure aufsaugt, Gifte in seinem Körper neutralisiert.

«Schwester Irene, die Vögel da draußen, sind das Kraniche?»
«Ja, genau, Herr Heidbrink, das sind Kraniche. In den letzten Jahren ist es immer öfter vorgekommen, dass sie gar nicht in den Süden ziehen und einfach hier in MV bleiben.»
Irene trägt eine weit geschnittene, die Hüften verhüllende Bundfaltenhose, die sie etwas aufgequollen aussehen lässt. Aber es bleibt dabei: In ihrer Gegenwart fühlt man sich sofort wohl. «Klimawandel. Wie geht es Ihnen denn?»
«Och, ganz schön aufregend alles. Aber auch 'ne gute Ablenkung. Wenn ich die ganze Zeit drüber nachdenken würde, was die Befunde wohl ergeben, würde ich wahrscheinlich durchdrehen.»
«Eben. Aber Sie schaffen das. Ich glaub an Sie! Es wird alles gut ausgehen.»
Wenn Irene das sagt, stimmt es auch.

Der Schrei der Loser

Das dumpfe Unwohlsein, das ihn schon den ganzen Vormittag begleitet hat, quillt nach dem Mittagessen zu sengender Unruhe, schließlich zu Panikstimmung auf. Los, wieder raus in die Kälte, Bewegung, irgendwas. Der Schnee glitzert in der wolkenlosen Wintersonne. Heidbrink presst die Arme an den Körper, seine Zähne klappern. An einer vom Schloss aus uneinsehbaren Stelle pisst er in den Schnee. Die heiße Flüssigkeit frisst sich durch das Eis und lässt ein feines Dampfwölkchen in die Luft aufsteigen.

Zur Bibliotherapie (Raum Stettin) hat sich außer Jan, den er schon vom Fotokurs kennt, nur eine weitere Patientin eingefunden.
«Kennen Sie sich untereinander?», fragt Herr (Fridjof) Wehner, ein untersetzter, kleiner Mann, Typ Werklehrer. Aus irgendwel-

chen Gründen sieht sein Gesicht aus, als bestünde es aus zwei Teilen.

«Teils, teils. Ich bin Jan.»

«Doreen.»

«Jonas, hallo.»

Doreen schaut so erschrocken, als hielte sie es für möglich, dass er ihr erst mal ein Ding verpasst. Ihre Augen sind in den Höhlen versunken, die Tränensäcke wie geschmolzenes Kerzenwachs. Von allen guten Geistern verlassen, denkt Heidbrink, die Arme. In ihrem Schoß hält sie wie eine Katze eine mächtige Glasflasche, gefüllt mit einer trüben, rötlichen Flüssigkeit, wahrscheinlich Tee. Herr Wehner verteilt Schreibhefte und Bleistifte.

«Wir wollen Stimmungen und Gefühle in unserer eigenen Sprache ausdrücken. Selbstverständlich bleibt es Ihnen überlassen, was Sie von sich preisgeben wollen, in Ordnung? Das erste Thema heißt *Wie geht es mir heute Nachmittag?* Fürs Schreiben haben Sie zwanzig Minuten Zeit. Danach lesen wir uns die Texte gegenseitig vor.»

Handschriftliches hat Heidbrink zuletzt während der Schulzeit verfasst, seither nur noch seine Unterschrift geleistet. Postkarten wurden von Selfies abgelöst, Briefe durch Sprachnachrichten ersetzt. Ja, wie geht es mir denn heute Nachmittag? *Den Umständen entsprechend schlecht.* Ende der Durchsage. Er beschränkt sich auf Sachinformationen: *Bei meiner Eingangsuntersuchung wurde ich mit dem Befund konfrontiert, dass meine linke Niere von einem Tumor befallen ist, und am Bauch wurde ein mutmaßlich malignes Melanom entdeckt. Als ob das noch nicht reichen würde, wurde eine Fettleber diagnostiziert. Meine Stimmung ist entsprechend eingetrübt. Abgesehen davon habe ich mich hier überhaupt noch nicht eingefunden und Zweifel, ob mir das je gelingen wird.*

Ein Todeskandidat, der soeben seine letzten Worte zu Papier gebracht hat. Er fügt hinzu:

Ganz aktuell ist mir übel. Leider stimmt das. Das Erbsenpüree liegt ihm im Magen und drückt nach oben, er fühlt eine Aufwärtsbewegung in seiner Kehle und befürchtet, sich jeden Moment übergeben zu müssen. Bloß nicht dran denken. Er legt den Stift beiseite und versucht an etwas Schönes zu denken. Den Spitznamen aus seiner Jugend: Tiger, abgeleitet vom Song *Tiger Feet* der englischen Glamrock-Band Mud. Der Spitzname war nicht sonderlich originell, klang aber irgendwie echt und hat ihn lange begleitet. Er streicht den Satz mit der Übelkeit und zählt die Wörter. Fünfundsechzig. Bisschen sehr wenig. Und fade. Er müsste die faden Worte durch die gleiche Anzahl spannender ergänzen.

Da die Mitpatienten eifrig schreiben, reichert Heidbrink den Text mit Sätzen allgemeiner Natur an: *Ich bin erleichtert, dass ich mich aufgerafft habe, meine Probleme proaktiv anzugehen.*

Proaktiv. Was soll's.

Es gibt so viele Dinge, von denen ich keine Ahnung habe, die mir aber möglicherweise gefallen würden. Mich darüber zu informieren und eventuell etwas zu finden, wäre eine lohnende Aufgabe.

Komischer Satz. Weiter: *Ich kenne mich selbst am besten, aber auch am wenigsten. So, als drückte ich meine Nase auf die Seiten eines Buchs, das ich direkt vor den Augen habe, aber trotzdem nicht lesen kann. Dauernd stelle ich mir komplizierte Fragen, für die es keine Antworten gibt. Ich habe meinen Problemen lange keine Beachtung geschenkt, weil ich dachte, dass sich alles von allein wieder einrenken würde, aber nach und nach wurden die Probleme immer größer, bis ich von ihnen erdrückt wurde. Ich fühle mich oft wie eine auf den Rücken gedrehte Schildkröte, die darauf wartet, aus dem Panzer herausgeschält zu werden.*

Ziemlich unzusammenhängend alles, aber die Schildkröte ist immerhin ein Bild, unter dem man sich etwas vorstellen kann. 207 Wörter insgesamt. Schreckliches Gekrakel, er vermag seine Sauklaue selbst kaum zu entziffern.

Alright, that's right, that's right, that's right.
That's right, I really love your tiger light.

Doreen legt ebenfalls eine Pause ein. Ihre letzten Kräfte aufbietend, führt sie die Riesenflasche an den Mund und verschließt sie, nachdem sie einen Schluck genommen hat, so rasch, als könnte etwas daraus entfliehen.

And that's neat, that's neat, that's neat, that's neat.
I really love your tiger feet, I really love your tiger feet.

Gehört die auch zur Gruppe drei? Oder zu einer anderen Gruppe, und dieser Kurs ist die einzige Schnittmenge zwischen ihnen? 207 Wörter scheinen ihm immer noch ziemlich dürftig. Herr Wehner blättert in einem Buch, vor und zurück, zurück und vor, gelegentlich hält er inne und blickt verträumt in die Runde. Ein dickes Hardcover, mindestens 500 Seiten. Heidbrink interessiert sich mit einem Mal brennend für den Titel des Buches, aber er kann ihn nicht entziffern. Vielleicht ein Werk über Creative Writing: *Schreiben in Scheiben.* So was in der Art. Wehners Glatze ist glänzend und straff wie ein aufgespannter Regenschirm. Auf zweihundertfünfzig Wörter muss er es bringen, besser auf dreihundert. Irgendwas wird er sich doch wohl noch aus den Rippen saugen können:
Wenn ich noch länger warte, werde ich keine Kraft mehr zum Sterben haben.
Déprime.
Der Gedanke an den Tod verfolgt mich mit enormer Hartnäckigkeit.
Dito, haha.

Your ti-ti-ti-ti-ti-ti-ti-tiger feet
Your ti-ti-ti-ti-ti-ti-ti-tiger feet

Your ti-ti-ti-ti-ti-ti-ti-tiger feet
Your ti-ti-ti-ti-ti-ti-ti-tiger feet (I really love your feet)
Your ti-ti-ti-ti-ti-ti-ti (I really love your tiger feet)
Your ti-ti-ti-ti-ti-ti-ti
Your ti-ti-ti-ti-ti-ti-ti-tiger feet

Isolierte Sätze flattern wie aufgescheuchte Kraniche in seinem Kopf herum. Einschläfernder Staubgeruch liegt in der Luft, als würden die unzähligen Bücher in den Regalen den Sauerstoff aufbrauchen. Er kaut auf dem Metallring seines Bleistifts herum, wodurch ein sauer schmeckender, elektromagnetischer Schmerz in den Zahnfüllungen ausgelöst wird. Er biegt den Bleistift so heftig, bis der mit heftigem Knacken der Länge nach aufbricht. Doreen zuckt zusammen, sie scheint von so großen Ängsten getrieben, dass man den Schrecken in ihr fast pulsieren hören kann. Die Graphitröhre des Bleistifts glänzt wie Quecksilber in einem Thermometer. «Neuer Stift?», fragt Herr Wehner. Ja, bitte. Ob Wehner nach den vielen, ungezählten Sitzungen und Patienten bereits ahnt, was die Leute so zu Papier gebracht haben?
10, 9, 8, 7, 6, 5, 4, 3, 2 ... Herr Wehner räuspert sich und fragt, ob jemand *freiwillig* die Runde eröffnen möchte.

Als Heidbrink fertig ist, folgt endloses, zermürbendes Schweigen. War ja klar. Er entschuldigt sich dafür, dass sein Beitrag (er sagt tatsächlich Beitrag) etwas unzusammenhängend sei, das liege daran, dass er *so was in der Art* noch nie gemacht habe. Ob jemand den Text kommentieren möchte, fragt Herr Wehner. Jan fragt, wie es ihm damit *gehe*. Häh, denkt Heidbrink, womit? Und: Hab ich doch gerade gesagt. Er wiederholt zwei, drei Passagen in leichten Abwandlungen. Ach so, sagt Jan, als habe er es *jetzt* verstanden. Doreen sagt und fragt nichts. Sie wirkt weggetreten, die Augen halb geschlossen, still, ausdruckslos und unerreichbar, ihre Finger vor Anspannung krallenartig aufgespreizt.

Dann ist Jan dran. Sein Text beschreibt eine unheilvolle Verflechtung aus finanziellen Nöten, Krankheiten (chronisches Asthma, Morbus Crohn) und dem drohenden Scheitern seiner Ehe. Obwohl er als selbständiger Tischlermeister gut verdiene, ließen ihm die Unterhaltszahlungen für fünf Kinder aus drei Ehen kaum noch finanziellen Spielraum. Er fühle sich als Versager, der seiner Frau nichts bieten könne. Zudem lasse die Auftragslage der Tischlerei zu wünschen übrig, einen langjährigen Mitarbeiter habe er bereits entlassen müssen. Und so weiter. Ein monotoner Teppich aus Versagen, Niederlagen und Vergeblichkeit. Ob Doreen überhaupt zuhört? Alle paar Minuten niest sie, ein nerviges, dünnes Katzenniesen. Hör doch auf mit der dummen Nieserei, denkt Heidbrink.

«Seit sechs Jahren waren wir nicht mehr im Urlaub, obwohl meine Frau sich das so dringend wünscht. Und ich hätte es selbst auch bitter nötig ...» Lauter lösbare unlösbare Probleme, denkt Heidbrink. Das Problem bei erfolglosen Leuten ist, dass sie in der Regel auch vollkommen einfallslos sind. Jan, ein Mann ohne Ideen, ohne Ausstrahlung, und Anziehungskraft. Unvermeidlich kommt noch irgendwas mit *Träume leben*. Lebe Deinen Traum, denkt Heidbrink: der Schrei der Loser. Loser faseln vom richtigen Mindset, vom Aufladen der Batterie, geben sich sicher, jeder könne alles erreichen, wenn er nur fest genug daran glaube. Das Problem der Träumer ist, dass sie über keine Möglichkeiten verfügen, ihre Träume in die Tat umzusetzen. Träumer haben immer einen Plan B in der Tasche; sie sichern sich aber nur deshalb ab, weil sie von vornherein mit dem Scheitern rechnen. Aus Höflichkeit stellt Heidbrink ein paar belanglose Fragen.

Ob aus der aktuellen Beziehung Kinder hervorgegangen seien? Ja, eines.

Ob er sich mit den übrigen Kindern gut verstehe. Ja, gut.

Ob sein Tischlerbetrieb auf irgendwas spezialisiert sei. Nein, nicht spezialisiert, alles Mögliche.

Ob der Betrieb schuldenfrei sei. Der Betrieb schon, sein Haus nicht. Aha.
Näheres über die Krankheiten oder den Zustand der Beziehung zu erfragen, erscheint Heidbrink irgendwie unpassend. Indiskret. Zu intim, zu privat, zu persönlich. Man kennt sich schließlich noch gar nicht. «Entschuldigt, wenn ich euch genervt habe», sagt Jan, in dem Tonfall von Leuten, die es gewohnt sind, sich dauernd zu entschuldigen. Dann zupft er seine Jacke zurecht, als wolle er *trotz allem* seine Respektabilität zum Ausdruck bringen.
Doreen hat ihre Beine von sich gestreckt, die Arme zu den Seiten, die Füße übereinandergeschlagen, den Kopf geneigt, ein Schmerzensleib auf der Suche nach dem Kruzifix. Vielleicht will sie mit dieser Haltung zum Ausdruck bringen, dass sie sich nicht in der Lage sieht, irgendetwas vorzutragen. Herr Wehner ignoriert die wortlose Meldung.
«Doreen, lesen Sie uns doch bitte vor, was Sie aufgeschrieben haben.»
Doreen schließt langsam die Augen, und ebenso langsam öffnet sie sie wieder. Sie leide an einer Erschöpfungsdepression, flüstert sie kaum hörbar, sei am Ende ihrer Kräfte. Zwar gehe es ihr hier im Klinikum besser, sie habe aber jetzt schon Angst davor, wieder nach Hause zu müssen, weil dort das geballte Elend auf sie warte. Ganz auf sich allein gestellt müsse sie ihre bettlägerigen Eltern und ihren Mann versorgen, der nach einem schweren Arbeitsunfall im Rollstuhl sitze. Sie wisse nicht, wie lange sie dieser Belastung noch standhalten könne. «Ich steh ganz dicht am Abgrund, die geringste Erschütterung kann mich hinabstürzen.» Sie wird rot, weil sie einen so anspruchsvollen Satz hervorgebracht hat. Wie alt die Eltern seien, fragt Wehner. Die Mutter siebenundachtzig, der Vater wird nächste Woche neunzig. Plötzlich laufen ihr Tränen über die Wangen, aber nach wenigen Augenblicken hat sie sich wieder gefangen. Heidbrink überkom-

men massive Zweifel an der Echtheit und Bedeutsamkeit seiner eigenen Leiden. Angesichts derartiger Nöte ist er lediglich ein an allgemeinem Lebensüberdruss laborierender Wichser. Wie dem auch sei, Runde eins ist geschafft.

Als Nächstes sollen sie einen fiktionalen Text verfassen, der möglichst weit weg von den eignen Problemen sei. Dreißig Minuten räumt ihnen Wehner dafür ein. Welche ungefähre Richtung, möchte Jan wissen: Krimi, Science-Fiction, Comedy? Das bleibt ganz Ihnen überlassen, sagt Wehner, aber *sehr gerne* etwas Komisches. Das kann ja heiter werden. Doreen scheint paralysiert im Angesicht nicht erfüllbarer Vorgaben, wie unter Narkose, künstlich beatmet. «Tja, dann», sagt Jan sinnlos.

«Er hat so schrecklich gestunken, da musste ich ihn erschießen.» Fällt Heidbrink ein. Gedanken, die tief blicken lassen. Auf keinen Fall. Was noch? Gelegentlich fragt er sich, ob das allerletzte Exemplar einer Gattung ein Bewusstsein davon hat, das *letzte Tier vor dem Aussterben* (letzte Tanke vor der Autobahn) zu sein. Blöde Frage, natürlich nicht. Aber was wäre, wenn? Daraus eine Geschichte machen. Traut er sich aber nicht zu. Anderer Gedanke, ähnliche Richtung: Wenn man von der Annahme ausgeht, dass das Verhältnis zwischen guten und schlechten Menschen weltweit immer schon 73 zu 27 % betrug, was würde passieren, wenn sich dieses Verhältnis jedes Jahr um ein halbes Prozent in Richtung böse verschöbe? Tja, was wäre dann? Schön wäre es sicher nicht. Dann fällt ihm eine TV-Reportage ein, die er vor Kurzem geschaut hat und die schweren Eindruck hinterlassen hat: «Auf der indonesischen Insel Java liegt der aktive Vulkan Mount Bromo. 2010 begann eine neue Eruptionsphase, sodass die Region um den Krater weiträumig gesperrt werden musste. Die Bewohner der Region wurden zu besonderer Vorsicht aufgerufen und waren gehalten, im Freien stets Staubmasken zu tragen. Um die Götter gnädig zu stimmen und die Katastrophe abzuwenden, kraxeln die Menschen seitdem den Berg hinauf und

werfen Orangen, Reis, Kleingeld, gelegentlich auch ein lebendes Huhn oder Schwein in den rauchenden Schlund. Und hier, am Rand des Vulkans, verrichten ein paar arme Seelen eine wirklich furchtbare Arbeit: Eingehüllt in giftige Dämpfe und in ständiger Gefahr, das Gleichgewicht zu verlieren und abzustürzen, stehen sie einige Meter unterhalb der Kante im Inneren des Vulkans und fangen die Opfergaben ab, die hineingeworfen werden.»
Heidbrink hat das Gefühl, ein echtes Ass im Ärmel zu haben. Die Geschichte wird dann aber, als er sie vorliest, von Doreens Dauerkatzenniesen durchlöchert.
Hatschi.
Reiß dich zusammen!
Hatschi.
Bei jedem Niesen pinkelt sie sich in die Hose.
«… Opfergaben ab, die hineingeworfen werden.»
Hatschi.
Ihr Niesen verdirbt sein Mitgefühl.
Herr Wehner zeigt sich begeistert, Doreen niest, Jan bezweifelt den Wahrheitsgehalt der Geschichte. Ob Heidbrink sich das ausgedacht habe. Tja, denkt der, weiß man's?

Als Nächstes «Gesprächsgruppe», nach der Bibliotherapie irgendwie eine Wiederholung. Heidbrink bleibt einen Augenblick unschlüssig vor der Tür stehen, wie ein Hund, der darauf wartet, eingelassen zu werden. Immer diese idiotischen Schwellenängste. Wen haben wir denn überhaupt alles: Uwe, Simon, Jan, Hans-Christian, rundum bekannte Gesichter.
Die Therapeutin ist eine freundliche Frau in den Dreißigern und hört auf den unschlagbar nichtssagenden Namen Svenja Behrens. Ihr leuchtend oranger Pulli und der Schal im gleichen Farbton sehen selbstgestrickt aus, die Farbe beißt sich etwas mit ihren mattrötlichen Dreadlocks. Eine Do-it-yourself-Frau, eine selbsthäkelnde, selbstbrennende, ihr Tiny House selbst

zimmernde Selbstversorgerin – handmade, handcrafted, homegrown, homespun. Vielleicht lebt sie mit Veronika in einer (Tiny-)WG zusammen; passen würde es.
Sie beginnt mit der Frage, ob jemand etwas Besonderes auf dem Herzen habe? Uwe hebt den Finger. Aus unerfindlichen Gründen sieht er anders aus als noch beim Mittagessen, praller, als hätte ihn jemand mit zwei, drei Stößen aus einer Fahrradpumpe aufgepumpt. Also:
Er sei bei Opel im Einkauf tätig, gleichzeitig Betriebsrat, und das seit dreiunddreißig Jahren. Nun arbeite man – wer, lässt er offen – seit geraumer Zeit daran, ihn loszuwerden, da er zu *unbequem* geworden sei. Man habe ihm eine durchaus großzügige Abfindung angeboten, aber für die drei Jahre bis zur Rente wolle er auf keinen Fall noch die Firma wechseln. Er freue sich auf den Ruhestand, das dann schuldenfreie Haus und die Reisen, die er mit seiner Frau zu unternehmen gedenke. Ausufernd fängt er dann an, von den Schikanen zu berichten, denen er ausgesetzt sei, die Beispiele (soziale Ausgrenzung, Einschüchterung, Sticheleien, grundloses Herabwürdigen der Leistungen) klingen wie ein ABC des Mobbings. Seine Vorgesetzten täten alles, um ihn in die Knie zu zwingen, *neulich z. B. hätten sie ...*
Heidbrink starrt nach draußen in die allmählich sich eindickende Dämmerung und schaltet auf Durchzug.
Aber es kommt noch besser ...
Vor Aufregung beginnt eine kleine gewundene Ader an Uwes rechter Schläfe zu pochen, seine Altherrenjeans spannt sich über dem gewölbten Bauch. Er holt gerade wieder tief Luft, als sich die Tür öffnet und eine Nachzüglerin hereinkommt. Die Frau krümmt sich unter dem Gewicht eines gewaltigen Rucksacks, es sieht aus, als wäre er mit ihrem Rücken verwachsen. Sie nuschelt etwas Unverständliches, stellt den Mordstornister ab und setzt sich auf einen freien Stuhl. Ihren Oversized Parka behält sie an. Nach kurzem, irritiertem Schweigen macht Uwe weiter.

Dann wäre mir noch ...
Und neulich, das Allerletzte, finde ich ...
Wenn er die Leute auf der Arbeit auch so plattwalzt, ist es kein Wunder, dass die ihn loswerden wollen.
Was nun wirklich perfide ist ...
Uwe schielt jetzt vor Wut, in seiner Stimme liegt ein leichtes Girren. Inhaltlich kommt nichts Neues mehr, er verliert sich in ähnlich lautenden Versionen des bereits Beklagten. Eine halbe Stunde ist nun schon vergangen, ohne dass Svenja Anstalten gemacht hätte, ihn zu unterbrechen, nachzuhaken, andere Patienten einzubeziehen. Sie starrt in mittlere Ferne, wie eine Lehrerin, die über die Köpfe ihrer Klasse hinwegschaut und ganz zufrieden ist, wie und dass es überhaupt läuft. Die Zeit springt vom Zifferblatt der Uhr, Sturzbäche von Anschuldigungen quellen aus der Öffnung in Uwes Kopf. Unsympathisch, auch rücksichtslos, aus einer Gesprächs*runde* ein Gesprächs*einzel* zu machen. Unter der drückenden Last der Redeflut werden Heidbrinks Lider schwer. Eine Fliege krabbelt direkt vor ihm über den Boden, wischt sich mit den Vorderbeinen über den Mund und krabbelt auf den Hinterbeinen weiter, wie auf Kufen. SCHWIRBEL, SCHWARBEL, SCHWURBEL. Vom rechtschaffenen Betriebsrat zum nervigen Querulanten ist es nur ein schmaler Grat. Dann kommt doch noch was Neues: Wegen des Stresses habe er im letzten Jahr einen Herzinfarkt erlitten. Nach der Entlassung aus der Reha sei er dann so unausstehlich geworden, dass seine Frau zu ihrer Schwester gezogen sei. Alle Versuche, sie zurückzuholen, seien gescheitert. Und dann der Nachbarschaftsstreit. Seit dreiundzwanzig Jahren bewohnten sie eine Doppelhaushälfte. Man habe sich mit den Nachbarn immer gut verstanden, aber seitdem die sich gleich zwei Hunde angeschafft hätten, die die Tage und Nächte quasi durchbellen, sei man über Kreuz. Er hält inne und schnauft durch seine viereckigen, genauer gesagt: rautenförmigen Nasenlöcher.

Die Parkafrau hat sich ins schützende Gehäuse ihres Riesenkleidungsstücks eingemummelt, gleichzeitig aus dem Kreis herausgedreht, Richtung Tür, und dabei eine völlig unnatürliche Körperhaltung eingenommen. Vielleicht bringt Uwe das aus dem Konzept, oder er kann seine Tiraden selbst nicht mehr hören, oder ihm fällt nun wirklich nichts mehr ein. Sein schwitzendes, flackerndes Gesicht wird abrupt zur starren Maske, und er sackt mit seinem ganzen Gewicht auf seine linke Seite, als hätte ihn eine mächtige Kraft getroffen.

Halbe Stunde noch.

Vielleicht hofft Svenja, dass jemand anderes *unaufgefordert* übernimmt, und wenn der fertig ist, der Nächste, bis die Einheit vorüber ist. Da aber niemand Anstalten macht, sieht sie sich doch genötigt zu intervenieren. Ob jemand etwas zu Uwes Beitrag sagen möchte? Brackiges Schweigen. Die Parkafrau scheint zu Tentakeln zu zerfallen, mit denen sie sich an der Lehne festklammert. Vielleicht hat sie auch Gift geschluckt und rutscht gleich tot vom Stuhl. Uwe sieht in seiner sackartigen Haltung aus wie eine frisch geschlachtete Rinderhälfte. Simon und Jan haben die ganze Zeit effizient so getan, als wären sie gar nicht anwesend. Ob noch jemand ein Thema mitgebracht habe, fleht Svenja, und Hans-Christian erbarmt sich.

Sein Thema ist, wenig überraschend, *erfolgreicher Unternehmer in der Krise*. Er betreibe zwei Hotels, eine Mietwagenfirma, einen Campingplatz, außerdem gehörten ihm drei Mietshäuser mit insgesamt 36 Einheiten. Seit dreiundzwanzig Jahren sei er glücklich verheiratet, habe zwei wohlgeratene Kinder. Zahlen über Zahlen. Also eigentlich alles chico, doch aus dem Nichts, er sei gerade auf einem der Campingplätze gewesen, um nach dem Rechten zu schauen, habe er einen Zusammenbruch erlitten. Ihm sei schwarz vor Augen geworden, und er sei hingefallen. Die Ohnmacht habe nur wenige Sekunden gedauert, aber diese Anfälle, von Panikattacken und Herzbeschwerden begleitet, seien von da an immer häufiger gekommen. Seine Frau habe ihn regelrecht zwingen müssen, die Geschäfte zumindest eine Weile ruhen zu lassen. Die Ärzte hätten nichts feststellen können, aber ihm sei klar geworden, dass es so nicht weitergehe, dass er das ewige höher – schneller – weiter hinter sich lassen müsse. Was er besitze, komme ihm nun unbedeutend vor, alles, was er erreicht habe, sinnlos. Nichts von seiner Arbeit, gar nichts, sei von bleibendem Wert. Er wünschte, er könnte sich aus diesem Leben herausstehlen, jemand anderes sein, irgendwo anders. Wenn er in seine Zukunft starre, sehe er nur einen dunklen Ort, schwarz wie die Nacht. Wieder ein Tag, und wieder ein Tag, und noch ein Jahr und noch ein Jahr. Er habe den Wunsch, sich aufzulösen, und zugleich Angst davor.

Sehr interessant, denkt Heidbrink, eigentlich alles genau wie bei mir. Selbstzahler mit Luxusproblemen, Old vs. New Economy, zwei Phantompatienten mit Phantomschmerzen – wenn es zwickt, wo nichts mehr ist. Wie wäre es denn damit: konkrete Verantwortung für einen (oder mehrere) hilfsbedürftige(n) Menschen übernehmen, um aus dem Egoloch herauszukraxeln? Auch stünde es einem jederzeit frei, sich ehrenamtlich zu engagieren, statt sich, wie Heidbrink, mit Spenden aus der Verantwortung zu stehlen.

Mit einer leichten Verbeugung und halberhobenen Händen bedankt sich Hans-Christian für die Aufmerksamkeit. Was er von seinem Aufenthalt hier erwarte, will Svenja wissen. Für diese komplexe Frage hat sie also ein langes, teures, nervenaufreibendes Studium absolviert. Das wisse er auch nicht genau, antwortet Hans-Christian, seit nunmehr fünf Wochen mache er brav alles mit, der Erkenntnisgewinn hielte sich bislang in Grenzen. Aber er habe sich vorgenommen, dem Ganzen so viel Zeit zu geben, wie es brauche. Tja. Uwe sitzt wie ein Korken in seinem Sessel, die Parkafrau ist nun fast vollständig im Parka verschwunden. Heidbrink könnte Hans-Christians Geschichte zum Anlass nehmen, von sich zu erzählen. Das würde seine Position stärken, ihn *sichtbarer* machen, helfen, einen kleinen Schatten zu werfen. Patient unter Patienten. Ein starkes Verlangen nach Anerkennung und Zugehörigkeit wallt in ihm auf. Was könnte er nur sagen, was nur könnte er sagen? Doch da ist die Einheit schon vorbei. Abgelaufen. Vielleicht beim nächsten Mal.

SAUERSTOFF	97
TEMPERATUR	36,7
BLUTDRUCK	126:78
PULS	64

Vor dem Zubettgehen eigenhändiger Wundpflasterwechsel. Sieht ziemlich gut aus, soweit sich das als Laie beurteilen lässt. Da hat er wohl gutes Heilfleisch. Der berühmte österreichische Philosoph Ludwig Wittgenstein hat die Nachricht von seiner tödlichen Krebserkrankung angeblich mit Erleichterung aufgenommen. Aber vielleicht hat Schwester Irene ja auch recht, und alles wird gut.

Schrittfolgen

Heidbrink schneidet ein Weizenbrötchen in zwei Hälften, buttert die untere Hälfte, schneidet Gurke, Tomaten und ein paar Blätter Radicchio in mundgerechte Stücke. Er belegt die gebutterte Hälfte mit dem Gemüse, beträufelt die Komposition mit ein paar Tropfen Honig-Senf-Dressing und Olivenöl und verschließt sie mit der oberen Hälfte. Ein Profi-Sandwich. Komponieren und konsumieren sind jedoch ein Paar ungleicher Schuhe, denn schon der erste Bissen presst die Füllung hervor und entleert das Klappbrot fast vollständig. Tomate, Gurke, Schinken und Dressing spritzen seitlich hervor, die Salatblätter fallen auf den Tisch. Wie synchronisiert erscheint in diesem Moment Rink-

haus. Ausgerechnet Rinkhaus. Während Heidbrink die Spuren des Unglücks beseitigt, schaut Rinkhaus diskret weg, aber Heidbrink spürt das unausgesprochene *Na, du Heiopei.* Wie um seine Unbefangenheit zu demonstrieren, blättert Heidbrink in einem liegengelassenen Nordkurier:
Wieder ist in der Feldberger Seenlandschaft ein Wolf gesichtet worden. Und das am helllichten Tag, um 9 Uhr mitten in Fürstenhagen. Das Tier bewegte sich ohne große Scheu durchs Dorf. Bürgermeister Vollmer zeigt sich auch vor dem Hintergrund des vermeintlich ersten Wolfsangriffs auf einen Menschen im brandenburgischen Landkreis Elbe-Elster vor einigen Tagen beunruhigt. Anfang des Monats hatte sich ein Wolf, möglicherweise derselbe Vierbeiner, bei Triepkendorf einer Pferdekoppel genähert.
Aha. Interessant. Egal, jetzt nicht ins Trödeln kommen! Tanz und Bewegung steht auf dem Programm!

«Dreh- und Angelpunkt ist das Gangwerk. Wissen Sie, die Füße werden so oft vernachlässigt, sie sind aber eigentlich das Wichtigste. Nicht umsonst spricht man vom *Lebenslauf*, von einer *Schrittfolge* oder dass man in eine Rolle *hinein-* und auch wieder aus ihr *heraustritt*.»
Herr Rolff dürfte locker über siebzig sein, Typ John Neumeier, beweglich bis zum Abwinken, einer, der noch mit achtzig in den Spagat gehen wird, der sich durch eiserne Disziplin eine jugendliche Figur erhalten hat. Seine Augen funkeln, er strotzt vor Vitalität, strahlt vor Freundlichkeit und Lebenszugewandtheit.
«Jetzt stellen Sie sich vor, dass Sie gerade aufgestanden sind und sich als Erstes einen Kaffee oder Tee machen. Sie gehen also vom Bett in die Küche. Wie könnte das aussehen?»
Herr Rolff bewegt sich mit kleinen, trägen, schlurfenden Schritten quer durch den Raum. Ein *sympathischer* Gang.
«Und nun Sie! Sie sollen nicht nachmachen, wie ich gegangen bin,

versuchen Sie, sich zu erinnern, wie es bei Ihnen heute Morgen ausgesehen hat.»

Er geht zum CD-Spieler, hebt den Finger und drückt auf Play. Bis auf eine moppelige und sympathisch wirkende Frau mit roten Haaren, sie sieht aus wie die Inhaberin eines Kräuterstands auf dem Wochenmarkt, kennt Heidbrink alle Teilnehmer der Stunde.

Uwe ist der Erste, der zu den Klängen einer *Body&Mind*-Playlist mit mittelschnellen Watschelschritten den Raum durchquert. Doreen bewegt sich mit winzigen Trappelsteps, als steckte der untere Teil ihres Körpers in einer Gipsform. Ihre grauen Augen mit den großen, geweiteten Pupillen blicken stangengerade und unverwandt, als hätte sie Angst davor, das Gleichgewicht zu verlieren. Hans-Christian hat einen schlendernd nachlässigen, etwas schiebenden Gang. Sein Schwanz zeichnet sich in der engen Sportleggins deutlich ab. Morgens Fango, abends Tango, fällt Heidbrink ein, und: Mehr Kurschatten als Hans-Christian geht nicht. Schwanz-Christian. Jans Schrittfolgen erinnern an eine veraltete Variante des Moonwalk; eine Überraschung ist die Kräuterfrau, die sich als eine Gleiterin erweist, ihre Bewegungen haben etwas mühelos Schwebendes. Trainingsanzug und Haare haben genau dasselbe Rot, als wären die Farben im gleichen Kasten gemischt worden. Nur Simon macht alles falsch. DIE AUFGABE LAUTET NICHT, AUF EINEM SEIL ZU BALANCIEREN, möchte Heidbrink rufen, als Simon exakt nicht so geht, wie man vom Bett in die Küche geht. Und überhaupt sieht der Junge mit seinem weißen Sweatshirt und der schwarzen Jogginghose aus wie der Assistent eines Zauberers. Der freundliche Herr Rolff lässt Gnade vor Recht ergehen und sagt die nächsten Aufgaben an: *fröhliche* Gangart, danach *entschlossene*, schließlich *verträumte*.

«Machen Sie sich bis zum nächsten Mal Gedanken darüber, wie ein königlicher Gang aussehen könnte.» Herr Rolff strahlt vor

Begeisterung darüber, Laien in die hohe Kunst des Schauspiels einzuführen. Beziehungsweise in allererste Vorstufen.
«Wissen Sie, seit über vierzig Jahren stehe ich selbst auf der Bühne, und fast genauso lange unterrichte ich. Ich hoffe, dass Sie alle etwas warm geworden sind. Auch für das nächste Spiel benötigen wir keine Hilfsmittel.» Hä, denkt Heidbrink, Spiel, wieso Spiel? «Stellen Sie sich vor, Sie halten einen Ball in den Händen, der glühend heiß ist. Was machen Sie damit? Sie versuchen ihn so schnell wie möglich loszuwerden. Bevor die Hand verbrannt ist – und das kann in Sekundenbruchteilen passieren –, schmeißen Sie den Ball einem Mitspieler zu. Verstanden?»
Die Aufgabe bringt Uwe an die Grenzen seiner Leistungsfähigkeit. Bei jedem Wurf schießen seine Augen aus den Tiefen des Gesichts hervor wie Signalbojen, die unter Wasser festgehalten wurden und unvermittelt losgelassen werden. Vergebens wartet Heidbrink darauf, angespielt zu werden. Gleichermaßen unbeliebt wie unsichtbar, einer, der als Letzter gewählt wird, ein Eckensteher, Mauerblümling, Staubfänger, Ladenhüter. Uwe zu Jan zu Hans-Christian zur Kräuterfrau zu Uwe zu Doreen zur Parkafrau zu Simon ... Jeder wurde mindestens zweimal angespielt. Was haben die gegen ihn? Vermutungen stürzen schwindlig ins Bodenlose ... Simon zur Kräuterfrau zu Hans-Christian zu Doreen ... *Reiner Zufall, dass sie mich nicht mit einbeziehen, die merken das gar nicht und meinen es auch nicht böse* ... Hans-Christian zu Uwe zur Parkafrau zu Simon zu Herrn Rolff ... dessen Kopf sich wie ein Geschützturm um ein paar Grad dreht und mit seinem Blick auf Heidbrink zeigt. Dann wirft er ihm den Ball zu. Ausgerechnet der Spielleiter erbarmt sich seiner, ein Wurf, der nicht zählt. Heidbrink zu Doreen zu Hans-Christian zur Kräuterfrau ...
Beim nächsten Spiel soll der Patient, der angespielt wurde, etwas *in der Verneinung* sagen. Herr Rolff wirft den Ball zu Uwe. Wie aus der Pistole geschossen ruft der: «Ich hab keinen Appetit aufs

Abendessen.» Ball zu Jan: «Ich aber. Meine Pupse stinken nicht.» DAS HAT ER NICHT GESAGT, DAS HAT ER GERADE NICHT GESAGT, DAS HAT ER GERADE ECHT NICHT GESAGT. Doch. Ball zur Kräuterfrau: «Meine aber. Ich möchte heute nicht spazieren gehen.» Ball zu Simon: «Ich aber. Ich habe mich noch nicht gewaschen.» Ihhh. Als endlich auch Heidbrink angespielt wird: «Ich werde heute nicht direkt nach dem Abendbrot schlafen gehen.»

Irgendwie ist die Luft raus, aber die Stunde ist noch nicht rum.

«Beim nächsten Spiel nehmen Sie bitte eine Körperhaltung an, die Ihnen gerade in den Sinn kommt. Die nächste Person stellt sich links daneben und ergänzt die Position in einer sinnvollen Art und Weise. Die erste Person geht zurück zu ihrem Platz, und nun wird die zweite Person ergänzt.»

Jan muss anfangen. Er steht kerzengerade und aufrecht da wie ein Ypsilon, die beiden Arme schräg in die Höhe gestreckt. Soll wohl einen Baum darstellen. Der dicke Uwe lehnt sich vorsichtig gegen den Baum. Doreen geht auf die Knie. Mehr nicht. Sie geht auf die Knie und schämt sich. Der Kniefall repräsentiert die Summe ihrer Unzulänglichkeiten. Simon unternimmt die unwahrscheinlichsten Verrenkungen, eine aufdringliche Zurschaustellung körperlicher Tüchtigkeit. Hans-Christian ist gelenkig genug für eine Brücke. Eine halbe Minute hält er die Stellung, währenddessen sein Genital, obwohl unerigiert, in die Höhe steht. Heidbrink stellt sich vor, wie seine verschwitzten Eier aneinanderbappen und er sie nachher aufwendig wieder freilegen muss.

SAUERSTOFF	95
TEMPERATUR	36,4
BLUTDRUCK	122:82
PULS	62

Rinkhaus ist nicht am Platz, sein Besteck unberührt. Vielleicht muss auch *er* sich einer externen medizinischen Untersuchung

unterziehen. Oder ist bei botanischen Ausgrabungen verschollen. Oder: abgereist. Heidbrink sitzt, wie immer, mit dem Rücken zum Geschehen ganz allein an seinem Sechsertisch. Fangschreck serviert das Winteressen *Herzhafter Linseneintopf mit frischem Gemüse und geräucherten Würstchen.* Köstlich. Das versöhnt mit vielem. Der schöne heiße Eintopf umschließt Heidbrinks Herz, sein Inhalt ist wie ein Konzentrat der Welt. Ich und mein Eintopf: Zweitopf.
Er könnte noch einen kleinen Gang machen und sich dabei auf das Einzelgespräch mit Dr. Reuter vorbereiten. Gesagt, getan. Irgendwo hinter den Schneewolken schwimmt eine fahle Sonne und bringt den unwirklich bleichen Schnee zum Leuchten, es herrscht eine seltsam intensive Helligkeit. Nach kurzer Zeit brennen Heidbrink die Ohren, Eiseskälte steigt an seinen Füßen hoch und dringt in seine Waden. Er geht im Kopf noch einmal die wichtigsten Sätze durch, versucht sich zu erinnern, was er beim letzten Mal von sich gegeben hat, wäre ja peinlich, sich zu wiederholen. Er misstraut seinem Erinnerungsvermögen und weiß, dass er ihm zu Recht misstraut. In der allerersten Einzelsitzung geht es bestimmt ganz von ganz von ganz von vorne, vorne, vorne los. Die Kindheit. In allen sinnlosen Einzelheiten. Abwesende, abweisende, eine Vollmeise habende Eltern, und weil man gerade so schön dabei ist, werden Großeltern, Onkel, Tanten, Lehrer, sämtliche Gespenster aus der Vergangenheit, Marionetten der Kindheitstraumata, gleich mitverhandelt. MUTTER. Mythos Mutter, die ewige Mutter, Dreh- und Angelpunkt jeder tiefenpsychologischen Bemühung. Zwischen ihm und *seiner* Mutter ist mit Eintritt in die Pubertät der Vorhang gefallen, eine Art Schwarzblende. Ihre Beziehung irreparabel, verschüttet in unerreichbaren Tiefen, zubetoniert unter nie erfolgten Aussprachen, stummen Vorwürfen, Schuld und Schuldesschuld.
Die Pubertät kam, die Kindheit ging, und mit ihr ist das Glück aus seinem Leben gewichen, er hat es nie wiedergefunden. Wenn

er daran denkt, zerreißt es ihm das Herz. Kinderfotos versetzen ihm einen Stich, ein tiefes Bedauern, dass er mit dem kleinen Keksgesicht auf den Fotos rein gar nichts mehr gemein hat. Das mit der Kindheit hat er zwar schon beim Aufnahmegespräch gesagt, aber es gibt noch soooo viel, viel, viel zu ergänzen. Bilder steigen in ihm auf.

Wie sein einziger Kummer war, dass ein Eis mit jedem Bissen ein wenig kleiner wurde.

In einer Mondlandschaft aus gefrorenem Schlamm Astronaut spielen.

Immer dreckig sein, Dreck, der sich in jede Falte und Schramme legt und ein Gitternetz aus schwarzen Krähenfüßen bildet.

Niemals auf die Toilette gehen wollen, weil er die Aufregung und Freude keine Sekunde unterbrechen mochte.

Hüpfen oder laufen als einzig in Frage kommende Art, sich zu bewegen. Ein kleiner Aufziehsoldat. Niemals gehen, niemals liegen, niemals sitzen, wie Springböcke, Meerschweinchen, Lämmer. Hüpfen, hüpfen, hüpfen, aus lauter Übermut und Lebensfreude.

DON'T FORGET TO HÜPF!

Die Jugend ist die Zeit des Glücks, die einzige im Leben. Und mit vierzehn ging es ohne ersichtlichen Grund abwärts. Pech. Oder Schicksal. Das, wonach man sich sehnt, kommt sowieso nicht, fertig, Ende, aus, es geht nicht darum, was man will, sondern womit man sich abfindet. Die Welt kümmert weder die Alten noch die Jungen, weder die Reichen noch die Armen, weder die Lebenden noch die Toten. Die einen finden Licht und Schönheit, die anderen Dunkelheit, Enge und Verfall. Was will er unter diesen tristen Umständen eigentlich noch bei Dr. Reuter? Eine weitere nutzlose Expedition zum Zentrum seiner Qual. Ach, egal. Wo er schon mal da ist. Er atmet tief ein, spürt die Eiskristalle in der Kehle. Time for a Psycho Session.

Bei der Begrüßung drückt er Reuter etwas zu fest die Hand, als solle sein Händedruck unter Beweis stellen, wie gut alkoholische Abstinenz dem Körper schon nach wenigen Tagen tut. Reuters Hemdkragen sieht eigenartig zerkaut aus. Haben die hier keinen Wäschedienst? Dr. Reuter: ein junger Dickmann mit Patschehändchen.

Das Sprechzimmer, Therapiezimmer, Behandlungszimmer ist auf maximale Trostlosigkeit hin designt. Ein großer langweiliger Tisch, ein kleiner langweiliger Tisch, zwei öde Stühle, ein dummer Schrank. Direkt vor dem Fenster eine mächtige Eiche, deren kahle Äste aussehen wie Arme mit winzigen Fingern daran, skelettartig und düster. *Man sieht, was man sehen will, reiß dich zusammen.* Reuter geht zum Schrank, öffnet ihn und holt seinen Schreibblock hervor. Wieso hat er den nicht schon vorher zurechtgelegt? Und wieso liegt der überhaupt im Schrank und nicht *immer* auf dem Tisch? Die Schranktür schnappt mit magnetisch saugendem Ton ein, Reuter setzt sich, der Raum schrumpft zu fahlem Unbehagen zusammen. *Dort draußen ist nur Einsamkeit und die tödliche Kälte des Weltraums.* Ein lustiger Mensch mit fröhlichen Ansichten.

Wie es ihm heute gehe, fragt Reuter. Da mit dieser Frage zu rechnen war, hat sich Heidbrink verschiedene Antwortmöglichkeiten zurechtgelegt.

«Steht in der Gebrauchsanweisung.»

«Sagen Sie's mir!»

«Ich nehm schon wieder feste Nahrung zu mir.»

«Endlich mal einer, der sich für mich interessiert. Schönen Tag noch.»

«Danke der Nachfrage. Wie kann ich Ihnen behilflich sein?»

«Am liebsten gut. Danke fürs Einchecken.»

Da Reuter nicht so aussieht, als wäre er für diese Art von Humor empfänglich, entscheidet er sich natürlich für die nüchterne Variante.

«Ganz stabil, würde ich sagen. Oder besser: gefasst. Jedenfalls für die niederschmetternden Diagnosen. Die Wunde verheilt ziemlich gut, soweit ich das beurteilen kann. Tut kaum noch weh.»
Reuter schweigt und blickt ihm nicht direkt in die Augen, sondern etwas darunter, als sei Heidbrink da ein kleines Malheur passiert. Offenbar wartet er darauf, dass der Patient unaufgefordert da weitermacht, wo er beim letzten Mal aufgehört hat. Vielleicht war die erste Frage (Wie geht es Ihnen heute?) auch gleichzeitig die letzte. Also erzählt Heidbrink, was er geprobt, geübt und vorbereitet hat, rollt die trüben Gedanken aus wie Stoffbahnen. Seine Stimme schlapp und feucht. Halbgare, abgestandene Ideen, vorgetragen von einem traurigen Feldwebel aus dem Heer der Gestörten. Wie oft hat er sich den Satz «*Die Verzweiflung ist im Verlauf der Zeit Melancholie gewichen, grelle Depression dumpfer Traurigkeit*» schon sagen hören? Alternativ: «*Früher war es so, als würde ich von einem Stromschlag getroffen, heute fühlt es sich an, als würde ich in einer Schlammlawine versinken. Von hell-grell zu dumpf-stumpf, wenn man so will.*» Er hat sich das schon zu häufig sagen hören, die Sätze haben kaum mehr Bedeutung. Ab und an murmelt Reuter «Ja», «tja» oder «mmh» oder «ahhh» und nickt, als wäre sein Kopf aus Holz und jemand anders zöge an den Fäden. Vielleicht fragt und kommentiert er nichts, weil der heutige *Talk* noch Teil der Anamnese ist, und erst wenn die abgeschlossen ist, dreht er auf und macht Ansagen.
STEHEN SIE FRÜH AUF!
TRINKEN SIE KEINEN ODER NUR WENIG ALKOHOL!
STELLEN SIE DAS RAUCHEN EIN!
BEWEGEN SIE SICH MINDESTENS EINE STUNDE TÄGLICH. EIN MIX AUS AUSDAUER, KRAFT UND ENTSPANNUNGSTECHNIKEN VERBESSERT IHR LEBENSGEFÜHL UM 100 PROZENT!
HÖREN SIE AUF ZU GRÜBELN!

Auch wenn Reuter keinen sonderlich kompetenten Eindruck macht, wird er schon *irgendwas* loshaben, schließlich hat er promoviert. Welcher Schule der wohl angehört? Behaviorismus, Tiefenpsychologie, Kognitivismus, Gestaltpsychologie, Strukturalismus, Psychobiologie? Er könnte fragen. Nächstes Mal, versprochen! Die Sonne sinkt tiefer, in einen lachsrosa Schleier hinein, und hängt nur einen Zentimeter über dem Horizont. Vor dem Fenster knackt im Frost ein Zweig, ein Geräusch wie Händeklatschen, und die Stunde ist zu Ende.

No pain, no gain

Es ist einer dieser stillen, sanften, beruhigenden Wintertage, an denen das Licht gleichmäßig aus allen Himmelsrichtungen zu strömen scheint. Als Heidbrink nach dem Frühstück seine kleine Runde macht, hat es zu schneien begonnen, ganz fein, es sieht aus wie ein Dunstschleier. Die Kraniche sind aufgeregt wie Halbstarke, dicht gedrängt, Flügel an Flügel. Zwei besonders große Exemplare stolzieren mit ausgebreiteten Flügeln auf und ab. Einer trompetet ein Melodiefragment, der andere greift das Motiv auf und wiederholt es in kurzem Abstand. Vögel segeln mit reglos gespreizten Flügeln durch die Lüfte, bevor sie in langgezogenen Ketten zur Erde sinken, begleitet von Fanfarenrufen, eine lebendige Klangwolke. *Mit der Lebensfreude eines einzigen Vogels würde ich sehr lange fröhlich leben können.*

SAUERSTOFF	97
TEMPERATUR	36,7
BLUTDRUCK	126:78
PULS	64

Die erste Heilbehandlung des Tages im Raum Anklam nennt sich progressive Muskelrelaxation. Er googelt. Stressabbauen-

de Entspannungsübungen. Ewig die abgenutzte Stress-Vokabel. Darf er, an Tag 3 nach dem Eingriff, daran überhaupt schon teilnehmen? Das Tablet sagt ja.
Der Cast im Raum Anklam setzt sich aus Uwe, Hans-Christian, Simon, Doreen und der Kräutergartenmutti zusammen. Ihr Kinn hat überall kleine Höcker – wie Kartoffelstampf. Egal. Zwei Frauen, immerhin. Alle müssen sich auf Matten legen, dann erläutert Therapeutin (Birte) Hahn, straff, drahtig, herbe, die Vorzüge der progressiven Muskelrelaxation nach Edmund Jacobson. Diese Form der Tiefenentspannung löse muskuläre Verhärtungen und wirke bei Stress und Angststörungen. Die Muskelpartien werden angespannt, die Spannung wird mehrere Sekunden gehalten und anschließend gelöst. Ziel sei eine dauerhafte Senkung der Muskelspannung und die damit einhergehende Reduzierung von Erregung, innerer Unruhe, Schmerzen, Angstzuständen, Kummer, Stress, Bluthochdruck, Kopfweh, Schlafstörungen, also eigentlich allem. Wer bei den Übungen Angst bekomme, möge bitte möglichst unauffällig den Raum verlassen. Wieso sollte man Angst bekommen, denkt Heidbrink, es hieß doch gerade, dass sie gegen Angst helfen.
«Die erste Übung stammt aus dem Gesichtsyoga und heißt Stirnrunzeln. Nach ausgiebigem Runzeln ziehen Sie die Augenbrauen hoch, um den Augendruck zu erhöhen. Anschließend bewegen Sie das Kinn zur Brust und rümpfen dabei die Nase. Halten Sie die Spannung so lange aufrecht, wie Sie können!»
Was gibt es denn bei einer so pipieierleichten Übung aufrecht zu halten? Einiges, wenn man sich Uwe so anschaut. Sein Atem geht so schnell, dass er fast wie das Hecheln eines Hundes klingt, man hört förmlich das Blut in seinem Kopf hämmern.
«Bei der nächsten Übung ballen Sie die Hand zur Faust. Nehmen Sie die Anspannung bewusst wahr und halten Sie sie für ca. 5 Sekunden. Dann locker lassen. Wie fühlt sich die Hand jetzt an?»
Gebrummel, Geschnaufe, Gemurmel. Jemand muss aufstoßen.

«Lenken Sie jetzt Ihre Aufmerksamkeit zu den Armen. Spannen Sie beide Unterarme an, indem die flachen Hände auf den Boden gedrückt werden. Halten Sie die Spannung fünf Sekunden, dann lösen Sie sie.»

Der Schwierigkeitsgrad der Übungen scheint sich am absolut Schwächsten in der Gruppe zu orientieren. Heidbrink hat es mal eine Zeitlang mit Yoga probiert und kennt sich halbwegs aus mit Anspannung und Entspannung. Nach den Kundalini-Sessions wurde er immer von regelrechten Glücksgefühlen geflutet. Aus Zeitmangel hat er die Exerzitien vernachlässigt und schließlich ganz eingestellt. Und obwohl er nun wieder mehr Zeit als genug hat, kann er sich nicht aufraffen. Aber wenn er eines weiß, dann, dass nur bei entsprechendem Einsatz ein Ertrag herauskommt. No pain, no gain.

«Lassen Sie jetzt die Schultern auf dem Boden aufliegen. Spannen Sie sie an und ziehen Sie sie Richtung Ohren. Die Spannung fünf Sekunden so halten, dann lassen Sie wieder locker.»

Vor Anstrengung zitternd, hält Uwe den Kopf zur Seite geneigt, als wäre sein Genick gebrochen. Fehlhaltung. Statt ihn zu korrigieren, macht Birte weiter.

«Atmen Sie tief ein, halten Sie den Atem und spannen dabei die Brustmuskulatur an. Fünf Sekunden halten, dann lösen. Dann stellen Sie die Füße auf den Boden und drücken die Oberschenkel gegen einen gedachten Widerstand nach außen. Die Spannung fünf Sekunden halten, dann lösen. Jetzt entspannen Sie sich, am besten bei geschlossenen Augen, und kommen wieder an.»

Ankommen wovon?

Die Kräuterfrau macht ein leises Quiekgeräusch und hält beide Hände mit den Handflächen nach außen vors Gesicht. Heidbrink spürt seine Schultern, sie sind verkrampft vom langen Liegen. Verspannt von der Muskelentspannung. Ob es auch eine Fortgeschrittenengruppe gibt?

Auch heute besteht sein Abendessen aus dem Ensemble *Nutellabrötchen / Wiener Würstchen mit mittelscharfem Senf und Ketchup*. Eine richtige Kinderkombi, wie Fischstäbchen mit Schaschlik und Pommes, Pizzabällchen mit Nudeln und Muffins, Kartoffeltaler mit Dinokuchen und Mayo. Klinikessen gehorcht eigenen Gesetzen, die Grenze zwischen schmackhaft und inakzeptabel verläuft anderswo. Stichwort Tomatensaft: Im Flieger eine Geschmacksexplosion, im normalen Leben geht so. Gestern und vorgestern hat er die Leckereien in aller Ruhe auf dem Zimmer vertilgt, allerdings hing danach stundenlang ein penetranter, stechend-säuerlicher Wurstwassergeruch im Raum. Deshalb wird er die Hauptmahlzeit (Wurst) heute *am Platz* und nur das Nutellabrötchen auf der Stube verzehren. Mit Behagen schaut er auf seinen Teller. Es geht doch nichts über ein schönes, heißes, unversehrtes (intakte Haut) Würstchen mit einer dünn geschnittenen (8 mm) Scheibe Graubrot, einem Klacks mittelscharfem Senf und einer Pfütze Tomaten-, Chili- oder Curry-Ketchup. Ein genussvoll zelebriertes Abendessen im fast leeren Speisesaal; noch schöner wäre es, würde nicht am Tisch schräg gegenüber ein eiförmiger Vollbartglatzkopf anfangen, krachend, berstend, knackend eine Birne zu fressen. Bei jedem Happs sperrt er das Maul sperrangelweit auf, damit sich der Beißschall auch ja ungehindert ausbreiten kann. Es klingt, als fräße er Geröll, ein Bagger, der sich durch einen Steinbruch beißt. Wo hat der die Birne überhaupt her, Obst gibt es doch nur beim Frühstück? Wahrscheinlich reingeschmuggelt, das Schwein. Dann hustet er, schlägt sich mit der flachen Hand gegen das Brustbein, würgt einen Bissen hoch und spuckt ihn in die Hand. Die abstoßendste Vorstellung, der Heidbrink jemals beigewohnt hat, der lauteste denkbare Verzehr (LDV). Hass wallt in ihm auf gegen den Birnenfresser. Soll der sein Scheiß-Obst doch mit aufs Zimmer nehmen, dort kann er krachen und dabei mit den Gelenken knacken und dazu noch sein Gedärm entleeren, bis der Putz von den Wänden bröckelt.

These: Je geringfügiger der Anlass, desto größer der Hass. Aber der Klügere gibt nach. Heidbrink wickelt das Brötchen in eine Serviette, stopft es in die rechte Jogginghosentasche und greift nach dem Würstchen/Graubrot/Senf/Ketchup-Teller.
«Du hast es aber wieder eilig.»
Heidbrink erschrickt, als wäre er mit Diebesgut erwischt worden. Fast hätte er den Teller fallen gelassen. Als er sich umdreht, schaut er in das *ausgesprochen* freundliche, sanfte, warmherzige Gesicht einer etwa fünfzigjährigen Frau.
«Gestern bist du auch gleich nach oben gegangen.»
Hallo. Zu welcher Gruppe gehören Sie?
Das ist der einzige Satz, der Heidbrink einfällt. Zum Glück behält er ihn für sich. Die Frau lässt sich von seinem Schweigen nicht abschrecken.
«Kann ich verstehen. Immer allein sitzen macht keinen Spaß. Aber das wird sich bestimmt bald ändern.»
Sie schenkt ihm ein Lächeln, das besagt, dass sie es gut mit ihm meint und die Welt gar kein so schlechter Ort ist, dass alles vergeben wird und in Ordnung kommt.
«Ich bin Anja.»
«Ach so, sorry. Jonas.»
Er stellt den Teller ab und reicht ihr die Hand. Das Brötchen steckt in der Tasche wie eine Pistole im Halfter.
«Zurzeit esse ich abends auf dem Zimmer, mein Tisch ist ja nicht so aufregend. Aber das ist natürlich keine Dauerlösung. Weißt du, was mit dem Typ ist, der da bei mir am Tisch sitzt?»
«Marcel?»
«Ja, genau.»
«Kann sein, dass der gestern oder heute entlassen wurde. Der war fünf Monate hier und hat schon zweimal verlängert, aber jetzt ist langsam auch mal gut.»
Was Anja nicht alles weiß. Eine alte Häsin, Meisterin des Flurfunks. Hat stets alles im Blick: *Du hast es aber wieder eilig. Ges-*

tern bist du auch gleich nach oben gegangen. Hat ihn bereits seit einiger Zeit auf dem Kieker, aber *wohlwollend.*
«Ach so, wusste ich nicht. Wir hatten nur wenig Kontakt.»
«Auf den ersten Blick wirkt Marcel ein bisschen arrogant. Ist er aber gar nicht.»
«Ach so.»
«Ja.»
«Na, dann.»
«Wenn du magst, komm doch nachher zum Spieleabend.»
«Spieleabend? Was denn für ein Spieleabend?»
«Ein paar von uns treffen sich nach dem Abendessen immer im Raum Stettin zum Kartenspielen.»
«Wirklich?»
«Ist 'ne nette Mannschaft. Und jeden Abend allein auf dem Zimmer tut keinem auf Dauer gut.»
«Das stimmt wohl.»
«Dann komm doch vorbei. So gegen acht.»
«Vielen Dank für die Einladung. Mach ich vielleicht sogar.»
«Nicht vielleicht!»
«Ja, okay.»
«Gut. Dann iss mal dein Würstchen, bevor es kalt wird.»

Vielleicht war dies ja der sagenumnebelte GAMECHANGER, denkt Heidbrink, als er auf dem heißen Stuhl sitzt, aus dem Fenster schaut und nervös auf einem hellblauen Edding herumkaut, herumbeißt, reißt, nagt, lutscht. Verhaltensgestört. Irre. Wegschließen, den Mann. Schichten dichter Schwärze wechseln sich ab mit hellerer Nacht, das Gefälle von Dunkelheit zu undurchdringlicher Finsternis.
Wie das wohl wäre, im Kreis einer *netten Mannschaft* Karten zu kloppen. Anja hatte ausdrücklich von *Karten* gesprochen. Nicht Gesellschaftsspiel, Brettspiel, Knobelrunde, Roulette oder Poker. Wobei Poker ja auch ein Kartenspiel ist. Anja ist nicht nur

nett, sie wirkt wie von Freundlichkeit *durchdrungen*. Der Mund, das Lächeln, die Stimme. Alles ist wunderbar, nichts geht schief, solange sie nur ihre schützende Hand über einem hält. Warum die wohl hier ist? Sicher nichts Schlimmes.

Die Begegnung wird ihm Auftrieb verleihen! Auftrieb, gutes Wort, dem Glück ähnlich, aber doch etwas anderes. Gelegentlich braucht man etwas *Auftrieb*. Aber so wie das Glück nur den Vorbereiteten trifft, nützt der Auftrieb nur denjenigen, die sich leicht machen. Apropos leicht machen, vorbereiten: Für welches der unzähligen Kartenspiele sich die Runde wohl allabendlich begeistert? Bei Skat, Whist, Bridge müsste er passen. Eine aufsteigende Unruhe trocknet Heidbrinks Kehle aus, er spürt, wie das Blut in der Innenseite des Handgelenks pocht. *Was ist denn nur immer los mit dir!*

Ein Blitz erhellt für Sekundenbruchteile den Sumpf, im Himmel vor dem Fenster ein Kranich mitten im Flug, bevor ein gedehnter Donnerschlag durch den Himmel rollt. Da braut sich richtig was zusammen. Lautlose Blitze, verschleiert von schwarzen Gewitterwolken, flackern über den Nachthimmel.

Anja! Anja! Anja! Anja & Schwester Irene & Herr Rolff, das sind doch schon mal drei sehr nette Menschen. Veronika und Frau Schröder sind auch nett. Die Patienten sowieso und, wie er soeben erfahren hat, selbst Herr Marcel Rinkhaus, der es nur nicht zeigen kann. Jetzt heißt es, aus dem ewigen Selbstmitleidsnebel herauszutreten, Teil der Gemeinschaft werden, Mensch unter Menschen, ins Lachen der anderen einstimmen, den Abstand zwischen sich und der Welt ein wenig verringern. Das Gewitter kommt näher, der Donner bricht sich, das Echo jedes Schlages mischt sich in den nächsten. TIME FOR A GAME OF CARDS.

Er entscheidet sich für die Variante Eintreten ohne anzuklopfen. Womöglich platzt er gerade in die matchentscheidende Phase, und schon das feinste Pochen macht jede Konzentration zunichte. Es riecht nach nasser Kleidung. Drei Spieler sitzen stumm wie Steine um einen Tisch, Anja ist nicht darunter. Dafür aber der schreckliche Birnenrohling. Als sich im Bruchteil einer Sekunde sämtliche Blicke auf Heidbrink richten, gibt es nur einen einzigen Satz, der in Frage kommt: «ENTSCHULDIGUNG, ICH WOLLTE NICHT STÖREN.» Nachtrag, nach einer winzigen Pause: «Ich habe vorhin was vergessen, ich geh nur schnell nachgucken, dann bin ich wieder weg.» Ein Zitat der ehemaligen Kanzlergattin Hannelore Kohl fällt ihm ein, vielleicht wg. Birne. *Es ist immer schön, nicht im Weg zu sein*. Er schleicht, tippelt, balanciert *wie auf Strümpfen* ans andere Ende des Raums und tut so, als würde er zielstrebig nach etwas ganz Bestimmtem Ausschau halten. Es ist still wie in einem Pharaonengrab. Vakuumversiegelte Stille. Heidbrink macht auf Zehenspitzen kehrt, und dann heißt es ab durch die Mitte, Escape, weg, weg von der Runde, weg vom Krachbirnigen.

«Spielst du Doppelkopf?»

Ein Satz wie ein Schuss in den Rücken. Er dreht sich um, die Hosentasche voll vom in Vergessenheit geratenen Brötchen. Er ist bewaffnet.

«Unser vierter Mann ist ausgefallen, jetzt spielen wir Skat. Aber eigentlich ist das hier 'ne Doppelkopfrunde.»

Sagt Spielleiter Birne. Mit dem vierten *Mann* ist wahrscheinlich Anja gemeint. Vor Birne steht ein großer Stifteköcher, aus dem eine Palisade von Kugelschreibern und Bleistiften ragt. Wer um Himmels willen braucht so viele Stifte? In einer Schale mit Knabberzeug liegen zwischen Chips und Erdnussflips auch eine Handvoll Cashewnüsse, die aussehen wie ausgefallene Zähne. Voll die Horror-Runde.

«Das ist eher ungünstig, Doppelkopf hab ich seit bestimmt zehn Jahren nicht mehr gespielt.»

«Ach, das hast du ganz schnell wieder drauf. Ich bin Axel, das sind Michael und Sandra.»

«Hallo. Jonas.»
Die Reifen von Sandras Rollstuhl sind so stark abgefahren, dass sie glänzen. Die verschlissenen Ellbogen von Michaels Sakko glänzen. Auf Axels glänzender Kopfhaut spiegelt sich die Saalbeleuchtung wider.
«Na, was meinst du?»
Axels Vollbart wirkt wie eine Attrappe, ein Karnevalsbart, der sich bei schnellem Sprechen löst. Bei langem Schweigen Feuer fängt. Selbstentzündliche Gesichtsbehaarung, der letzte Schrei aus dem little Klinik-Horrorshop.
«Ehrlich gesagt, bin ich heute nicht so richtig zu gebrauchen. Hirn wie Watte. Liegt wahrscheinlich an der neuen Medikation.»
Medikation geht immer. «Ich würde nur den Laden aufhalten. Aber wir können das ja so machen, dass ich mir die Regeln draufschaffe, und dann bin ich nächstes Mal dabei.»
«Wie du meinst. Reisende soll man nicht aufhalten.»
Gar nicht nette Bemerkung. Arschloch. Friss 'ne Birne.
Heidbrink zieht sich noch einen Gute-Nacht-Cappuccino und bleibt einen Augenblick vor dem Kaffeeautomaten stehen. Eine unbedeutende Gestalt an einem langweiligen Abend vor einem Getränkeautomaten.

Husten

SAUERSTOFF	98
TEMPERATUR	36,3
BLUTDRUCK	133:84
PULS	66

Bei der Gruppentherapie der Alte, der neulich rauchend und hustend und furzend unter seinem Fenster gestanden hatte. Klaus entschuldigt sich mit brüchiger Stimme dafür, dass er beim letzten Mal gefehlt hat. Die Teilnahme sei ihm aus körperlichen wie seelischen Gründen einfach nicht möglich gewesen. Heidbrink schätzt ihn auf Mitte siebzig. Graue, zusammengesunkene Gestalt, von Faltenvulkanen gefurchtes Gesicht, auf dem ein hartes Leben und eine Million Stangen Zigaretten alles Glück getilgt haben. Klaus dürfte der einzige Patient im ganzen Klinikum sein, der Sakko trägt. Es ist mindestens eine Nummer zu klein, er steckt darin wie ein Hund auf einem Witzfoto.

Obwohl es ihm immer noch schlechtgehe, sagt Klaus, habe er sich dazu entschlossen, es heute wenigstens zu *versuchen*. Falls er nicht durchhalte und die Sitzung vorzeitig verlassen müsse, möge man bitte kein Gewese machen. Svenja wittert die Chance, die Therapieeinheit wieder mal ohne großen Aufwand hinter sich zu bringen, und bittet ihn pauschal, *von sich zu erzählen*.

Was folgt, ist die Schilderung einer Nachkriegshorrorbiographie, in ihrer extremen Trostlosigkeit doch stellvertretend für unzählige seiner Generation, eine Geschichte, die eigentlich abgeschwächt werden müsste, um glaubwürdig zu sein.

Als jüngstes von sechs Geschwistern im Winter 1944 im schlesischen Gleiwitz zur Welt gekommen, sei er mit seiner Familie in den letzten Kriegswochen aus der Heimat vertrieben worden und, nachdem sie zunächst in einem Flüchtlingsauffanglager bei Lüneburg provisorische Bleibe gefunden hätten, über Um- und Irrwege in Celle gelandet. Vater Herrmann, SA-Scharführer, trotz mehrerer, z. T. schwerer Kriegsverletzungen (Stauchungsbruch des Fersenbeines, Gasbrand, *Glücksschuss* – jaja, das heißt wirklich so – durch den Hals, der keinen größeren Schaden anrichtete) unvermindert fanatischer Nationalsozialist und dazu gläubiger Christ.

Klaus macht eine kurze Pause. Man spürt förmlich, wie er ausholt: Das sei nämlich keineswegs ein Widerspruch. Nationalsozialismus wie Christentum hätten ihre Botschaften mit vergleichbarer Grausamkeit verbreitet und sich durch Folter, Repression und Mord an der Macht gehalten. Fanatische Begeisterung für alles, was in der Bibel steht beziehungsweise was der Führer verkündet, und barbarische Verfolgung aller, die dies ablehnen. Die Gestapo habe sich allenfalls graduell von der Inquisition unterschieden, die Mittel ähnelten sich.

Die Sätze klingen zurechtgelegt, als hätte er sie wortwörtlich schon oft gesagt. Nazibotschaften, Christenbotschaften, Klausbotschaft; seine großporige Nase glänzt und bebt, während er sie mit immer neuen Worten vorträgt: Christen glauben, sie müssten die Todespein ertragen, weil es Gottes Wille sei, Nazis gehen in den Tod, weil der Ratschluss des Führers es ihnen befohlen habe. Beide aus der Angst geborene Übel, beide Quell unsäglichen Leids für die Menschheit. Das Thema scheint ihn fast mehr zu bewegen als seine eigene Geschichte.

DER ALLWISSENDE UND ALLMÄCHTIGE GOTT HATTE JEDE MENGE ZEIT, GUTES ZU BEWIRKEN, ABER ES HAT IHM GEFALLEN, HÖLLENFEUER, ERBSÜNDE UND DIE FASCHISTEN HERVORZUBRINGEN.

Seine Stimme überschlägt sich fast, als er das ruft, und unvermittelt bricht ein Geräusch aus seiner Kehle, das übergeht in eine Abfolge von Hustenanfällen, die nur allmählich abklingen. Svenja nutzt die Gelegenheit, die Stunde mit einer neuen einfallslosen Frage wieder in ihre therapeutischen Bahnen zu lenken. Wie es denn mit ihm damals weitergegangen sei? Klaus, dessen Augen vor Anstrengung und Wut tränen, schlackert mit den Händen, als wollte er den Husten herausschütteln. Mehrmals schluckt er geräuschvoll, bevor er weitersprechen kann.

Auch nach Kriegsende habe der Vater mit unerbittlicher Strenge über die Familie geherrscht. Wenn eines der Kinder etwas ausgefressen hatte, musste es sich nackt in ein Holzfass zwängen. Herrmann habe den Deckel festgeklopft und das Fass unter Lachen und Johlen durch die Wohnung gerollt, bis sich dem kleinen Sünder aus Angst und Panik die Blase entleerte. Nachdem

er das Kind herausgelassen habe, musste es das Fass sauber machen. Die Mutter habe ängstlich gelacht.
Die zweitälteste Tochter Erika sei ohne Hüftpfanne geboren worden und habe insgesamt vierzehnmal operiert werden müssen. Der Hass des Vaters habe sie mit voller Wucht getroffen. Fast täglich sei sie verprügelt worden, mit den Händen, mit Werkzeugen und allen Gegenständen, die Herrmann in die Finger bekam. Manchmal habe er, wie in einem grausamen Märchen, eine Handvoll getrockneter Erbsen in die Küchenecke geworfen, auf der Erika knien musste. Wenn sie vor Schmerzen geweint habe, gab es wieder Schläge. Klaus, schon wieder außer sich: «Und wisst ihr, was der Vater zu Erika gesagt hat: Leiden ist in der Welt, um die Menschen von den Sünden zu läutern. Du musst lernen, deine Schmerzen zu lieben, denn es sind die Schmerzen Christi!»
Je mehr er sich aufregt, desto intensiver wabert sein ledriger, modriger Opageruch nach Nikotin und Staub und verkleckertem Essen durch den Raum.
Erikas erster fester Freund habe nach einem halben Jahr Beziehung versucht, sie bei einem Spaziergang über das Geländer einer Hochbrücke zu drängen. Mit allerletzter Kraft sei es ihr gelungen, sich aus seinem Griff zu befreien. Wolfgang habe erst von einem harmlosen Beziehungsstreit gesprochen und schließlich unter Tränen zugegeben, Herrmann habe ihm 500 Mark versprochen, wenn er sie von der Hochbrücke wirft. Es solle wie Selbstmord aussehen. Wer wider den Heiligen Geist redet, dem wird nicht vergeben, weder in dieser noch in jener Welt. «Der Vater hat natürlich alles abgestritten und uns unterstellt, wir hätten dem Kerl die Worte in den Mund gelegt.»
Die Sonne kommt raus, Klausens Gesicht sieht im hellen Licht aus wie eine vertrocknete, überreife Paprika. Niemand traut sich, etwas zu sagen oder ihn auch nur anzuschauen. Irgendwann wird der sabbernde, hustende, polternde Troll sich schon ausgesabbert, -gehustet und -gepoltert haben.

Der Alte habe immer geraucht wie ein Schlot, aber die Mutter, die in ihrem ganzen Leben keine einzige Zigarette angefasst habe, sei 1964 an Lungenkrebs gestorben. Herrmanns Hass steigerte sich nach ihrem Tod noch, Hass als Lebenselixier, das ihm zu biblischer Langlebigkeit verholfen habe. Wahrscheinlich würde er heute noch sein Unwesen treiben, wäre er nicht auf die *närrische* Idee gekommen, auf einen Freileitungsmast zu klettern, um dort die Traverse zu reparieren. Dabei habe er einen Stromschlag erlitten, sei abgestürzt und habe sich das Genick gebrochen.
Ein kalter blauer Schleier hat sich über Klausens Augen gelegt, seine Züge sind nun ganz erschlafft. Er stößt ein saugendes Geräusch aus, wie ein Abfluss. Lautes Gurgeln und Glucksen seines Bauches kündet vom letzten Akt des Dramas. Nach dem Tod des Despoten sei er endlich frei gewesen, in einer Altmetallverwertung eine Ausbildung zum Schlosser zu machen, schon mit Mitte zwanzig habe er den Betrieb übernommen. In dieser Zeit habe er Ursel, eine stille, scheue Frau, kennen und lieben gelernt und wenig später geheiratet. Aus der Ehe sei der heute einundfünfzigjährige Stefan hervorgegangen. Nach der Geburt sei mit einem Mal nichts mehr wie zuvor gewesen, körperliche Nähe habe es überhaupt keine mehr gegeben. Ursel sei regelrecht verstummt, ihr tagelanges Schweigen habe etwas Vernichtendes gehabt. Zwanzig Jahre hätten sie kaum ein Wort gewechselt, ihnen sei, so Klaus wörtlich, *wohl der Gesprächsstoff ausgegangen*. Tag und Nacht habe der Fernseher geflimmert, Ursel sei immer davor eingeschlafen. Nur sonntags hätten sie wie früher Spazierfahrten im Pkw unternommen, auf denen Ursel zwar auch kaum ein Wort geredet habe, dafür aber lief das Radio, ein Hausfrauensender mit schönen Schlagern. Vor fünf Jahren sei Ursel an einem Blinddarmdurchbruch verstorben. Stefan habe dem Vater die Schuld gegeben, ohne zu erklären, wie man schuld an einem Blinddarmdurchbruch sein kann, und den Kontakt abgebrochen. Selber sei der Sohn ein Trinker und Nichtsnutz, der nie etwas

anderes im Sinn gehabt habe, als vorzeitig an sein Erbe zu gelangen. Zu diesem Zweck habe Stefan sogar versucht, den Vater entmündigen zu lassen, und, als ihm das nicht gelang, ihn zu *beseitigen*. Näheres könne und wolle er dazu nicht sagen. Heidbrink zieht die Augenbrauen hoch; in dieser Familie herrscht offenbar ziemlich viel Mord und Totschlag. Er, Klaus, habe daraufhin die Zelte abgebrochen und sei in die *Wildnis* (Scheuen bei Celle) gezogen. Er leide seit Jahren an Prostatakrebs und vegetiere nur noch vor sich hin. Aber so schnell, sagt er nach einer kurzen Pause mit entschlossener Miene, werde er Stefan den Gefallen nicht tun zu krepieren.
Er wird von einem erneuten Hustenfall geschüttelt, seine Eingeweide blubbern und rumoren. Er steht brüsk auf und verlässt die Hinterbacken zusammenkneifend den Raum. Es sieht nicht danach aus, als würde er so bald wiederkommen.

SAUERSTOFF	97
TEMPERATUR	36,5
BLUTDRUCK	128:82
PULS	65

Zum Mittagessen gibt es Pizza. Salami, Margarita, Tonno, Heidbrink entscheidet sich für die Variante mit Bacon, Hackfleisch und BBQ-Sauce. In der Mitte ein glühend heißer Käsepool, reine Lava. Er wundert sich, dass die Zinken der Gabel nicht schmelzen. Er schafft nur eine Hälfte, die andere nimmt er mit aufs Zimmer, obwohl er keine kalte Pizza mag und es ja auch gleich weitergeht mit dem Programm.

Die Therapieeinheit «Tanz und Bewegung» wird ebenfalls von Herrn Rolff geleitet. Ohne Umschweife zur Sache kommend, hält er einen Handball in die Höhe. Man solle sich vorstellen, dass auf dem Ball eine Banderole mit der eigenen Stimmungslage stünde; müde, traurig, entspannt, nervös, fröhlich, ängstlich usw. Der im Ballbesitz befindliche Patient solle sagen, wie er sich fühlt, und dann den Ball dem nächsten Patienten zuspielen. Rolff tippelt den Ball ein paar Sekunden, bevor er ihn blitzschnell und ansatzlos Simon zuwirft und genau dessen Körpermitte trifft. Ein nahezu aggressiver Akt. Puh, ohh, ahh, boah, macht Simon.

«Na, Herr Peter?»

Peter heißt also Simon mit Nachnamen. Aus schwer zu erklärenden Gründen passt der wie die Faust aufs Auge. Simon Peter, Peter Simon, wie man's dreht und wendet. Herr Peter, schwer von Kapee, hat offenbar die Regeln nicht verstanden, denn er schlackert mit dem großen Pimplehead und nuschelt Unverständliches in seinen nicht vorhandenen Bart.

Herr Rolff, lieb, verständnisvoll, ganz Pädagoge: «Herr Peter, wie geht es Ihnen heute?»

«Weiß nicht. Irgendwie muss ich was Falsches gegessen haben oder so. Mir ist ganz flau im Magen.»

«Und in einem Wort?»

Simon Peter begreift immer noch nicht.

«Ein anderes Wort für Übelkeit?», hilft Herr Rolff nach.

«Brechreiz.»

«Ja. Aber wie *fühlt* man sich, wenn einem übel ist?»

Der arme Herr Peter. Er trägt nicht wie alle anderen Joggingsachen, sondern ein schokoladeneisfarbenes Trägerunterhemd, wodurch die knallroten Pickel kontrastreich und scharf wie Nadelspitzen aus seinem Gesicht stechen, der ganze Irrsinn aus verstopften Poren, Mitessern und Akneflechten.

«Schlecht», versucht er es ein letztes Mal.

«Ja, genau. Und jetzt werfen Sie den Ball bitte weiter.»

Als Heidbrink angespielt wird, entscheidet er sich für das etwas schwammige *müde* und pluppt den Ball vorsichtig an den ebenfalls *müden* Uwe weiter. Doreen fühlt sich *traurig*, die Gemütslage der Kräuterfrau (Heidbrink kennt ihren Namen immer noch nicht) ist laut Selbstauskunft *ausgeglichen*. Fragt sich nur, wie lange noch, denkt Heidbrink. Jan, bemüht, etwas Originelles beizusteuern, nennt seinen Zustand *vermeidend*. Vielleicht ist das Wort während des letzten Einzelgesprächs gefallen und hat ihn geflasht. Hans Schwanz-Christian redet sich mit *optimistisch* raus.

Nach dem Warm-up soll von einem Freiwilligen eine Bewegung vorgeführt werden, die vom Nebenmann, von der Nebenfrau zur Rechten möglichst exakt nachgeahmt werden muss. Beispielgebend scharrt Herr Rolff mit den Füßen und vollführt dabei mit den Armen seltsam kreisende Bewegungen; schwer zu sagen, was sie bedeuten sollen. «Der Phantasie sind keine Grenzen gesetzt.» Heidbrink entscheidet sich für die Bewegungsabfolge *Äpfel pflücken*. Uwe lässt die schwammigen Hüften kreisen, Doreen wackelt mit dem Kopf, wodurch ihre Hochsteckfrisur in bedenkliche Schieflage gerät. Die in ihren Möglichkeiten eingeschränkte Kräuterfrau deutet Kniebeugen an (wieder die Knie), Simons Gezappel lässt sich gar nicht einordnen. Sämtliche Moves dürften unter Sammelbegriff *Bürogymnastik* fallen.

Als Nächstes ist eine Sportart zu simulieren. Herr Rolff nennt die Beispiele Skifahren, Fußball, Volleyball, Handball, Bogenschießen. Uwe und Doreen fangen an und tragen ein imaginäres Tennismatch aus. Ausgerechnet Tennis! Bei jedem Schlag schwabbelt Uwes puddingfarbene Speckrolle im Nacken, und schon nach wenigen pantomimischen Ballwechseln sieht er so fertig aus, als hätte man ihn auf dem Weg in die Kneipe aus dem Bollerwagen gekippt. Slo-mo, super-slo-mo, Entschleunigung. Zeitlupe. Danach spielt die Kräuterfrau mit Simon eine Runde Volleyball, Heidbrink und Hans-Christian kicken sich Fußbälle zu.

Schließlich kommt Rolff zu seiner Herzensangelegenheit: TANZEN. Tanzen, erklärt er, verändere den Geist wie kaum eine andere Beschäftigung, Tanz sei *Bewegung im Raum* (hä? Wo denn sonst?) und älter als die menschliche Sprache, er sei die früheste

Form zwischenmenschlicher Kommunikation überhaupt. Rolff wirkt richtig entrückt, während er weiter und weiter doziert: Tanz sei Leben. Bewegung sei Energie. Die Bewegung zur Musik verleihe Kraft und Selbstbewusstsein, sie helfe den Alltagsstress bewältigen. Tanz unterstütze den Aufbau von Muskelkraft, verbinde Innen- und Außenwelt, sei koordinierte Ausdrucksbewegung, die keinem *Handlungsziel* diene. Wenn man vom Schreibtisch aufstehe und zur Tür gehe, habe man eine *Handlung* vollführt, Tanz hingegen sei rhythmisch und repetitiv. Der Flow bezeichne einen Zustand reflexionsfreien Einsseins mit einer Tätigkeit bei gleichzeitiger Kontrolle über diese. Und so weiter und so fort. Statt nach dieser anstrengenden Abhandlung endlich in medias res zu gehen, verteilt Herr Rolff Zettel und Stifte und bittet die Patienten aufzuschreiben, worin für sie VERTRAUEN bestünde. Warum das denn jetzt? Herr Rolff liest die Begriffe «Respekt», «Ehrlichkeit», «Nähe zulassen» vor, einer hat «Vertrauen macht nur bei 100 % Sinn» geschrieben.
Nun ist die Gruppe gehalten, sich zu jedem Begriff eine kleine Spielszene auszudenken, die dann in einem zweiten Schritt mit den anderen Szenen zu einem Theaterstück verbunden werden soll. Heidbrink schämt sich schon im Voraus. Er steht stocksteif wie ein Reiher, den Kopf vorgestreckt. *Ich bin vielleicht ein Vogel.* Tja. Eine Welle der Befangenheit erfasst die Gruppe. Aber dann hat ausgerechnet Big Uwe eine Idee zum Thema Respekt. Er fordert die anderen auf, einen Halbkreis um ihn herum zu bilden. Vor jedem werde er eine Verbeugung machen und sich danach in den Kreis einreihen. Na ja. Besser *ein* Vorschlag als *kein* Vorschlag. Als die Szene geprobt wird, fühlt es sich dann gar nicht mal so schlecht an. Beflissene Amateure im Rahmen ihrer begrenzten Möglichkeiten. Dadurch ermutigt macht Hans-Christian einen Vorschlag zum Begriff Ehrlichkeit. Quer durch den Raum schlendernd lässt er sein Taschentuch fallen und tut so, als habe er es nicht bemerkt. Simon und die Kräuterfrau heben

es auf und geraten in Streit darüber, wem das Diebesgut gehört. Im dritten Teil der Szene entwindet Jan den Kampfhähnen das Tuch und übergibt es dem rechtmäßigen Besitzer. Jetzt hat es sie gepackt. Weiter geht's. OHNE VERTRAUEN KEINE FREUNDSCHAFT: Die Gruppe bildet einen Kreis, in dessen Mitte die Kräuterfrau tanzt, bis sie schließlich in den Kreis aufgenommen wird. NÄHE ZULASSEN: Heidbrink wehrt die Umarmungsversuche der anderen zunächst ab, bevor er sie zulässt. ANGSTFREIE, UNVERSTELLTE BEGEGNUNG. Die Patienten gehen aufeinander zu, berühren und umarmen sich.

Hauptprobe 1, Hauptprobe 2, Endprobe, in schwindelerregendem Zeitraffer arbeiten sie an dem Stück. Schließlich bittet Rolff die Gruppe, auf den Flur zu gehen und auf seine Aufforderung hin wieder einzutreten und anzufangen. Heidbrink ruft sich vor der Tür die Szenen in der richtigen Reihenfolge ins Gedächtnis, sein Herz klopft so hart, dass er den Puls in den Fingerspitzen fühlt. Irgendwas ist mit seiner Hose nicht in Ordnung. Der Waschsymbolzettel muss sich gelöst haben und in den Bund gerutscht sein. Jetzt kratzt es bei jedem Schritt.

Aus dem Saal wabert musicalartiger Sound. König der Löwen, Phantom der Oper, Starlight Express? Heidbrink kennt sich da nicht so aus. Auch die anderen sind sichtlich aufgeregt. Uwes geschwollene Adern kriechen wie Regenwürmer den Hals hinauf, Doreen hat vor Nervosität die Lippen nach innen gesogen, Simons Nasenflügel vibrieren wie Fühler, er ist ängstlich wie eine spillerige Töle, die darauf wartet, einen Tritt zu bekommen.

Auf Rolffs «Bitte» geht ein Raunen durch die Gruppe. Der dicke Uwe führt sie an, das Spiel beginnt. Und was in der Vorstellung peinigend und dämlich und blamabel war, entwickelt sich zu Heidbrinks erstem schönen Gruppenmoment seines Aufenthalts. So unbeholfen sie herumhampeln, irgendetwas verwandelt sich. Heidbrink ist derart gerührt, dass sich seine Kopfhaut zusammenzieht und ihm Tränen in die Augen steigen. Die Zeit verlangsamt sich. Der Raum verschwindet. Herr Rolff verschwindet. Der Augenblick nach dem Finale verharrt in der Schwebe, bis der einzige Zuschauer applaudiert.

SAUERSTOFF	98
TEMPERATUR	36,6
BLUTDRUCK	130:80
PULS	64

Mit fünfminütiger Verspätung eröffnet Dr. Behr die *Patientensprechstunde*. Behr ist ein leicht exzentrisch wirkender Mittfünfziger, dessen übertrieben große Siebziger-Koteletten geradezu aus seinem Gesicht brüllen. Die Gläser der Retrobrille sind dick wie Eisschollen. Bestimmt kann er damit in die Zukunft sehen, oder eher in die Vergangenheit.

Neben Beschwerden, Anregungen, und Kritik geht es in der Sprechstunde um organisatorische Belange. Sogleich entbrennt eine leidenschaftliche Diskussion darüber, ob es möglich sei, sich bei den Mahlzeiten einem anderen Tisch anzuschließen. Hans-Christian ist der Meinung, eine etablierte Sitzordnung trage zur Stabilität bei, man habe außerhalb der Mahlzeiten schließlich ausreichend Gelegenheit, neue Gruppen zu bilden. Das Gel in seinen Haaren schimmert wie Wackelpudding, sein Weichteil zeichnet sich klobig in der engen Hose ab. Wie nennt man derart üppige Bestückung? Eselspimmel? Elefantenglied? Mammutrohr? Die Verfechter flexibler Ordnungen monieren die Gängelung; sie seien doch keine kleinen Kinder.

Auf der Agenda stehen auch die Raumtemperaturen. Dr. Behr räumt ein, die Beheizung eines derart alten Gebäudes der Energieeffizienzklasse G sei tatsächlich ein Problem, eine energetische Sanierung teuer, und eine solche führe ohnehin zu nur geringfügigen Verbesserungen. Im Zuge der Umbaumaßnahmen werde das Problem jedoch an der Wurzel gepackt. Und bei dem für das Frühjahr geplanten Neubau eines Bettenhauses würden selbstverständlich alle aktuellen Richtlinien und Vorschriften

eingehalten. Es sei geplant, die Patienten nach und nach vom Haupt- ins Bettenhaus zu verlegen. Was mit den freiwerdenden Zimmern geschehe, begehrt eine Patientin zu wissen. Als Behr den Plan vorstellt, das Gesindehaus abzureißen und die bislang ausgelagerten Heilbehandlungen aufs Haupthaus zu konzentrieren, erntet er Buhrufe und sogar einen vereinzelten Pfiff. Ein echsenhaftes Männlein mit wirrem, kleinem Nussgesicht schnipst mit dem Finger. Salt peanut, salt peanut! «Ja, bitte, Herr Stock!» Herr Stock, der Mann heißt tatsächlich Stock, das darf doch wohl nicht wahr sein. Mann und Name, einsilbig und klanglos, leiden unter anspruchsloser Kürze, ein renitenter Zwerg mit unangenehm weinerlich-nörgelnder Stimme und einem ewig bockigen Gesichtsausdruck. Die Aussicht aufs Sumpfgebiet, greint Stock, sei doch *das* Alleinstellungsmerkmal des Sanatoriums, ein maximal einstöckiges Bettenhaus könne damit nie und nimmer konkurrieren. Seine seltsam erstickte, unnatürlich hohe Stimme klingt wie die eines Konfirmanden. Er pulsiert vor Aggressivität, Partikel seiner Wut greifen auf die anderen über. Statt des Blutdrucks, denkt sich Heidbrink, müsste man bei so jemandem den Hassdruck messen, vermittels eines Hassdruckgerätes (Hassomat).
Behr zuckt die Achseln. Das habe nicht er so entschieden, sondern die Klinikleitung. Ob damit Professor von Rodenberg gemeint sei, will die dumme Nuss wissen. Genau, antwortet Behr. Aha. Der dicke Uwe mischt sich ein: Es wäre doch hilfreich, der Ordinarius beehrte die Patientenseminare durch seine Anwesenheit, wenn derart weitreichende Pläne zu kommunizieren seien. Dazu könne er nichts sagen, wiegelt Behr ab und empfiehlt, sich einen Termin bei von Rodenberg geben zu lassen. MEET THE EXPERT. Die Möglichkeit habe er, Uwe, auch schon erwogen, aber da man den *Meister* praktisch nie zu Gesicht bekomme, erscheine so ein Wunsch quasi aussichtslos; er sei bereits sechs Wochen in Behandlung und habe den Professor noch kein ein-

ziges Mal zu Gesicht bekommen. Jetzt wieder Stöckchen: Bei seiner Einzeltherapie am Montag sei Herr Professor von Rodenberg persönlich erschienen und habe ihn nach allen Regeln der Kunst auseinandergepflückt. Ihm, Stöckchen, sei Hören und Sehen und Sehen und Hören vergangen, statt den Samthandschuhen, mit denen die anderen *Psychodocs* einen für gewöhnlich anfassten, habe der Professor harte Bandagen ausgepackt. PROFESSOR VON RODENBERG, PROFESSOR V. RODENBERG, PROFESSOR. VON. RODENBERG. Er spricht den akademischen Titel aus, als würde so etwas von dem Glanz des Wortes auf ihn zurückfallen. Peinliche Ehrfurchtsangeberei. Das außergewöhnlichste aller Wunder: ein Tag mit Professor von Rodenberg. Im Übrigen, quakt er, sei der Professor eine international anerkannte Koryphäe, der man nicht zumuten könne, sich in die Niederungen von Tischordnungsdebatten zu begeben. Big Uwe widerspricht vehement: Die Klinik sei teuer genug, die Anzahl der Patienten überschaubar, da könne man verlangen, dass die *Belegschaft*, wozu auch ein Herr Professor zähle, nahbar sei. Im Übrigen seien die Zeiten von Ferdinand Sauerbruch und anderen Halbgöttern in Weiß gottlob vorbei. Behr, der die zu nichts führende Diskussion endlich beenden will, verweist ein weiteres Mal auf die Option, einen Termin bei von Rodenberg zu vereinbaren, verspricht jedoch außerdem, das Thema bei nächster Gelegenheit beim *Chef* persönlich vorzutragen.
Nächstes Thema Aquagymnastik. Man verhandle mit dem Friedberger Hotel Dorn über eine exklusive Nutzung des dortigen Spa-Bereichs an *einem* Nachmittag in der Woche. Interessierte Patienten würden dann mit einem Bus dorthin gebracht, und während dieser Zeit bliebe der Bereich für Hotelgäste gesperrt. Man hoffe, sich Ende Januar handelseinig zu sein. Das war's.

Nach dem Abendbrot unternimmt Heidbrink noch einen Gang. Er stapft durch den zerfurchten, gefrorenen Schnee, sein Atem hängt in Klumpen in der Luft. Heute ist Freitag, das WE muss er noch durchhalten, dann hat er Gewissheit: kein Krebs, kein Nichts, kein Garnichts. Entwarnung auf ganzer Linie, wie von Schwester Irene vorausgesagt. Wahrscheinlich. Ihn erfasst ein Gefühl der Sehnsucht, ohne zu wissen, wonach. Er stapft und stapft und stapft, der Wind presst den Schnee in die Falten seiner Klamotten, wo er durch die Körperwärme schmilzt und wieder gefriert.

Plötzlich überkommt ihn eine diffuse Angst, verfolgt zu werden. Er dreht erschrocken den Kopf herum, als befürchte er, das Schloss könnte sich heimlich an ihn herangeschlichen haben. Aus dieser mittleren Entfernung scheint die von Scheinwerfern angestrahlte Fassade zu glühen. Wie lange es wohl dauert, bis so ein Schloss zu Staub zerfällt? Staub, der den Park, den Teich, den Wald bedeckt, sich in Schichten setzt, sich Jahr um Jahrzehnt um Jahrhundert um Jahrtausend ansammelt, bis alle Vergangenheit verschwunden und vergessen ist?

Besucherritze

Durch den Raum Stettin wabert ein bleierner Geruch von gesaugtem Teppich. Neunzehn Uhr. Kulturabend. Was immer das sein soll. Heidbrink, fünf Minuten zu früh, nimmt auf der vorletzten Bank Platz. Die Veranstaltung scheint sich großer Beliebtheit zu erfreuen, nur vereinzelt sind noch Plätze frei. Etwas Feierliches liegt in der Luft. Doreen hat dezent Lippenstift aufgetragen, Hans-Christian trägt Sakko, der dicke Uwe hat sich gar eine Krawatte umgebunden, kein Joggingoutfit weit und breit. Stand der Stutzflügel schon immer da, oder wurde der extra herangeschafft? Ein Mann erhebt sich von seinem Klavierhocker und verbeugt sich nach allen Seiten. Das wird dann wohl der

Impresario sein. Sein jungaltes Gesicht bildet ein auf den Kopf gestelltes Dreieck: breite Stirn, kleiner Mund, spitzes Kinn, das durch den Walter-Ulbricht-Gedächtnisbart noch kleiner und spitzer wirkt. Er greift in die Tasten. «The River is Flowing» ist ganz offensichtlich die Erkennungsmelodie des Sanatoriums. Nach dem ersten Durchgang bedeutet er dem Auditorium durch Kopfnicken, mitzusingen.

The river, she is flowing,
Flowing and growing,
The river, she is flowing
Back to the sea.

Der dicke Uwe singt mit geschlossenen Augen und voller Inbrunst mit. Er hat seine Krawatte gelockert, um den Stiernacken zu lüften.

Mother Earth, carry me
Your child I will always be,
Mother Earth carry me
Back to the sea.

Das schlichte Liedchen entfaltet eine ganz andere Wirkung als im Rahmen der Musiktherapie. Überhaupt nicht lächerlich, geradezu *Psyche-Delic-Music*. Dr. Behr tritt neben das Instrument, bedankt sich bei *Herrn Zander*, der sich wieder erhebt und eine Verbeugung andeutet, und moderiert den nächsten Beitrag an. Frau Dähne, die eine selbstverfasste Geschichte vorlesen wird. Frau Dähne ist eine dünne, große Frau mit Aristokratenkopf, er sieht aus wie auf einer Münze geprägt. Eine richtige Lady, die Heidbrink mit *Gnädige Frau* anreden würde, sollte er mit ihr ins Gespräch kommen. Sie tritt neben Dr. Behr, der den Warm-upper gibt. «Die Geschichte hat es in sich, das kann ich versprechen. Vielleicht finden einige von Ihnen sie etwas makaber, ich war jedenfalls verblüfft und auch richtig beeindruckt von so viel Phantasie.»

Er schaltet die Leselampe an, die Frau Dähnes weiße Wangen seitlich erhellt. Die Ellbogen auf der Rückenlehne des leeren Vordersitzes, das Kinn auf den Unterarm, macht Heidbrink es sich bequem.

«Vielen Dank», sagt Frau Dähne mit angenehm dunkler Stimme. «Die Erzählung trägt den Titel *Besucherritze*. Ich beginne. Mein Mann und ich haben im vergangenen Jahr Urlaub in Bergen auf Rügen gemacht. Wir sind im Parkhotel abgestiegen. Im Vorfeld hatte mein Mann extra nach einem King-Size-Bett gefragt, dies konnte uns allerdings nicht zugesichert werden, dafür immerhin ein Queen-Size-Bett, mit einer Größe von 152 mal 203 etwas kleiner als ein King-Size-Bett, aber mit gleicher Matratzenhöhe, worauf wir besonderen Wert legen. Umso größer war unser Ärger, als wir im Zimmer ankamen und lediglich zwei zusammengestellte 90 × 200-Einzelbetten vorfanden, die schon bei minimalen Bewegungen auseinanderrutschten, sodass wir sie alle naslang zusammenschieben mussten, um der verhassten Besucherritze entgegenzuwirken. Wir haben uns unverzüglich beschwert, wurden allerdings kühl abgewiesen. Es müsse sich um ein Missverständnis handeln, da sämtliche Zimmer, auch die Suiten, mit Einzelbetten ausgestattet seien. Nur zu gern hätten wir einen E-Mail-Wechsel oder ein Schriftstück als Beweis vorgelegt, aber mein Mann hatte mit dem Hotelpersonal lediglich telefoniert und konnte sich an keinen Namen erinnern. Wir bemühten uns um eine andere Unterkunft, aber da die Insel zur Hochsaison ausgebucht war, mussten wir wohl oder übel mit dem gebuchten Zimmer vorliebnehmen. Das Wetter war ziemlich durchwachsen, und so verbrachten wir viel Zeit im Zimmer. Zum Glück hatten wir für reichlich Urlaubslektüre gesorgt, und das Parkhotel verfügt über einen ausgedehnten Spa-Bereich.

Die vermaledeite Besucherritze indes entwickelte sich für meinen Mann zu einem großen Ärgernis, da er aufgrund seines hohen Körpergewichts ständig darin einsank und es ihm zusehends Probleme bereitete, sich aus dem Spalt herauszuwursteln. Eines Morgens, ich hatte mich gerade im Bad für den Gang zum Frühstück zurechtgemacht, fand ich ihn in seltsam verdrehter Körperhaltung tief in die Ritze eingesunken. Auch nach mehreren Versuchen und Hilfestellung meinerseits gelang es ihm nicht, sich zu befreien. Erschöpft gab er schließlich auf und bat mich, ich möge alleine frühstücken gehen und ihm etwas vom Buffet mitbringen. Ich fand den Vorschlag zunächst so absurd, dass ich lachen musste, aber mein Mann meinte es ernst. Am Ende gab ich nach und ging allein in den Frühstücksraum. Ich stellte ihm einen Teller mit seinen Lieblingsspeisen zusammen, und als ich eine halbe Stunde später zurück im Zimmer war, fand ich ihn halb sitzend, halb liegend auf dem Sofa vor. Der Akt der Befreiung hatte ihn derart Kraft gekostet, dass er bis in die späten Abendstunden brauchte, um sich davon zu erholen.»

Frau Dähne zieht aus Angst, das Publikum könnte sich langweilen, oder als befürchte sie, bei der kleinsten Atempause unterbrochen zu werden, das Tempo an.

«Doch war dies nur das erste von vielen Malen, dass mein Mann in der Besucherritze steckenblieb. Ich mit meinen 56 Kilo vermochte da nicht viel auszurichten, und Hotelpersonal um Hilfe zu bitten, lehnte mein Mann empört ab. So blieb er immer öfter auf dem Zimmer, während ich, auf mich allein gestellt, den Naturpark Jasmund, die Kreidefelsen, den Baumwipfelpfad besuchte oder mit der Bäderbahn *Rasender Roland* die Insel erkundete. Zurück auf dem Zimmer traf ich meinen Mann auf dem Sofa eingerollt oder noch tiefer in die Besucherritze eingebrochen. Die zahlreichen Versuche, sich freizukämpfen, hatten ihn bis auf die Knochen erschöpft. Aus Gründen, die ich mir nicht erklären kann, schien die Ritze zudem immer bodenloser zu werden und sich zu einem regelrechten Krater zu vertiefen. Ich versorgte meinen Mann mit Essen und Trinken, setzte mich zu ihm auf die Bettkante oder rückte einen Stuhl heran, und wir führten philosophische und tiefgründige Gespräche wie schon lange nicht mehr.

An unserem letzten Urlaubstag, Samstag, den 23. August 2022, war er dann endgültig von der Tiefe verschluckt. Wir konnten zwar noch miteinander reden, aber gesehen habe ich ihn nicht mehr. Bis tief in die Nacht haben wir uns flüsternd verständigt; in den frühen Morgenstunden bin ich dann eingenickt.

Am Abreisetag, der Check-out um elf rückte immer näher, hat er nicht mehr auf meine Ansprache reagiert. Und so fuhr ich ohne ihn ab. Natürlich hätte ich das Hotelpersonal informieren oder die Polizei verständigen können, doch ich habe die Entscheidung meines Mannes akzeptiert.»

Fin.

Im Publikum eine Art Seufzen, wie aus einer Kehle, es könnte Anerkennung bedeuten oder Erleichterung, dass die traurige Geschichte endlich vorbei ist. Als Frau Dähne den Kopf neigt, um sich zu bedanken, fangen ihre Ohrringe das Licht ein, sie ist eingerahmt wie auf einer Kinoleinwand.

Dr. Behr steht da wie einer, der einen Blumenstrauß hinter seinem Rücken versteckt hält, dabei hat er weder einen Blumenstrauß noch ein Kaninchen, das er hervorzaubern könnte. Er holt die leeren Hände hervor, bedankt sich überschwänglich und fragt Frau Dähne, wie man denn auf so etwas komme. Die zuckt verlegen mit den Schultern. Schon seit ihrer Jugend schreibe sie, Geschichten, Gedichte, alles Mögliche, demnächst wolle sie sich an einem längeren Text versuchen, vielleicht eine Novelle.

«Ein großes Talent», sagt Dr. Behr, «seien Sie froh, mit einem solchen Talent gesegnet zu sein.» Ob es aus dem Publikum Fragen gebe? Eine Frau will wissen, ob die Geschichte auf einer wahren Begebenheit beruhe. Nein, natürlich nicht, antwortet Frau Dähne, sie sei nie verheiratet gewesen. Dann spreche wohl das Unterbewusstsein aus ihr, liest die Frau aus dem Kaffeesatz, wahrscheinlich habe sie einen tiefsitzenden Beziehungswunsch, aber gleichzeitig Angst vor Nähe. Frau Dähne lauscht mit geneigtem Kopf und schweigt zu dem unverschämten Psychogequatsche. Keine weiteren Fragen. Ein Glück. Dr. Behr bittet Herrn Zander, das nächste Lied anzustimmen. Es ist eine selbstkomponierte Ballade mit dem Titel *Hubschrauber*. Dümmlich, aber gut gemeint.

Dann geht es rüber ins Foyer, wo in der Zwischenzeit eine Art Ausstellung vorbereitet wurde. Die erste Arbeit stammt von Simon. Ein Triptychon aus einem blauen Verlaufsbild, etwas Gelb-Rot-Gesprenkeltem und einer Darstellung, die wohl die Sonne darstellen soll. Dr. Behr bittet Simon, sein Werk zu interpretieren. Vor lauter Aufregung versteift sich Simon wie eine Schaufensterpuppe. Seine Pickel sehen heute so aus, als hätte ihm jemand eine Handvoll roten Matsch ins Gesicht geschleudert. Die zwei großen roten Flechten am Hals sind neu.

Das Verlaufsbild, erläutert er mechanisch, symbolisiere seine erste Phase in der Klinik, das Gesprenkelte die Arbeit an sich selbst und die Sonne den hoffentlich guten Ausgang. Dann dreht er das Sonnenbild um, auf dessen Rückseite sich fünf weitere sonnenartige Gebilde befinden. Ob die Bilder bei irgendjemandem etwas auslösen, will Dr. Behr wissen. Achselzucken, Murmeln, Hüsteln. Wortmeldungen Fehlanzeige.

Es geht zurück in den Raum Stettin, wo in der Zwischenzeit eine Diashow vorbereitet wurde. Allesamt Motive von Jan, die im Rahmen der Fototherapie entstanden sind. Das Motto der zehnteiligen Serie: «Aushalten».

Heidbrink identifiziert:

– ein abgepflücktes Weintraubengerippe
– eine Phalanx nackter Baumstämme
– eine pfirsich- und eine senffarbene Fläche

- braune Blätter, die wie Fetzen alten Packpapiers von einem Zweig herunterhängen
- glitzernder Raureif an dürren Ästen
- zwei Krähen, die in einer kahlen Baumkrone hocken
- Streifen aus Sonnenlicht, die durch die Fenster ins Zimmer fallen
- ein Kissen ohne Bezug, das wirkt wie gehäutet
- ein Fleck auf einer Tischdecke, der aussieht wie der Grundriss von Österreich
- ein Paar Schuhe mit Lochmusterspitzen.

Dr. Behr bedankt sich, ohne die obligatorische Frage nach der Bedeutung des Werkes zu stellen. Ein Glück. Herr Zander beschließt die Veranstaltung mit dem alten deutschen Volkslied *Guten Abend, gute Nacht*.

Guten Abend, gut' Nacht,
mit Rosen bedacht,
mit Näglein besteckt,
schlupf unter die Deck:
Morgen früh, wenn Gott will,
wirst du wieder geweckt.
Guten Abend, gut' Nacht,
von Englein bewacht,
die zeigen im Traum
dir Christkindleins Baum.
Schlaf nun selig und süß,
schau im Traum 's Paradies.

Heidbrink ist berührt von der Kraft dieser einfachen Weise, Tränen sammeln sich in seinen Augenhöhlen. Dieser Abend ist etwas Besonderes. An diesem Abend ist sein Leben gut. Sollte ein weiterer Kulturabend anberaumt werden, wird er etwas dazu beitragen. Den anderen vorlesen, vorsingen, irgendwas vormachen. Gedichte, Songs, Geschichten. Die Tränen werden in Strömen fließen, und für alles, für alle gibt es Applaus.

Befunde

Wolfsstunde. Erwachen in Finsternis. Stille. 20 Herzschläge. 30. Im Zimmer das Dunkel, das vom Boden aufquillt und lautlos über ihm zusammenschlägt. Heidbrink ist von einem schrecklichen Traum zum nächsten gejagt, kaum war der eine vorbei, lauerte schon der nächste, bereit, ihn anzuspringen: Als er den Schrank öffnet, fällt eine Million aneinandergeklebter Schaben heraus und begräbt ihn unter sich, ein langsames, qualvolles Ersticken. Jetzt liegt er da, mit kreischenden Nervenenden, das Herz klopft mit harten, scharfen Schlägen, in den Ohren dumpfes Tosen. *Insomnia.* Von Schlaflosigkeit zerdehnte Stunden, nur gegliedert durch ein gleichmäßiges An- und Abschwellen in seinem Inneren.

Er müsste Licht anmachen, ein Buch zur Hand nehmen, lesend zurück in den Schlaf finden. Aber er ist schwach. Er ist krank. Giftige Schlieren verklumpen seine krebsverklebten Nieren, außer Kontrolle geratene Zellen saugen sich in ihm fest, schwellen wie Pilze. Unkontrollierbare Gedanken purzeln zwischen den Metastasen in seinem Kopf herum, zerfransen, werden immer zusammenhangloser, bis – unerwartete, unverdiente Erlösung – Müdigkeit durch seine Adern rinnt, sich die Nacht um ihn zu schließen beginnt. Doch gleich verkrampft er wieder vor banger Erwartung, ist er hellwach. Er schaltet um auf explizite sexuelle Inhalte, manchmal entfaltet das eine sedierende Wirkung. Heute leider nicht. Er wichst ein wenig vor sich hin, es ist, als wollte er ein Feuer entfachen, indem er zwei nasse Stäbe aneinanderreibt. Also packt er das Teil wieder ein. Eine Sommernacht bei den Großeltern auf dem Land. Mitternachts schleicht er zu den Bahngleisen, legt seinen Kopf auf die Schwellen und lauscht auf die heranrollenden Züge. Die Gleise geraten in Schwingung, beginnen zu zittern und zu summen. Im letzten Moment zieht er seinen Kopf weg. Der Triebwagen scheint einen winzigen Augenblick zu verharren, trotz des tosenden Lärms ist es plötzlich totenstill. Der Zug entfernt sich, dadupdadupdadup. Kopf auf die Schwellen, nächster Zug. So geht es zwanzig-, vielleicht fünfundzwanzigmal gut, bis ihm die Augen zufallen; sein Kopf ein Airbag in Erwartung des Aufpralls.

SAUERSTOFF	--
TEMPERATUR	--
BLUTDRUCK	--
PULS	--

Am Sonntag findet keine Visite statt. Er wird nicht zum Frühstück gehen, an keinem (reduzierten) Kursangebot teilnehmen. Er wird die verdammten Vitalwerte Vitalwerte sein lassen, sich nicht waschen, sich nicht einmal die Zähne putzen. Sein Atem riecht vergoren. Herrlich. Mit keinem Menschen sprechen. Sollte er irgendwann Appetit verspüren, wird er sich kurz vor knapp hinunterstehlen. Aber: SPÄTER. Erst einmal heißt es liegen, liegen, liegen. Das Leben stilllegen. Und endlich schläft er ein.

Als er zehn Minuten nach Toresschluss an seinem Platz sitzt, ist der Saal leer. Spül-, Räum-, Klapper-, Scheppergeräusche, ein/der Koch sortiert lautstark die Kochlöffelkollektion. Ob er noch irgendetwas *Kleines* bekommen könnte, fragt er Fangschreck. Der nickt und verzieht den Mund, das angedeutete Lächeln kaum mehr als eine die Gesichtshaut straffende Klammer aus Eisen. Sein Gang ist stotternd und seltsam unregelmäßig, als hätte man ihm die Beine abgesägt und Holzprothesen untergeschnallt. Drei Minuten später serviert er Heidbrink eine Notmahlzeit.

Die Hühnerbrustfilets haben angebrannte Ränder und einen Kältekern, der Reis ist auch kalt, die geschmorten Ofenfrüchte riechen süßlich, wie verstopfter Abfluss. Im Durchgangszimmer zieht Fangschreck bereits den Staubsauger hinter sich her, der Dreck, Staub und Krümel in den brüllenden Bauch schlürft.

Jetzt erstreckt sich der ganze lange, düstere, elende, beschäftigungslose Nachmittag vor ihm wie ein Gefängnisflur. Morgen geht dann alles wieder von vorn los: Musik, Foto, Tanz, Biblio, Gesprächsgruppe, Einzelgespräch, Patientendings, Kulturabend. DEN BEFUND NICHT ZU VERGESSEN. Aber morgen ist morgen, und heute ist heute: Er zappt sich durch die TV-Kanäle. Sonntag ist der Tag der Automagazine, der Fernsehgärten und der Wiederholungen. Zapp. Der Vorspann einer Uralt-Folge von Raumschiff Enterprise: In unendlicher Ferne erscheint ein winziges Pünktchen, das sich zu einem gigantischen, alles verschlingenden Objekt entwickelt. Zapp. Auf dem Wasser durch den Norden – Schwedens Seenlandschaft. Zapp. Eine Romantic Comedy aus deutscher Produktion, unerträglich in ihrer Humorlosigkeit und epileptischen Energie. Fernsehen ist für die Alten, Debilen und Inkontinenten. Fernseher aus, Radio ein. Auf DLF ein längerer Beitrag über die Novoinox-Indianer, ein winziges indigenes Volk in den chilenischen Anden.

Aber Sonntag ist *auch* der Tag von Kaffee und Kuchen und ausgedehnten Spaziergängen. Er könnte die Gegend erkunden. So weit er kommt, so weit die Füße tragen. Kurz darauf steht er vor der Klinik. Wie viel Kilometer mag es bis zur nächsten menschlichen Ansiedlung sein? Viele. Sehr viele. Für Untrainierte unerreichbar. Zu dünn angezogen, zu schwach, ohne Überlebensfertigkeiten. Die eisige Sonne hängt reglos am Himmel, vereinzelte Schneeflocken schweben herab wie Asche. Er marschiert über leere, fröstelnde Felder, die sich in trister Kargheit endlos in alle

Richtungen erstrecken, weiter, immer weiter durch die winterliche Sterilität. Die Landschaft in kaltes, sirupartiges Licht gebadet, der Schnee liegt an die zehn Zentimeter hoch, jeder seiner Schritte stößt ihn in fliegenden Wirbeln vor sich her. *Wenn man mich fragen würde, würde ich antworten, dass ich mir auf jeden Fall mehr erwartet hätte.* Was ist das für ein Satz, wo kommt der her? Egal. Was sagt der Schrittzähler? Dreitausendachthundert. Mal zwei (Rückweg) sind siebentausendsechshundert, das reicht mehr als dicke. Die 10 000-Schritt-Regel wurde in den sechziger Jahren von einem japanischen Hersteller von Schrittzählern in die Welt gesetzt, um das Produkt bekannt zu machen. So wurde aus einem Marketing-Trick das Maß aller Schritte.
Gerade, als er umkehren will, schält sich eine Gestalt aus der diesigen Kälte. Durch einen seltsamen Lichteffekt ist der Kopf wie ausradiert, die Figur scheint enthauptet zu sein. Dann wird der Kopf doch sichtbar. Es ist Klaus.
Sein Gesicht ist bleich und knochig, an seiner rechten Wange ein blutiger Kratzer, den er sich beim Rasieren zugezogen haben muss. *Der ist seiner schlesischen Heimat entstiegen, durch die gesamte Nachkriegszeit gelatscht, um genau an dieser Stelle aus dem flackernden Himmel zu wabern.*
«Ganz schön kalt, was?», sagt Klaus zur Begrüßung.
«Das kann man wohl sagen.»
«Trotzdem.»
«Ja. Bisschen Bewegung.»
«Der Wind fliegt unten zum Arschloch rein und vereist oben den Gaumen, was?»
«So kann man's auch sagen.»
«Es gefriert einfach alles. Sogar die Pisse im Schwanz.»
Heidbrink, gleichermaßen überrascht und schockiert über die vulgäre Ausdrucksweise, verzieht sein Gesicht zu einem schiefen Grinsen. Klaus fischt Zigarette und Einwegfeuerzeug aus einer der Seiten-, Innen-, Behelfstaschen und Öffnungen und Laschen

seiner Multifunktionsjoppe. Begleitet von einem Röcheln, stößt er mit dem Feuerzeug gegen die Kippe, als ob die davon angehen müsste. Trotz Wind und Kälte trägt er eine Aura von Alter, Urin und Staub um sich. *Der hat sich heute bestimmt auch noch nicht gewaschen.* In Klausens Alter und Zustand schreitet die Zersetzung viel schneller voran, bald ist nur noch Scheiße von ihm übrig. Klaus lässt das Feuerzeug, das einfach nicht zünden will, fallen und holt eine Streichholzschachtel hervor, der er gleich ein halbes Dutzend Zündhölzchen entnimmt. Die Flamme ist enorm und droht seine buschigen Augenbrauen zu versengen. Er zündet seine Zigarette an, raucht und schweigt und schweigt und raucht, drachengleich dampft es aus ihm, unmöglich zu unterscheiden, was Atem und was Rauch ist. Er versucht einen sich anbahnenden Hustenanfall unter Kontrolle zu halten, aber der Husten bahnt sich stoßweise seinen Weg nach draußen. Nur ein einziger, eisig beherzter und endlich *wirklich* tiefer Atemzug würde den ganzen Schleim aus der Lunge wegbrennen. Wegbrennen und alles rauskotzen: Schleim und Teer und Gift und Plaque und Schlacke und Galle und Eingeweide, bis nichts mehr übrig wäre als Haut und Knochen. Versuch es wenigstens, es ist deine letzte Chance!

«Du heißt Jonas, nä?»
«Ja, genau.»
«Und weswegen bist du hier?»
«Schwer zu sagen. Allgemeine Sinnkrise, so was in der Art.»
«Aha.»
Klaus spaltet ein Streichholz mit dem Daumennagel und zerlegt es in Streifen.
«Therapien, so sinnlos wie das Leben.»
«Was?»
«Nichts weiter. Was hältst du eigentlich von Dr. Behr?»
«Keine Ahnung. Ganz nett, aber in Wahrheit kann ich das nicht beurteilen, ich bin gerade mal 'ne Woche hier.»

«Der hört sich gerne selber reden. Für mich sabbelt der zu viel.»
«Ja?»
«Ein Sabbelzahntiger, der dir den letzten Zahn zieht.»
«Ja.»
«Der gibt dir die Hand und pisst dir gleichzeitig in die Tasche.» Pause. «Spaß.»
«Ach so.»
Klaus steckt sich die nächste Kippe an, kneift im Qualm die Augen zu. «Wie findest du das Essen hier?»
«Och, für drei Köche geht so.»
«Teilweise sind die Sachen so scharf, dass es dir die Batterie abklemmt. Der Lange, der aussieht wie Spider-Man sein Cousin, der würzt, bis dir die Arschvioline brennt, wenn du weißt, was ich meine.»
Weiß Heidbrink nicht. Er ist zu jung für solche Sprüche. Und er kriegt es auch mit der sonstigen *Performance* von Klaus nicht zusammen, dem unaufhörlichen Jammern und Wimmern und Stöhnen, das durch ihn hindurchsickert wie der Regen durch die Bäume. Zigarette Nummer drei.
«Wenn ich entlassen werd, dann besauf ich mich und hör erst wieder auf, wenn ich hundert bin.»
Wenn ich das Thema nicht wechsle, denkt Heidbrink, macht er endlos so weiter.
«Wie geht es dir denn heute eigentlich so?»
Die Frage zieht Klaus den Stecker. Er reibt sich die Kältetränen aus den Augen, sein Atem pfeift durch die Haare seiner Nasenlöcher.
«Och.»
Och!
«Besser als gestern oder schlechter?»
«Ist nicht mehr viel übrig von mir. Die Toten sterben wieder und wieder und am Ende für immer.»

Er schmeißt die Zigarette in den Schnee, wo sie ein Loch bohrt und einsinkt. Eine dünne, graue Rauchfahne steigt auf, kaum zu unterscheiden von der Farbe des Schnees.
«Ich mach mich mal weg. Bis später. Und immer ein Ohr auf den Schienen haben!»
Als er Heidbrink zum Abschied die Hand hinstreckt, schwappt die Bewegung eine neue Welle von Gestank herüber. Klaus stapft zurück zum Schloss. Heidbrink geht noch ein Stück. Bald ist es dunkel, und dann ist es Zeit fürs Bett, mehr weiß er nicht, und mehr will er auch gar nicht wissen.

«Herr Heidbrink, die Befunde sind da und haben etwas sehr Merkwürdiges ergeben: Sie haben kein Gehirn ... Tja, wir konnten es selbst kaum glauben ... wir haben uns die Bilder immer wieder angeschaut ... da ist nichts ...»
Börners Kasernenhofstimme hallt in den Winkeln seines Kopfes wider. Kein Gehirn! Gibt es so was, einen lustigen Alptraum? Im Unterschied zu einem ausgesprochen unlustigen: ... Herr Heidbrink, gerade die Ergebnisse vom Labor bekommen ... Wie ich befürchtet hatte ... ein Melanozytoblastom ... tja, tut mir sehr leid ...
Melanozytoblastom. Das Wort sitzt wie ein Wurm in seinem Hirn, Heidbrink verschwindet in der bodenlosen Grube des Befundes. Der Countdown läuft. Ohne Frühstück zum Schafott.
TIME FOR THE DEATH SENTENCE.
Börners Gesicht ist fahl und sieht aus wie gelbliches Wachs, aus unerfindlichen Gründen hat er Tintenkleckse an den Händen.
RUDOLF (er heißt Rudolf mit Vornamen) DER FURCHTBARE.
Ein halbes Dutzend Blumen steht in einer kleinen Vase an einer sonnigen Stelle auf dem Fensterbrett, wo sie rosa glühen, als wären sie künstlich. Die Luftblasen in der Vase haften fein wie Sandkörner an den Stängeln. Einer der Stiele ist geknickt, die Blüte hängt herunter, als schäme sie sich.

Börner, ein metallischer Name. PASS AUF, DASS DU DICH NICHT VERBRENNST, BÖ(U)RNER. Burning Börner schiebt Heidbrink eine DIN-A4-Doppelseite hin.
«Bevor ich Ihnen das alles mündlich zu erklären versuche, lesen Sie am besten selbst. Ich denke, das ist einigermaßen verständlich, und Sie haben es gleich schwarz auf weiß. Reicht, wenn Sie das Papier überfliegen.»
Er hebt den Bericht zunächst nicht auf, weil er fürchtet, seine Hand könnte zittern.
«Herr Heidbrink?»

Patient: HEIDBRINK, JONAS 8.4.1986
Sehr geehrte Damen und Herren, vielen Dank für die freundliche Überweisung.
MR Oberbauch, speziell Nieren vom 17.1.2023:
Indikation: Als Zufallsbefund aufgefallener Nierentumor links
BEFUND
Bis auf kleinste periphere Zysten homogene Signalgebung der Leber. Normal große, unauffällige Milz. Zarte, unauffällige Nebennieren. Regelrechte Darstellung des Pankreas. Unauffällige ableitende Gallenwege und unauffälliger Pankreasgang in der MRCP. An der linken Niere kommt es apikal zur Darstellung einer in T2-TSE hypointensen Raumforderung im Vergleich zum Nierenparenchym mit einem Durchmesser von 16 mm transvers. Und insgesamt 19 mm craniocaudal …

Heidbrink liest dreimal unauffällig, einmal normal groß, einmal zart. Klingt sooo schlecht nicht.
… Die linke Niere weist im Übergang vom mittleren zum distalen Drittel einen typischen Milzbuckel auf, hier kein Hinweis auf einen tumorösen Prozess.
Börner, langsam ungeduldig werdend, schlägt einen geschäftsmäßigen Ton an.

«Wie gesagt, überfliegen reicht. Die Einzelheiten können Sie sich nachher auf dem Zimmer durchlesen. Wichtig ist nur die Beurteilung ganz am Ende.»

BEURTEILUNG:
Kleiner solider Nierentumor am linken oberen Nierenpol mit glatter Begrenzung. Eine Zyste oder ein Angiomyolipom scheint nicht vorzuliegen, es lassen sich in fettunterdrückender T1-wichtender Sequenz keine supprimierbaren Fettanteile darstellen. Andererseits spricht die negative Darstellung in diffusionswichtender Bildgebung eindeutig gegen ein Nierenzellkarzinom, sodass ein benigner solider Tumor, insbesondere ein Nierenzelladenom oder ein Onko-Zytom, am wahrscheinlichsten erscheint.
Hinweise auf Metastasen finden sich nicht, sodass meines Erachtens eine sonographische Verlaufskontrolle trotz des soliden Aspekts gerechtfertigt wäre. Bei hohem Sicherheitsbedürfnis könnte degenerative der Herd sicher organerhaltend entfernt werden.
Der übrige MRT-Befund des Oberbauchs ist unauffällig.
Mit freundlichen kollegialen Grüßen
Dr. G. Soltau

«Na?» Börner lächelt so breit, als hätte man seine Mundwinkel aufgeschlitzt. «Da heißt es durchatmen, was? Ich würde empfehlen, den Tumor alle halbe Jahre begutachten zu lassen. Aber das geht ja aus dem Bericht hervor.»
«Und was ist mit den Hautveränderungen?»
«Die Ergebnisse der Histologie sind heute Morgen ebenfalls gekommen. Hier, bitte schön!»

Labor-Nr.: B25328695–24
JONAS HEIDBRINK, 8.4.1986
Das sechsteilige Präparat wurde in 12 unterschiedlichen Blöcken (A–L) aufgearbeitet.

MIKROSKOPISCHER BEFUND:
Zur Darstellung kommt eine teils unscharf begrenzte, asymmetrische melanozytäre Läsion. Im Bereich des Epithels Nachweis nestartig aggregierter sowie einzeln vorliegender Melanozyten basal. Teilweise Konfluenz von Nestern ...

Nester, denkt Heidbrink, wie das schon wieder klingt.

DIAGNOSE:
Stark irritierter, zentral traumatisierter kongenitaler melanozytärer Naevus.
KOMMENTAR:
Die histopathologischen Veränderungen zeigen deutliche Anzeichen der Irritation. Insgesamt muss die Läsion jedoch als teils traumatisierter kongenitaler melanozytärer Naevus eingeordnet werden. Die Läsion ist nach multiplen vorliegenden Schnittstufen sicher in toto exzidiert. Kein Anhalt für Malignität.
Prof. Dr. Bernhard Watzmann

«Entwarnung auf ganzer Linie. Ich habe mit Professor Watzmann telefoniert, der war sich hundertprozentig sicher, dass es schwarzer Hautkrebs ist, er hatte sich schon auf das volle Programm eingestellt, Radiologie und so weiter.»
«Tja, das ist ja schön.»
«Sonderlich erfreut scheinen Sie ja nicht zu sein.»
«Doch, doch.»
«Noch mal meinen herzlichen Glückwunsch. Dann können Sie jetzt ja beruhigt zum Mittagessen gehen.»

Die Wintersonne hängt reglos am Himmel. Unter dem frostigen Licht breitet sich der Sumpf aus, er dehnt sich wie eine Wüste, die vereinzelten Bäume darin kahl, die Äste wie skelettierte Hände mit vielen gichtgekrümmten Fingern. Ein Geschwader

Kraniche schwebt wie an einer Schnur gezogen. Mit gestreckten Hälsen schrauben sie sich in den Himmel und verschwinden. Hallo, ruft Heidbrink, was ist mit *mir*, nehmt mich mit!

Und schon geht's wieder in den nächsten Termin, dann in den übernächsten. The river is growing. Heidbrink nimmt an allem teil, macht alles mit, ohne zu murren, zu klagen oder in Frage zu stellen. Einen Monat, diesen einen Monat hält er durch. Und vielleicht haben die Therapien ja doch eine Wirkung, die sich für den Laien nur nicht gleich erschließt, vielleicht verbirgt sich hinter dem vermeintlich Unsinnigen ein höherer Sinn. Und vor allem natürlich ein heilsamer *Effekt*.

Nach wie vor findet er schwer Anschluss, jeder Gang durch den Speisesaal ein Lauf durchs Fegefeuer. Er lauscht den Gesprächen am Nebentisch und wundert sich darüber, was für idiotische Ansichten die Leute haben. Nach den Therapiesitzungen zerstreuen sich alle, seit Rinkhaus' Entlassung (Verschwinden?) sitzt Heidbrink allein an seinem Sechsertisch. Er fühlt sich umgeben von Menschen, mit denen er nicht das Geringste gemeinsam hat, abgesehen davon, dass Gruppen von jeher dumpfe Abneigung in ihm hervorgerufen haben. Diese *Negativität* strahlt er wahrscheinlich auch aus. Wie es in den Wald hineinschallt ... Eine leere Flasche an einer leeren Tafel, die hastig ihre Mahlzeiten in sich hineinschaufelt, um sich dann wie ein scheuer Tintenfisch aufs Zimmer zurückzuziehen.

Von Anja hat er nie wieder etwas gehört oder gesehen. Immer wieder hat er nach ihr Ausschau gehalten, aber sie hat sich offenbar in Luft aufgelöst, spurlos verschwunden ist sie, die Netteste, das Phantom der Klinik. Er fragt sich, ob die Begegnung mit ihr überhaupt stattgefunden hat. Immerhin, die unheimliche Kartenrunde war real.

Gelegentlich leistet er Klaus im Raucherpavillon Gesellschaft. Der Aschenbecher quillt über und bedeckt alles mit grauen, stinkenden Ascheschlieren. Manchmal steht Klaus eine Stunde am Stück einfach da, ein Klotz aus Dunkelheit, unbeweglich wie ein Salamander, und speit Rauch. Speien oder dampfen: Beim Dampfen lässt er den Zigarettenrauch zwischen seinen Lippen hervorquellen, bis sein Kopf von einem Schleier umhüllt ist. Der letzte Raucher einer Zigarettenmarke, die keiner mehr kennt. Aus gutem Grund ist Juno rund. Der Geruch von Tod und Nikotin strömt wie Gift aus allen seinen Poren. Bald hat er es geschafft und ist selbst zu Asche geworden.

Sein Gesicht ein riesiger Pfirsichstein, der kraftlose Körper steckt in einer unfassbar fleckigen Jacke. Der Hintern verschwunden, der Hosenboden eine leere Ausstülpung. Klaus hat sich bis zur Erschöpfung verausgabt und keine Gegenleistung erhalten, er wurde vom Leben in einem nie mehr gutzumachendem Ausmaß betrogen. Und es gibt nichts, das diesen Kummer wettmachen kann. Die Welt ist voller Opfer, denkt Heidbrink, gewöhnliche Menschen, die furchtbare Dinge erleben, die niemals gehört und schließlich vergessen werden.

Bei der Parkafrau weiß er immer noch nicht, wieso sie überhaupt hier ist. Tag und Nacht ihren versteinerten Leiden ausgeliefert, deren Gewicht ihren Mund in einer ewigen Abwärtsbewegung fixiert hat. Ihr Kopf, der Kopf eines greisen Schulmädchens, lugt immer misstrauisch aus dem Panzer des Parkas hervor. Gelegentlich wird sichtbar, dass sie darunter einen cremeweißen Flanell-Onesie trägt, in den sie eingenäht ist wie ein Mehlwurm.

Einmal wird er von Uwe und Hans-Christian eingeladen, an ihrem Tisch Platz zu nehmen. Die Konversation verläuft schleppend. Obwohl ihn mit Hans-Christian ja durchaus ähnliche Probleme verbinden, sind die Unterschiede tatsächlich gewaltig. Der entscheidende: Hans-Christian hat Probleme, aber keine Zweifel. Mit der Mischung aus Zielstrebigkeit, Gereiztheit und Langeweile geht er durch eine Existenz voller genau umrissener Aufgaben, die exakte Lösungen erfordern. Unmissverständliche

Körpersprache, knappe Gesten, sein Gruß besteht *immer* aus dem Anflug eines Grinsens und einem knappen Räuspern. Und Uwe? Uwe, Uwe, Uwe! Groß, breit und dick, der Kleingarten-, Grill- und Campingtyp, der ursprünglich mal als lustiger Dicker gedacht war, bis irgendwann gehörig was schiefgelaufen ist. Uwe aktuell: ein keuchendes Walross, ein abgeranzter alter Gamsbock, ein Bär in der Manege, bevor man die Hunde hineinlässt. Der Körper in Bierteig, so brummt und schnauft er vor sich hin, verschlingt gierig sein Hotdog wie ein Otter, der einen etwas zu großen Krebs knackt. Mit Uwe ist nicht viel anzufangen.
Zu den Frauen hat Heidbrink so gut wie keinen Kontakt. Überhaupt fällt ihm auf, dass im Haus die Frauen und die Männer unter sich bleiben.

Die Vitalwerte werden jetzt nur noch einmal am Tag genommen. Die Leute vom Housekeeping entsorgen täglich den Müll, reinigen das Zimmer, wechseln auf Nachfrage Handtücher und Bettzeug. Als Heidbrink den Wunsch nach einem zweiten Kopfkissen äußert, wird der umgehend erfüllt. Einmal fragt ihn das Zimmermädchen, ob er gut geschlafen habe. Als er das bejaht, meint sie, sie könne in einem fremden Bett nicht schlafen. Auf Heidbrinks Frage, ob sie nicht auch mal in Urlaub führe, antwortet sie, dass sie nie Urlaub mache.

Als eines Abends der Rauchmelder Alarm schlägt, müssen alle Patienten umgehend das Gebäude verlassen. Sie stehen schlotternd und zitternd in der Kälte, außerhalb der Welt, Männer und Frauen aus Luft. Heidbrink kaut von innen auf den Wangen, bis sein Speichel nach Blut schmeckt. Als er mit den Fingern über die wunde Stelle tastet, fühlt es sich fremd und geschwollen an. Seine Zähne fangen an zu klappern, bis er den Kiefer fest zusammenpresst. So ein Feueralarm, denkt er, böte doch Gelegenheit, einander näherzukommen, durch Gespräch und gemeinsames Erleben.

Eigentlich. Dann steht er aber doch nur da mit gesenktem Blick, als betrachte er irgendwas auf dem Boden. Er nutzt die Ausnahmesituation, um durchzuzählen, und kommt auf 47 Personen. 47 mal 800 = 37 600 Euro täglich. Plötzlich rasen Löschfahrzeuge um die Ecke, als hätten sie sich dort irgendwo versteckt gehalten. Die Feuerwehrmänner sind riesig, zwei Meter, mindestens, der stärkste Feuerwehrtrupp, der je zusammengestellt wurde. Vielleicht Brüder oder Cousins von Professor Watzmann. Nach wenigen Minuten stellt sich (natürlich) heraus, dass es (wieder mal) Fehlalarm war. Aber immerhin mal Abwechslung.

Abwechslung bietet auch der Besuch des Fensterputzers.
Liebe Patientinnen und Patienten – wir möchten Sie rechtzeitig informieren!
Wir möchten Sie in Kenntnis setzen, dass Montag, den 3. 2. ab 8:00 Uhr die Fensterreinigung im Schloss stattfinden wird. In den Patientenzimmern wird dies während der Therapiezeiten von 10:00–12:00 Uhr durchgeführt werden. Mögliche Restarbeiten finden dann erst wieder nach der Mittagspause ab 14:00 Uhr, statt. Wir entschuldigen uns im Vorfeld für mögliche Unannehmlichkeiten und hoffen, dass Sie sich weiterhin wohlfühlen.
Einmal liegt eine zertrümmerte Wassermelone auf der Auffahrt, wie ein abgeschlagener Kopf. Ausgerechnet Melone, wo noch nie Melone gereicht wurde. Wo kommt die her?

In Woche drei überreicht ihm Schwester Irene eine Duftlampe, Note *Herzenswärme*. Weil er's nötig hat? Heidbrink begreift es als eine Art Adelsschlag, eine Auszeichnung, die er sich verdient hat.

Ihm fällt auf, dass die nervigsten Menschen morgens die ersten beim Frühstück sind.

Patienten gehen (Uwe, Doreen, Hans-Christian, Parkafrau, Simon), Patienten kommen. Heidbrink könnte nicht sagen, ob es ihm besser geht oder schlechter. Vermutlich etwa gleich. Gefangen in einem lauen Fötalstadium, seltsamer Schlaffheit, flimmernder Interesselosigkeit. Vielleicht wird er auf Dauer in diesem farblosen Zustand verharren, in dem nichts Gutes oder Schlechtes mehr geschieht. Manchmal nutzt er die Einsamkeit des Zimmers, um laut zu ächzen, zu klagen und vor sich hin zu stöhnen. Womöglich hat er schon alles erreicht, was zu erreichen war. Sein Leben definiert durch einen triumphalen Klimax, auf den alles hinausgelaufen war, und fortan würde es nirgendwo mehr drauf hinauslaufen. Früher standen 10000 Welten zur Auswahl, es gab nichts als Aussichten, heute scheint es überhaupt keine Aussichten mehr zu geben. Ach, egal. Die Glücklichen, philosophiert er haltlos vor sich hin, sind nur deshalb glücklich, weil die Unglücklichen ihnen den Rücken frei- und die Schnauze halten. Und: Je weiter man das Dickicht zu erforschen versucht, desto undurchdringlicher wird es. Manchmal tröstet er sich mit dem Gedanken, dass bei ihm vielleicht nur ein klitzekleines Schräubchen locker ist, man müsste es ein wenig anziehen. Ein Schräubchen, noch nicht mal eine Schraube.

Die Stunden verrieseln, die Zeit ist ein großes Fass, das leerläuft und nie leer wird, die Einförmigkeit lässt die Zeiger rasen. Heidbrink ist auf einem Stern, auf dem die Tage schneller vergehen. Aber dann bricht doch der allerletzte Tag an, und als er vom Frühstück kommt, liegt auf dem Tisch sein vorläufiger Entlassungsbericht.

HEIDBRINK, JONAS 8.4.1986

Krankenvorgeschichte: Wiederholt depressive Episoden, mehrere Psychotherapien im Einzel- und Gruppensetting. Zwei Versuche einer medikamentösen Behandlung, die sein Befinden aber deutlich verschlechtert hätten, die Wirkstoffe und Einnahmezeiten könne er nicht mehr erinnern.

Aktuelle psychosoziale Situation: Geschildert wird ein für die Themen des Patienten offenes Umfeld von Freunden und Kollegen. Ein familiäres Bezugssystem gebe es nicht.
Vegetative Anamnese: Appetit gut, Körpergewichtsverhalten: konstant, Stuhlgang: regelmäßig, keine Veränderung von Farbe, Konsistenz, Frequenz, kein Blut; Miktion: unauffällig; Nykturie: nein; Schlaf: Durchschlafstörung; Fieber: nein; Husten/Auswurf: nein; Luftnot: nein; Ödeme: keine; Brustschmerz: nein; Nachtschweiß: nein; Allergien: keine bekannt; Nahrungsmittelunverträglichkeiten: keine; Medikamentenunverträglichkeiten. Nichtraucher.
Medikation bei Aufnahme: keine.
Biomedizinischer Befund bei Aufnahme: Wir sahen einen 36-jährigen Patienten in normalem Allgemeinzustand und normalem Ernährungszustand. Integument: normaler Hautturgor, Haut und Schleimhäute gut perfundiert, keine Ödeme. Kopf und Hals: reizloser Rachenring, Schilddrüse: weich, nicht vergrößert, schluckverschieblich; Lymphknoten: zervikal, nuchal und supraklavikulär keine vergrößerten Lymphknoten palpabel; Cor: reine Herztöne, keine Herzgeräusche, regelmäßige Herzaktion, kein Pulsdefizit; Pulmo: seitengleiche Atemexkursion, regelhaft verschiebliche Pleuragrenzen, vesikuläres Atemgeräusch, keine pathologischen Nebengeräusche, sonorer Klopfschall; Abdomen: weiche Bauchdecke, kein Druckschmerz, keine Resistenzen, kein Peritonismus, keine palpablen Organomegalien, regelrechte Peristaltik über allen Quadranten, Nierenlager beidseits nicht klopfdolent, rektale Untersuchung nicht durchgeführt.
Psychopathologischer Befund bei Aufnahme: Im Kontakt gedrückt, freundlich, zugewandt.
Keine qualitativen und quantitativen Bewusstseinsstörungen. Orientierung zu Zeit, Ort, Person und Situation sicher. Aufmerksamkeit und Gedächtnis: Konzentration leicht vermindert. Formales Denken: grübelnd, umständlich, leicht sprunghaft,

teilweise eingeengt. Befürchtungen und Zwänge: keine. Wahn: kein Anhalt für wahnhaftes Erleben. Sinnestäuschungen: kein Anhalt für Sinnestäuschungen. Ich-Störungen: kein Anhalt für Ich-Störungen. Störungen der Affektivität: depressiv, leicht verarmt, ängstlich, Vitalgefühle reduziert, Gefühl der Sinnlosigkeit, freudlos, Schuldgefühle. Antrieb und Psychomotorik: Antrieb leicht erschwert. Weitere Auffälligkeiten: morgens schlechter, Durchschlafstörungen, Früherwachen. Kein Anhalt für Eigen- oder Fremdgefährdung.

Behandlung und Verlauf: Die stationäre Aufnahme des Patienten erfolgte aufgrund der o.g. Beschwerden zur integrierten psychosomatischen Komplexbehandlung. Der Patient nahm an unserem gesamten multimodalen Therapieprogramm teil, das in seinem Falle tiefenpsychologisch fundierte Einzel- und Gruppentherapie, Fototherapie, Kunsttherapie, Musiktherapie, Bibliotherapie, Theatertherapie, Ernährungsberatung, körperzentrierte Verfahren wie Bewegungstherapie beinhaltete. Darüber hinaus erfolgten täglich ärztliche Visitengespräche sowie psychoedukative Einheiten zu allgemeinen Themen wie gesunde Ernährung, Psychohygiene sowie Selbst- und Menschenkenntnis im Sinne eines erweiterten biopsychosozialen Gesundheitsverständnisses.

Aus biomedizinischer Sicht stellten wir im Rahmen der internistischen Basisdiagnostik eine sonographisch nicht klar abgrenzbare und inhomogene Raumforderung der linken Niere fest, die wir mittels MRT weiter abklärten. Der sich hieraus ergebende Befund sprach mit hoher Wahrscheinlichkeit für einen gutartigen Prozess, der im Weiteren regelmäßig sonographisch kontrolliert werden sollte (MRT-Befund siehe Anlage).

Heidbrink geht es gar nicht gut. Erschöpfung durchdringt ihn, eine vollkommene Mattigkeit, er fühlt sie in den Zähnen, in den pochenden Nervenenden. Sein Mund ist so trocken, dass er jede

Bewegung der Zunge spürt. Schweißtropfen rinnen ihm die Rippen hinunter wie Spinnenbeine, winzige Punkte tanzen schwarz vor seinen Augen und leuchten auf. Schrecklich, denkt er, und ihm wird im Liegen schwindlig – alles ist schrecklich. Im Laufe des Nachmittags kommen stechende und pochende Schmerzen im rechten Ohr hinzu, verbunden mit einem massiven Krankheitsgefühl. Schüttelfrost schlägt mit voller Wucht zu. Er spürt, wie eisige Kälte ihm von den Füßen hinaufkriecht bis ins Herz. Am Abend sind die Schmerzen unerträglich. Der diensthabende Arzt, Dr. Wandtke, diagnostiziert eine akute Mittelohrentzündung und verordnet ein Breitbandantibiotikum sowie entzündungshemmende Schmerzmittel. Aus ärztlicher Sicht scheint eine zeitnahe Entlassung ausgeschlossen.

2

Schichtwechsel

«Ich wünsche Ihnen einen guten Morgen und einen kraftvollen Start in den Tag. Kennen Sie das? Sie wachen um sechs Uhr in der Früh auf und fühlen sich, als könnten Sie Bäume ausreißen?» Eva setzt eine Minipause und macht ein Gesicht, das sagt: Achtung, jetzt kommt die Pointe. «Ich auch nicht.»
Knut antwortet mit einem groben Grunzlaut, Selma und die anderen sind noch zu müde und fröstelig und überhaupt mit sich selbst beschäftigt.
«Sie können stolz auf sich sein, dass Sie sich aufgerafft haben. Keine Angst: Sie schaffen das. Das Frühstück wird Ihnen dann gleich doppelt so gut schmecken. Und jetzt los. Zum Aufwärmen gehen wir wie immer in die Seitbeuge. Stellen Sie sich breitbeinig hin und stemmen Sie Ihre Arme in die Hüften. Nun lehnen Sie sich so weit wie möglich zur linken Seite, bleiben in dieser Position und beugen sich anschließend zur rechten Seite. Wichtig bei dieser Übung ist, dass sich nur der Oberkörper bewegt und die Beine sowie die Hüfte gerade bleiben. Sehr gut.»
Wäre Heidbrink früher niemals freiwillig auch nur um acht aufgestanden, kann er sich seinen Alltag ohne die frühmorgendlichen *Turneinheiten* mittlerweile nicht mehr vorstellen. Turnen. Gymnastik. Frühsport. Frühsport, ein deutsches Wort, denkt Heidbrink, während er im Jogginganzug die Treppe hinunterhüpft. Wie *Kummerspeck* oder *Vorfreude* ein Wort, das es nur in der deutschen Sprache gibt. Don't forget to hüpf!
«Als nächstes Armkreisen. Stellen Sie sich hüftbreit auf und ge-

hen Sie dabei leicht in die Knie. Heben Sie die Arme auf Schulterhöhe. Die Handflächen zeigen nach unten. Bauchnabel einziehen und Spannung während der gesamten Übung halten. Lassen Sie nun die Arme langsame, gleichmäßige Kreise von vorne nach hinten ziehen. Die Bewegung kommt dabei aus den Schultern, nicht aus den Handgelenken. Und los geht's.»

Neuzugang Selma trägt einen mutmaßlich selbstgestrickten Motto-Pullover mit dem seltsamen Spruch *PULL IT OVER IT'S MY PULLOVER* über ihrem voluminösen Rumpf. Sie hat einen Kleckser Zahnpasta auf der Stirn. Bei jeder Bewegung sackt sie zusammen wie ein Waschlappen, der zu weich und nass ist, um Gestalt zu bewahren. Knut, ebenfalls neu, ist so etwas wie der Wiedergänger Uwes, ein freundlicher, walrossbärtiger Lahmfüßler mit einer auffallenden Vorliebe für die Floskeln *wie schon gesagt*, *quasi* und *am Ende des Tages*.

«Achten Sie darauf, die Schultern nicht hochzuziehen, sondern fixieren Sie die Schulterblätter hinten unten.»

Wie *hinten unten*?, denkt Heidbrink.

«Stellen Sie sich vor, die Kaffeetasse geht gleich hoch!»

«Aber nicht zu hoch», prustet Selma und zieht sich die Leggins aus dem Schritt.

«Jetzt die Drehrichtung wechseln.»

Die Gruppe tut, wie ihr geheißen.

«Kurz ausschütteln.»

Knut streckt sich, sein Hals wird für einen Moment wieder straff.

Nächste Übung: *Beinheben aus dem Stand*.

«Stellen Sie sich für diese Balance-Übung hüftbreit auf. Verlagern Sie das Gewicht auf einen Fuß und heben das andere Knie an. Führen Sie es, so hoch es geht, vor den Oberkörper, aber Umkippen verboten! Halten Sie kurz diese Position, dann bewegen Sie das Bein wieder zum Boden. Babyeinfach! Die Arme in die Hüften stemmen. Auf geht's.»

High Performer, Low Performer.

«Und jetzt zum anderen Bein wechseln. Los, wackel den Speck! Hoch das blöde Bein!»
Bisweilen nervt Evas trötende Aufgekratztheit, aber irgendwie gehört es auch dazu. Drill Instructors müssen so.
Bei der *Standwaage* hat Knut sichtlich Mühe, das Gleichgewicht zu halten. Wenn nur die Knochen nicht wären, könnte er einfach zerfließen.
«Das Einzige, was uns zusammenhält, sind die Verspannungen», verkündet Eva gut gelaunt.
Nach der Waage *Storchengang*. Selma, unter einem mächtigen Gehäuse aus Fleisch begraben, knarzt und knackt aus allen Fugen.
«Knie über die Waagerechte nach vorne führen!»
Ausfallschritte.
«Mobil wie 'ne Wanderdüne.»
Evas Repertoire an Fitnesshumor ist unerschöpflich.
Auf einem imaginären Seil laufen.
Beine spreizen.
Die hat gut reden.
Seitbeuge.
Knuts verschmierte Brille ist nach vorn gerutscht, sein Kopf dampft wie ein Blumenkohl im Schnellkochtopf.
Trippeln auf dem Vorderfuß.
Slo-Mo-Ganzkörperfitness. Situps, bis das Steißbein blutet.
Seitlicher Wiegeschritt in den Einbeinstand.
Die letzten fünf Minuten wird gedehnt: Nacken, Schultern, Rücken, Hüfte, Beine. Als ein Sonnenstrahl Knuts Gesicht trifft, blitzt eine Narbe am Kinn auf, sie sieht aus wie ein Rinnsal aus getrocknetem Speichel.
Eva, mit Blick auf die Uhr: «Na, da haben Sie es ja wieder geschafft. Ich hoffe, es hat ein wenig Spaß gemacht. Was meinen Sie, wie gut gleich das Frühstück schmeckt.»

Der Presslufthammer wummert los und lässt die Fenstergläser im Rahmen zittern. Die Kreissäge kreischt. Der Mini-Kran quietscht. Das Grollen von Schutt, der mit dem Bulldozer fortgeschoben wird. Warnpiepen des Kipplasters beim Rückwärtsfahren.

Die Bauarbeiten am Bettenhaus, für die der Neubrandenburger Generalunternehmer Robox verantwortlich zeichnet, laufen auf Hochtouren. Das lärmende Spektakel könnte nerven, tatsächlich aber, findet Heidbrink, verbreitet es eine optimistische Aufbruchsstimmung, das Leben schreitet voran. Auch rundherum: Vor ein paar Wochen noch war alles zementgrau wie in Wochenschaufilmen, dann brach der Frühling so plötzlich herein, als wäre die Erdachse unvermittelt ein Stück weiter gerutscht. Aus dem Schneematsch schoben sich grüne Schösslinge hervor und aus den Zweigen der Bäume klebrige Knospen. Der Wonnemonat macht seinem Namen alle Ehre; es scheint, als wäre schon immer Mai gewesen und als würde es immer Mai bleiben.

«Moinsen, Jonas.»

«Moin, Klaus.»

Diese Grußformel benutzt Heidbrink ausschließlich Klaus zuliebe. Sie sind die einzigen Langzeit-Open-End-mal-sehen-was-noch-so-alles-kommt-Patienten und müssen zusammenhalten. Dass der Daueraufenthalt für Klaus irgendeinen therapeutischen Nutzen hat, bezweifelt Heidbrink, aber immerhin entrinnt der Alte hier der Einsamkeit und dem blutrünstigen Sohn. Nach dem Frühstück pflegt er, einen mächtigen Schweif Zigarettenrauch hinter sich herziehend, eine Runde um den Schlossteich zu drehen, wie ein Gefangener im Gefängnishof. Seine zu großen Sachen sehen aus, als habe er sich nicht selbst angezogen.

«Weißt du was?»

«Nee, was denn?»

Klaus tritt die Zigarette aus, dabei rutscht die horngelbe Ferse aus dem Riemenwerk der Herrensandale.

«Wir sabbeln alle zu viel. Stellen Fragen. Wollen irgendwas wissen. Ich frag mich, warum die Leute immerzu reden wollen, warum sie nicht einfach mal die Klappe halten können. Was gibt es schon groß zu erzählen dauernd.»
Seine Stimme klingt gepresst, als müsste sie sich gegen einen Widerstand behaupten.
«Weißt du was?»
«Nee, was denn?»
Fast jeder ihrer Dialoge beginnt mit *Weißt du was/Nee, was denn.* Heidbrink findet die Gespräche tröstlich. Warum, weiß er auch nicht.
«Wenn du am Ende deines Lebens noch einen Freund übrighast, bist du wahrscheinlich ein Arschkriecher.»
«Tja.»
«Ja ja.»
«Mmh.»
Klaus lässt mit einem weichen, duftenden Zischen einen fahren.
«Pardon.»
Er schaut bekümmert drein; sicher schämt er sich über die Unmenge von Gasen, die ihm unablässig entweichen. Heidbrink tut so, als hätte er nichts gemerkt, und schaut auf die Uhr. Er muss los.

Zu den Gruppensitzungen geht Klaus inzwischen nur noch selten. Was er loswerden wollte, ist er losgeworden, jetzt gibt es nichts mehr zu sagen. Die Teilnahme ist ja auch freiwillig, wie bei allen anderen *Angeboten*, solange er pünktlich zahlt, kann er machen, was er will. Immerhin lernt man hier die Frischlinge kennen.
Neben Selma neu in der Gruppe ist Florian, ein blasser Kulturwissenschaftler undefinierbar mittleren Alters, der nach seinem Bachelor im Wesentlichen da steht, wo er vor Studienbeginn gestanden hat. Konsequenterweise müsste sich nun der Master in namenloser Existenz anschließen. Florians bestimmendes

Merkmal: Ratlosigkeit. Kein Geld, keine Frau, kein Glück. Kein Führerschein, kein Mut und bald wohl auch keine Wohnung mehr. Aktuell hat er ein kleines Zimmer in der Eigentumswohnung seiner Schwester Ulla und von deren Verlobten Ulf. Die Wohnung soll aber zugunsten eines Hauses verkauft werden, in dem Ulla und Ulf, dann endlich ohne das zähneknirschend geduldete dritte Rad am Wagen, eine Familie zu gründen beabsichtigen. Nun war Florian fest davon ausgegangen, beim Umzug mitgenommen zu werden wie ein Möbel. Als ihm Ulla eröffnete, dass dies nicht vorgesehen sei, erlitt er einen Zusammenbruch, an den sich eine Reihe weiterer Zusammenbrüche anschloss. Wenn Ulla und Ulf aus seinem Leben entschwunden sind, hat er niemanden mehr und wird sich still und einsam und allein verflüchtigen, noch zu Lebzeiten Nebel werden, in den Senken und Spalten der Erde versickern. Ja, guter Rat ist teuer, und darum muss Florian erst einmal so richtig die Hosen runterlassen. Dreißig Minuten vergehen mit einer ersten Bestandsaufnahme seiner Lebensumstände, für die verbleibende Zeit hofft Therapeutin Svenja auf die Unterstützung von Selma. Die ihr den Gefallen dann auch tut.

Man könne es sich vielleicht nicht vorstellen, beginnt Selma zögerlich, aber sie sei nicht immer dick gewesen. Als sie Frank kennenlernte, habe sie, bei einem Meter siebenundsechzig Körpergröße, gerade mal 54 Kilo gewogen. Frank, blond, sportlich, attraktiv, eins neunzig, *Gardemaß*, sei ihr absoluter Traummann gewesen, der ihr als selbständiger Versicherungskaufmann ein erfülltes Leben nach bürgerlichen Maßstäben habe bieten können. Kurz nach der Heirat habe er ein alleinstehendes Haus auf einem 1200 Quadratmeter großen Grundstück aus einer Zwangsversteigerung gekauft. Gleich drei Autos und zwei Hunde hätten ihr Glück komplettiert, ein Kinderwunsch sei nie Thema gewesen. Mit den Jahren sei die Beziehung aber schleichend erkaltet, Sex und körperliche Nähe hätten irgendwann kaum mehr stattgefunden. Frank habe sich mehr und mehr zurückgezogen und die Abende vor dem Computer verbracht, das sei ihr allerdings nicht weiter seltsam vorgekommen. Als er aber mit Mitte vierzig plötzlich ein Fortbildungsseminar nach dem anderen besucht habe, oft am anderen Ende der Republik, sei sie doch nachdenklich geworden. Er müsse aufpassen, so seine Begründung, dass er technisch nicht ins Hintertreffen gerate. Als er wieder einmal fünf Tage hintereinander unterwegs war, ohne sich zu melden, habe sie das Tabu gebrochen und auf seinem Computer nach verdächtigem Material gesucht. Sofort sei sie fündig geworden. Er habe sich noch nicht mal die Mühe gemacht, den Mailverkehr mit gleich drei Frauen groß zu tarnen. So konnte sie über fast vier Jahre hinweg tagesgenau zurückverfolgen, wann sich Frank mit welcher Frau getroffen hatte. Und die grauenhaften Amateurpornos, die Frank mit den Frauen zeigten, legten Zeugnis ab von sexuellen Vorlieben, von denen sie keine Ahnung gehabt hatte.

Nach seiner Rückkehr habe Frank die Vorwürfe ungerührt über sich ergehen lassen und auf ihr Schreien und Heulen nur erwidert, das Beste sei, sich scheiden zu lassen. Zwei Jahre tobte dann ein hässlicher Trennungskrieg um den gemeinsamen Besitz. Niemand wollte klein beigeben und das Haus dem anderen überlassen. Schließlich wurde es verkauft und das Interieur aufgeteilt. Den handgeknüpften Orientteppich, den Selma so heiß und innig geliebt hatte, musste sie, so sah es die Vereinbarung vor, hergeben. Vor der Übergabe habe sie, da Morgenurin am meisten stinkt, immer in der Frühe in alle Teppichecken gepinkelt und am Tag der Übergabe noch mal in die Mitte. Das half ihr aber auch nicht groß, als sie mitbekam, dass Frank mit einer ganz neuen Geliebten, der siebenundzwanzigjährigen Patrizia, zusammengezogen war; sie wurde depressiv, geriet vollkommen aus der Form, und nun leide sie an extremer Sterbeangst, über hundert Arztbesuche in eineinhalb Jahren.

Wie lange die Trennung denn schon her sei, will Svenja wissen. «Am 8. Juli sind es sechs Jahre», antwortet Selma. Hm. Normalerweise lässt der Schmerz irgendwann nach, trocknen die Tränen, das Leben geht weiter. Doch Selmas Leben steht still, ihre Wunden hören einfach nicht auf zu bluten. Der Schmerz hat sich in massiven Ringen um ihren Bauch gelegt. Vorsichtig rutscht und ruckelt sie auf ihrem Stuhl hin und her, sie verlagert ihr Gewicht nur behutsam, um die Möbel nicht zu beschädigen. Noch zwanzig Minuten.
Ob sie diese Patrizia mal kennengelernt habe? «Gott bewahre», faucht Selma und wird wütend, die schwer entzündbare Wut der Dicken, Langsamen und Schwachen: Außer gut aussehen könne die gar nichts, die sei dumm, frech und faul wie die Sünde. Außerdem manipuliere sie Frank nach Strich und Faden. Sie habe ihn dazu gebracht, ihr jeden Monat 1500 Euro zu überweisen, *Taschengeld*, 1500 Euro! Wo Frank doch sowieso schon alles bezahle. Zusammengeschmolzen unter den Launen dieser schweinsnasigen Intrigantin habe er jeden Widerstand aufgegeben, alles nehme er hin, ohne ein Wort des Widerspruchs. Eine Schweinenase habe die nämlich, eine richtige Schweinenase. Wenn man jung sei, fänden die Männer eine solche Nase niedlich oder sexy, aber das werde sich bald ändern, jetzt, da Patrizia die dreißig auch überschritten habe. Vor Aufregung läuft Selma das Wasser im Mund zusammen, die Worte kommen klamm und glucksend. Man könne schon jetzt genau sehen, wie Patrizia mit fünfzig aussehen werde, eine alte Vettel mit Schweinenase, eine, die sich nur noch im Dunklen auszuziehen traut. Tränen der Wut quellen unter Selmas Wimpern hervor. Svenja hakt nach. Woher sie das denn alles wisse? Zum Beispiel das mit der Schweinsnase, wenn sie doch Patrizia nie gesehen habe? Oh, sagt Selma und richtet sich auf, sie sei ganz und gar im Bilde, Schwägerin Marion halte sie in allen klitzekleinenkleinsten Einzelheiten auf dem Laufenden.

Offenbar besteht Selmas einziger Daseinszweck darin, sich am Verfall der ehemaligen Neben-, jetzt Hauptbuhlerin, an allen Stadien der Verdickung und Verhässlichung zu weiden und den Moment herbeizusehnen, in dem Frank endlich aus seiner Lethargie erwacht, Patti bei der Schweinchennase packt und sie in hohem Bogen rauswirft. Einen neuen Dummen wird die garantiert nicht finden, die kann froh sein, bei *Tank & Rast* die Fritteusen auswischen zu dürfen. Selma hat ihre Stimme nur mühsam unter Kontrolle, die Tränen rinnen ihr nun über die Wangen, und sie spricht so schnell, dass sie kaum mehr zu verstehen ist, sie will fertig werden, bevor die Stimme bricht.
Die untergehende Sonne wirft warmes Licht ins Zimmer. Ob jemand dazu etwas sagen möchte, fragt Svenja. Knut bemüht sich um tröstende Worte. Wie ja jeder sehen könne, leide auch er an Übergewicht. Obwohl sich seine Frau nicht daran störe, empfinde er seine Korpulenz als Zumutung und sei fest entschlossen abzunehmen, sogar eine Magenverkleinerung ziehe er in Erwägung. Denn die Hoffnung bleibe, dass mit den Pfunden auch die Trübsal schmilzt und er wieder offen sei für *die kleinen Freuden des Lebens*. Ohne Selma zu nahe treten zu wollen, das gelte auch für sie, gelte für alle: Gewicht runter, Stimmung rauf und die kleinen Freuden des Lebens neu entdecken. Die Formulierung kommt erstaunlich gut an, Nicken und zustimmendes Murmeln. Nur die dicke Selma seufzt: «Wenn es so einfach wäre.» Florian pflichtet ihr bei.

Im Speisesaal herrscht ein unangenehm hoher Lärmpegel, die Leute sprechen laut und durcheinander, wie Kinder, die gerade aus der Schule kommen. Nach wie vor hat Heidbrink seinen Sechsertisch für sich allein und kann seine Mahlzeiten unbeobachtet, Tischmanieren außer Acht lassend und vor allem schweigend zu sich zu nehmen. Sein tägliches Redeaufkommen hier ist um ein Vielfaches höher als gewöhnlich, da braucht es wenigstens bei den Mahlzeiten Ruhe und Einkehr.

Der Speiseplan sieht Bio-Kalbskotelett mit feinen Bio-Karotten und frischen Petersilienkartoffeln vor. Fein & frisch, das sollte ebenso selbstverständlich sein wie Bioqualität. *Feines* Gemüse, *frischer* Salat, *leckerer* Kuchen, *junge* Kartoffeln – appetitanregende Attribute. Wo bleibt Fangschreck? Früher stand er, kaum hatte man sich gesetzt, bereits Gewehr bei Fuß, jetzt beträgt die Wartezeit schon vier Minuten. Heidbrink runzelt die Stirn und holt sich am Buffet ein Glas Blutorangensaft. Der Saft ist derart sauer, dass es ihm den Hals zusammenzieht, den Speichel aus dem Gaumen saugt und den tauben Pappgeschmack von seiner Zunge ätzt. Aktuelle Wartezeit nun schon fünf Minuten. Gleich geht's zur gefühlt viertausendsten Musiktherapie, die bereits als unerfreuliche Erinnerung existiert, bevor sie überhaupt stattgefunden hat, und in ihrer Wirkungslosigkeit wieder mal unter allgemeine Lebenszeitvernichtung fallen dürfte. Sechs Minuten. Schneckenlangsam kriecht das Licht vom Fußboden auf die hintere Wand. Die geballte Langeweile aller Patienten vor ihm hat sich in die Tischplatte eingebrannt. Ein Monat – 30 Tage. Fünf Monate – 150 Tage. Ein Jahr – 365 Tage. Drei Jahre – 1000 Tage.

Womöglich bestand Dr. Börners letzte Amtshandlung darin, Heidbrinks *voraussichtliche Verweildauer* in einem geheimen Dossier zu errechnen. Am 28.3. hat er ihn noch persönlich darüber informiert, dass er in den Ruhestand tritt. Eine Geste der Verbindlichkeit. Heidbrink vermisst ihn und kann sich auch nicht genau erklären, warum.

Jetzt tut sich was! Mit seinem dürren Hintern drückt Fangschreck die Küchentür auf und tänzelt den Teller in einer komplizierten Schrittfolge hinaus. Der ganze Mann nichts als Schlüsselbein und wie Elefantenohren abstehende Hüftschaufeln. Er verlagert sein Gewicht auf den rechten Fuß, um mit dem linken zu verhindern, dass ihm die Schwingtür beim Zuschnappen das Tablett aus den Händen schlägt. Da bei der Patientensprechstunde immer wieder der abgestandene Küchengeruch Erwähnung fand, wurde durch Installation einer Schwingtür aus der offenen Küche eine geschlossene gemacht. Das Geld, das der Umbau verschlungen hat, haben sie offenbar an anderer Stelle eingespart, denn statt drei Köchen versehen nur noch *Spider Man sein Cousin* und eine Küchenhilfe (ein sog. Buletten-Monteur) ihr Brutzelhandwerk. Aus dem Radio schwebt der DJ-Bobo-Klassiker «There's a Party» blechern in der Luft. *There's a party, don't you know today there is a party. Open up your heart, we're gonna start it.*

Die Bio-Karotten sind wg. Bio schrumpelig wie Totenfinger, die Petersilie glänzt in einem chemischen Kleeblattgrün. *Veal chop with dead fingers on poisonous parsley.* Der Speisesaal hat sich geleert, vereinzelte Satzfetzen wehen dann und wann herüber, irgendwo flackert Gelächter auf.

Als er aufsteht, wäre er fast auf einem Möhrenrest ausgerutscht. Er setzt sich wieder, atmet durch, schnippt ein Stückchen Petersilienkartoffel von seiner Jogginghose. Der feuchte Abdruck zeichnet zusammen mit verblassten Altklecksen und Spritzern unklarer Provenienz ein Panorama der Verwahrlosung. Seit Tagen hat er sich weder rasiert noch die Haare gewaschen. An seiner rechten Ferse klafft ein großes Loch im Strumpf. Sein Schwanz ist aus der labbrigen Unterhose gerutscht und liegt schlaff wie ein Seehund auf dem Schenkel. Das ist er also geworden. Ein verwahrloster Altpatient. Altpatient und Grübelmensch. Nichts als Grübeln im Kopf. Über unausgesetztem Rätseln und Sinnieren vernachlässigen Grübelmenschen den ganzen großen Rest, insbesondere die Körperpflege.

«Die Zeit der einsamen Mahlzeiten ist vorbei.»

Heidbrink zuckt zusammen. Schwester Irenes Stimme ist laut und seltsam schrill.

«Darf Herr Zeissner sich zu Ihnen setzen?»

Erst jetzt registriert Heidbrink ein neues Namensschild auf dem

Platz gegenüber. HERR BERNHARD ZEISSNER. Heute Morgen hat es noch nicht da gestanden.
«Ja, natürlich. Klar. Gerne.»
«Guten Tag», sagt Herr Zeissner.
Der Neue dürfte um die siebzig sein, massige eins neunzig, Gesicht wie ein Trockenpilz, Kinnlade so breit, dass sein Gesicht aussieht wie ein liegendes Fünfeck.
«Ich frage mal Herrn Pripitsch, ob er noch eine Portion auftreiben kann.»
Fangschreck heißt also mit bürgerlichem Namen Pripitsch. Geschrieben Prpić, den Konsonantenauflauf hat Heidbrink auf irgendeinem Plan im Foyer gesehen. Herr Prpić aus Vrbnik, Hauptstadt der Insel Krk.
«Kalbskotelett ist im Angebot. Oder lieber vegetarisch?»
«Kalbskotelett ist wunderbar.»
Eine tiefe, die Silben präzise voneinander trennende Männerstimme. Überhaupt hat Zeissner etwas Klares, Militärisches. Ein Turm mit Schießscharten. Eine große Schachfigur.
«Das Essen kommt gleich», verspricht Schwester Irene. «Nach dem Essen zeige ich Ihnen Ihr Zimmer. So, dann lasse ich die Herren mal allein. Wenn Sie Fragen haben, Herr Heidbrink ist ein alter Hase, der kann Ihnen so einiges über unsere schöne Klinik erzählen.»
Alter Hase. Veteran. Pflaumenaugust. Auf Zeissners Gesicht erscheint ein abschätziges Lächeln, das Heidbrinks Hodensack zusammenschrumpfen lässt. Zeissner ist die Verkörperung natürlicher Autorität, einer dieser raumgreifenden Männer, denen sich Heidbrink noch nie gewachsen gefühlt hat. Beruflich granitharter Hund, privat Salonlöwe, Connaisseur, Bonvivant. Dieser Mann hat irgendetwas an sich, das Heidbrink im ersten Zugriff nicht zu erfassen vermag. Um sich das Wohlwollen des Neuen zu erarbeiten, wird er fortan tadellos gekleidet, frisch gewaschen und rasiert zu den Mahlzeiten antanzen. Unauffällig riecht Heid-

brink an seinen butterig glänzenden Fingern. Nasses Hundefell. Er legt die Hände auf den Oberschenkeln ab.
Nach nicht einmal zwei Minuten serviert Fangschreck dem Weltmann das Drei-Komponenten-Gericht. Vor Zeissner wirkt der Teller klein, eine halbe Portion, ein Kinder-, Kranken-, Seniorenteller, während er bei Heidbrink riesig ausgesehen hatte.
«Guten Appetit. Lassen Sie es sich schmecken.»
Heidbrink traut sich nicht, Zeissner zu duzen, dabei duzen sich doch im Sanatorium, im Knast, im Lager alle. Vergeblich bemüht er sich um Unbefangenheit. Am liebsten würde er sich sofort in sein Zimmer beamen, aber einfach aufzustehen und zu gehen, wäre unhöflich, jetzt, da Zeissner gerade die erste Gabel mit einem Stück Karotte an den Mund führt und genießerisch die Augen schließt.
«Sieht vielleicht nicht so aus, aber die Karotten schmecken top.»
Tischgespräche sind künstliche Gespräche, die geführt werden, um *anzudocken*, eine Verbindung zu schaffen. Zeissner nickt und bedenkt Heidbrink mit einem Viertel- oder Achtelblick, nimmt die Bemerkung und die dazugehörige halbe Portion zur Kenntnis wie einen Luftzug oder einen Regenschirm.
EINSTIEGSFEINDSELIGKEITEN.
WELCOME-SCHARMÜTZEL.
Als wäre das alles noch nicht bedrückend genug, geschieht das ganz und gar Entsetzliche: Fangschreck stellt Heidbrink eine Schale SCHOKOLADENPUDDING hin. Mit einer Haube aus geschlagener Sahne. Das ist sicher lieb gemeint, aber vollkommen falsch.
Bernhard der Bernhardiner vs. Jonas die Babyantilope. Gazelle Heidbrink schleckt und leckt mit weicher Katzenzunge an der Süßspeise, Löwe Zeissner saugt durch geblähte Nüstern Luft ein, zermalmt Kotelettknochen mit den Backenzähnen, saugt das Mark aus und spuckt es mitsamt halbverdauten Karottenstrün-

ken auf den Teller. Eine weitere Perle in der Kette der Demütigungen, eine Strafe, eine ungeheure Prüfung. Was braucht ein Mann, um vor Zeissner zu bestehen? Innere Gewissheit. Einen authentischen Kern. Das Gefühl, sich mit eigenem Recht durch die Welt zu bewegen. Nichts davon bringt er mit. Zeissner massiert sich das Gesicht, als wäre es aus Töpferton, und sieht Heidbrink dabei an. Sein Blick hat etwas Metallisches, Grelles, als wolle er etwas in Heidbrink zutage fördern oder ihm umgekehrt etwas einpflanzen.

«Wir sehen uns zum Abendessen. Auf Wiedersehen.»

«Ja, genau, auf Wiedersehen. Wir sehen uns nachher.»

Die Worte verkeilen sich in Heidbrinks Kehle, die Silben eingedickt und klebrig wie der Pudding. Als Zeissner aus seinem Blickfeld verschwunden ist, riecht Heidbrink wieder an seinen Händen. Keine Spur mehr von Hund. Der Schrecken hat es rausgetrieben.

GEHE NIEMALS ÜBER DEN FLUR, OHNE ETWAS IN DEN HÄNDEN ZU HALTEN!

Die über allen Regeln stehende Super-, Ultra- und Megaregel, die es unter allen noch so unwahrscheinlichen Umständen zu beachten gilt. Die neue Lernschwester Lea hängt an Altschwester Irenes Lippen und kann es gar nicht erwarten, die vielen Anweisungen in die Tat umzusetzen. Lea, Lea, Lea. Ein pferdiges, pfundiges, von Kopf bis Fuß gut durchblutetes *Mädel* mit aggressiven Brüsten und festem Zahnfleisch, eine einer Bauernmalerei entsprungene rotwangige Dorfschönheit, ein (imaginäres) Lamm im Arm haltend und einer vor Verheißung anschwellenden Zukunft entgegenblickend. Appetitlich wie Erdbeeren mit Schlagsahne, knackig wie ein Apfel, fresh, hot, fröhlich, frei. Wie sie stampfend und schnaubend und in bester Pferdelaune ihre lange Mähne schüttelnd das Foyer durcheilt, meldet sich Heidbrinks abgemeldetes, seit Monaten nach innen gekehrtes Verlangen wieder. Sogenanntes *Umkleidekabinenbegehren*, hoffnungslos und lästig. Ausblenden, ignorieren. Weitergehen, er ist schon wieder spät dran.

Aus dem Waldstück dringt das feuchte Schaben einer Schaufel oder eines Spatens. Ein mit Latzhose und Forsthelm ausgestatteter Waldarbeiter hebt etwas aus, gräbt etwas um, buddelt etwas ein. Eine überdimensionale Krähe, die Würmer aus der Erde pickt.

«Guten Tag.»

«Tach.»

«Ich bin Patient und auf dem Weg zu einer Therapiesitzung.»

Ich bin Patient und auf dem Weg zu einer Therapiesitzung. Wie peinlich. Der Holzer starrt Heidbrink aus ausdruckslosem Grobiangesicht an, er muss den Verstand erst neu starten, um die Information zu verarbeiten.

«Ich muss ins Gesindehaus. Das Gebäude dahinten.»

Noch mehr Infos. Wieso erzählt er dem das überhaupt? Die abstehenden Ohren des Arbeiters werden vom Tageslicht von hinten illuminiert. *In* den Ohren stecken zimtschneckengroße Hörgeräte. Vor der Zeit schwerhörig aufgrund ohrenbetäubend lauter Säge- und Baumfällarbeiten, der Arme.

«Um fünfzehn Uhr geht's los.»

«Ah», sagt der Arbeiter.

«Gehören Sie zu den Robox-Leuten?»

Heidbrink deutet zum Bettenhaus. Der Arbeiter macht mit dem Kopf eine Bewegung, von der man nicht sagen könnte, ob es ein Nicken oder Schütteln ist.

«STUNDE BRAUCH ICH NOCH. ICH KOMM DANN RÜBER.»

«Wie bitte?»

«Das war nicht für Sie gedacht.»

«Ach so.»

Jetzt erst checkt Heidbrink, dass der Mann kein Hörgerät, sondern Bluetooth-Kopfhörer für die Verständigung mit seinen Kollegen trägt.

«Na ja, dann wünsche ich noch einen schönen Tag.»

Mmh, macht der Mann.

«Bis bald dann.»

«Wie geht es Ihnen heute, Herr Heidbrink?»

«Im Großen und Ganzen einigermaßen stabil, würde ich sagen.»

«Aha.»

Jetzt hat er sich gar nicht auf die bevorstehende Sitzung vorbereitet. Für gewöhnlich denkt er sich etwas aus, womit er Dr. Reuter überraschen kann. Eine neue Erkenntnis, eine erwähnenswerte Beobachtung, eine gelungene Formulierung.

Herr Doktor, Herr Doktor, ich glaub, ich weiß jetzt, was ich hab!

Ach so. Was denn?

Eine pneumatische Belastungsstörung!

Reuter lässt den Kopf um den knirschenden Drehpunkt seines Nackens kreisen und fasst sich ins Gesicht. Eine Einkerbung verläuft entlang seiner Nase, als hätte er versehentlich auf einem harten Gegenstand, einer Fernbedienung oder dem Handy, geschlafen.

«Vielleicht hat das aber nur mit dem geordneten Leben hier zu tun.»

«Das spielt sicher auch eine Rolle.»

«Aber meine Gedanken sind nach wie vor ziemlich trüb. Wie etwas Hartes und Dunkles in meinem Inneren, ein Stein. Ein Nierenstein, nur im Kopf. Das Gefühl, einen Fremdkörper in mir zu tragen, und es gibt keine Möglichkeit dranzukommen.»

«Hm.»

«Oder ein Filter. Der alles Schöne abhält und nur das Schlechte durchlässt.»

«Dann erzählen Sie doch mal, was Ihnen aktuell durch den Kopf geht.»

Reuters konzentrierte Standardmiene soll dem Patienten das Gefühl geben, dass alles, was er äußert, wichtig und bedeutsam ist.

«Irgendwie immer das Gleiche. Ich kann's ja selber schon nicht mehr hören. Ich frage mich zum Beispiel, warum sich so wenige Menschen umbringen. Gerade gegen Ende des Lebens, wenn nicht viel mehr als schwere Krankheiten zu erwarten ist. Schmerzen, Einsamkeit, Verfall. Womöglich Geldsorgen. Welches Leben hat schon gut geendet? Und im Grunde genommen wissen die Menschen schon lange vorher, dass es schlimm ausgehen wird. Die von allen beneideten Glückskinder mit den spektakulärsten Höhenflügen und glanzvollsten Karrieren krepieren genauso erbärmlich wie die Ärmsten der Armen.»

Reuter schreibt mit. Was *genau* er da wohl notiert?

«Unter diesen Umständen nach einem übergeordneten oder überhaupt einem Sinn zu suchen, erscheint mir geradezu bizarr.»

Oder tut Reuter nur so, als schriebe er? Nichts verrät ihn, kein Röten der Haut, kein Seufzen oder Räuspern. Seine Augen Sterne, die keinen Strahl ausschicken.

«Für die meisten Menschen besteht das Leben aus einer Serie von Niederlagen und Erschütterungen, die sie mal mehr, mal weniger gut wegstecken. Ein Lichtbogen, der in Finsternis beginnt und in Finsternis endet. Und das meine ich ganz neutral, ganz sachlich.»

Nebenan klingelt durchdringend und schrill das Festnetztelefon. Zehnmal, fünfzehn-, zwanzigmal. Welche Hoffnung lässt den Anrufer auch nach dem fünfundzwanzigsten Tuten am Ball bleiben?

«Na ja, ich gebe zu, nichts Neues, das ewige Lamento, nur in anderen Worten. Habe ich das mit dem Lichtbogen nicht schon mal gesagt? Wissen Sie das zufällig?»

Als ob sich Reuter erinnern könnte, welcher Patient wann welche trüben Gedanken in welche Worte gefasst hat. Er blättert in seinem Block hin und her, vor und zurück.

«So ungefähr jedenfalls. Sie haben mal gesagt, dass das Leben einem Lichtkegel gleicht, der in Schwärze beginnt und in Schwärze endet.»

«Ach so. Stimmt. Das ist ja ziemlich genau das Gleiche. Es gibt da aber noch was, was Sie vielleicht wissen sollten.»

«Ja?»

«Seit einer Woche ungefähr hab ich eine innere Unruhe. Und bin dauernd angespannt. Eine dumpfe Beklemmung irgendwie.»

«Können Sie das näher beschreiben?»

«Weiß nicht. Angst, die manchmal kurz davor ist, in regelrechte Panik umzuschlagen. Und ich wache mehrmals in der Nacht auf, liege manchmal stundenlang wach. Welche Gedanken mir dann im Kopf herumspuken, können Sie sich ja denken.»

«Seit einer Woche, sagen Sie?»

«Ja. Etwa. Hatte ich so schon lange nicht mehr. Und jetzt habe ich Angst davor, dass sich dieses ekelhafte Gefühl einnistet.»

«Antidepressiva schlagen bei Ihnen nicht an, wenn ich es recht erinnere.»

«Drei Versuche, alle fehlgeschlagen.»

«Können Sie sich noch an die Namen der Medikamente erinnern?»

«Keine Ahnung. Aber es war bei allen derselbe Verlauf. Beim ersten Mal, vor zehn Jahren, habe ich fünf Wochen durchgehalten, weil ich ja wusste, dass es eine Zeitlang dauert, bis sich ein Spiegel aufbaut. Aber fünf Wochen? Den zweiten Versuch habe ich nach zwei Wochen abgebrochen, den dritten nach ein paar Tagen.»

«Vielleicht sollten wir was anderes ausprobieren. Etwas, das die Angst löst, die innere Unruhe nimmt und beim Schlafen hilft. Dass Sie sich einfach gut fühlen und das Grübeln einstellen. Auf andere Gedanken kommen, im wörtlichen Sinn, ein Reset.»

«An was hatten Sie da gedacht?»
«Wir könnten es mit Lorazepam probieren.»
«Was ist das gerade noch mal?»
«Handelsname Tavor. Aus der Gruppe der Benzodiazepine.»
«Ach so. So was hab ich vor zwanzig Jahren mal genommen, hatte mir mein erster Psychiater verschrieben. Kaum noch Erinnerung daran, ich weiß auch nicht mehr, wie das Medikament hieß. Tavor jedenfalls nicht. Aber macht das nicht abhängig? Und ist das nicht ein Uraltmedikament?»
«Sie haben recht, das gibt es in Deutschland schon seit den siebziger Jahren. Aber wie Aspirin oder Ibuprofen zählt es zu den sogenannten unentbehrlichen Arzneimitteln. Eine Abhängigkeit entsteht nur bei längerer Einnahme hoher Dosen. In Ihrem Fall sollten 2,5 Milligramm ausreichen, und das ist unbedenklich.»
«Tja. Sie sind der Experte. Wenn Sie meinen. Ich will nur nicht abhängig werden.»
«Da haben Sie nichts zu befürchten, Sie stehen hier ja unter ständiger Beobachtung.»

Nebenwirkungen

Nach der Visite händigt ihm Reuter eine Fünfzigerpackung Tavor 2,5 mg aus. «Die Tablette können Sie einfach auf der Zunge zergehen lassen. Sie brauchen noch nicht mal Wasser.»
Später auf dem Zimmer nimmt er gleich eine. Das Medikament hinterlässt einen pelzig-dumpfen Geschmack in seinem Mund. Die Wirkung tritt innerhalb weniger Minuten ein, Angst, Unruhe, Spannungen sind wie weggeblasen, er fühlt sich leicht, wie in einer Art erregter Trance. Er verspürt den Drang, sich zu bewegen, irgendetwas zu *machen*. Raus in die schöne Natur!

Auch bei schönem Wetter geht Klaus zum Rauchen in den Pavillon. Eingelullt vom blauen Dunst, einen Ring von Kippen zu seinen Füßen, fühlt er sich erkennbar wohl und geborgen. Für Außenstehende ein bizarres Bild, für Innenstehende ganz einfach: Klaus tut nichts lieber, als die Bude zu verpesten. Egal, welche.

«Ich wollte einen Spaziergang machen und fragen, ob du mitkommst.»

Klaus rollt mit den Augen und hustet, als wäre allein der Gedanke an frische Luft Gift für ihn.

«Nee, lass mal. Ich hasse Spazierengehen. Reine Zeitverschwendung. Ich hab in meinem ganzen Leben maximal dreißig Spaziergänge gemacht, und das auch nur meiner Frau zuliebe, damals.»

«Wie du meinst.»

«Du kannst ja erzählen, wie es war.»

«Mach ich.»

Klaus zieht sich einen Flauschpantoffel aus, riecht daran und zieht ihn wieder an.

«Was machst du denn da?»

«Nichts.»

«Willst du nicht mal wieder zur Abwechslung richtige Schuhe anziehen?»

«Schwierig.»

«Wieso?

«Erst mal reinkommen.»

«Wie meinst du das?»

«Weißt du, was der Anfang vom Ende ist?»

«Nee.»

«Wenn du an was nicht mehr rankommst, wo du sonst immer rangekommen bist. Oder in was nicht reinkommst, wo du normalerweise reingekommen bist.»

«Du kommst in deine Schuhe nicht rein? Auch nicht mit Schuhanzieher?»

«Ich hab keinen dabei.»
«Mensch, Klaus, dann frag doch Irene!»
«Ich hab do…»
Eine Hustenattacke nimmt ihm den Atem, es braucht einige Zeit, bis er wieder in den normalen Rhythmus gefunden hat.
«Oder soll ich für dich fragen?»
Statt einer Antwort löst sich ein mit Widerhaken versehener Rülpser.
«Da gibt die Mettwurst Pfötchen. Sorry.» Klaus spuckt die halb aufgerauchte Zigarette auf den Boden und sieht zu, wie sie ein Loch in das Linoleum brennt. «Wann kommst du denn wieder von deinem Spaziergang?»
«Keine Ahnung. Irgendwann am Nachmittag.»
«Kannst ja klopfen, wenn du Lust hast. Ich geh aufs Zimmer. Und da bleib ich auch.»

Licht funkelt wie Millionen Diamanten, fällt als feiner Regen zwischen die Bäume und dringt in ihn ein. Diese Empfindungen von fast halluzinatorischer Intensität haben sicher nicht nur mit Wärme, Licht und Sonnenschein zu tun. *Tavor Feelings.* Was soll's.
Verschlungene Pfade, verwunschene Wege, stille Örtchen, Geheimratsecken, keine Spur von Wanderern, Jägern, Förstern, landwirtschaftlichem Verkehr außer ein paar Kuhfladen und einem versteinerten Hundehaufen. Heidbrink fühlt sich zurückversetzt in die Kindheit, ein Junge, vierzehn, ach was, jünger: zehn, neun, acht, sieben, sechs … der durch unberührte Natur stapft, seinen pochenden, schnellen Puls in den Ohren. Unmittelbarkeit! *Jetzt* heißt fast immer bald oder demnächst oder irgendwann, aber in diesem Moment heißt es *jetzt*. Die trüben Gedanken steigen in die Luft wie Drachen. Als sie ihren höchsten Punkt erreicht haben, lässt er die Schnur los.
Nach einer Stunde Fußmarsch steht er in einer Lichtung, ein

halb zerfallener Hochsitz schraubt sich drei, vier Meter eine Eiche hinauf, klammert sich, bedenklich auf halb acht hängend, an den Baum. Die Stufen sind glitschig und knacken. Als er auf der Plattform steht, erfüllt ihn ein Hochgefühl wie einen Bergsteiger nach dem Aufstieg. Überall liegt Müll herum, Papier, Plastik, leere Patronenhülsen, eine verschimmelte Brotbox, unter der sich Asseln eingenistet haben, die jetzt in wilder Aufregung hin und her laufen. *Jäger sind alles Schweine.* Unten huscht eine Maus über den Boden, bleibt stehen, hebt sich auf die Hinterbeine und neigt den Kopf mit schnüffelnder Nase zur Seite. Es dürfte lange her sein, dass hier ein Waidmann dem Auftauchen eines Hirsches entgegengefiebert hat. Wie sein bis an die Zähne bewaffneter Vorgänger sitzt Heidbrink *über dem Wind,* sein Geruch kann vom Wild nicht wahrgenommen werden. So sitzt er lange und schaut umher. Dann räumt er eine Ecke frei, rollt sich zusammen und schläft ein.

Fröstelnd erwacht er. Eine Wand aus feuchtkalter Luft hat sich herabgesenkt, verbunden mit einem abrupten Windwechsel. Dicht über seinem Kopf, fast zum Greifen nah, ballen sich dunkle Wolken. Die ersten Tropfen fallen wie ein sanftes Ticken. Als sich der Regen verstetigt, klingt es, als würden Kakerlaken am Dach seines Unterschlupfes knuspern. *Knabber, knorpsel, knäuschen, wer knuspert an meim Häuschen – Der Wind, der Wind, das himmlische Kind.* Wer sonst?

So plötzlich, wie das Wetter umgeschlagen ist, sackt auch seine Stimmung ab. Sein Herzschlag beschleunigt sich, beginnt zu rasen, eiskalter Schweiß schießt ihm aus allen Poren, ein jäher Strom, glitschig, warm und sofort wieder kalt. Übelkeit kratzt in seiner Kehle, gleichzeitig lastet ein heftiger Druck auf seinen Gedärmen. Er verspürt einen heftigen Schub in der Magengegend, als ströme etwas Giftiges durch seinen Körper. Eine Woge Kotze schwappt in ihm hoch, er kann sich gerade noch aufrichten und

über das Geländer beugen, und eine klare, ätzende, zitronensaftartige Flut ergießt sich Schwall auf Schwall auf Schwall, bis zur vollkommenen Entleerung.
Zitternd lässt er sich auf den Boden sinken. Die Kehle ist wund von Galle, im Mund ein ekelhafter metallischer Geschmack, als hätte er Kleingeld gelutscht. Als er mit den Fingern über seine Lippen tastet, fühlen die sich fremd und geschwollen an. Nichts mehr drin. Eigentlich müsste es vorbei sein. Aber es will sich keine Erleichterung einstellen, es will sich absolut keine Erleichterung einstellen. In seinem Inneren rollt und schwappt brodelnde Lava, eine Reihe schwerer Blähungen löst sich. Bitte nicht, bitte nicht, bitte nicht auch das noch! Sein Bauch schwillt an, der Druck wird unerträglich. *Das Ende ist nah und der Tod das Maß aller Dinge.*
Er kann gerade noch die Hose hinunterlassen und seinen Arsch über das Geländer hängen, als eine wasserfallartige Sturzentleerung seine Eingeweide zerbröseln lässt. Sein Körper ist leckgeschlagen und läuft aus, er hat sich in einen Kackespeier, eine lebende Ablaufrinne verwandelt. *Multiples Organversagen,* schießt ihm durch den Kopf. Rasch bildet sich auf dem Waldboden eine schillernde Sickergrube mit Fäkaliengischt und fettigem Kotzschaum. Er wringt eine letzte Welle aus seinen Eingeweiden, zieht Hose und Unterhose ganz aus, wischt sich mit der Unterhose den Arsch ab und lässt sie in die Kloake fallen. Plumpsklo. Ein Wunder, dass er nicht das Gleichgewicht verloren hat. Unmenschlicher Gestank steigt in einer kompakten Wolke auf und bleibt direkt vor ihm in der Luft stehen. Er zieht die Hose wieder an und klettert die schrottige Leiter hinab, seinen Ausscheidungen entgegen.

Der tobende Zeissner ist mit Spanngurten an Armen, Beinen und Bauch am Stuhl fixiert. Die Augen weit aufgerissen, räumlich und zeitlich desorientiert, schreit und brüllt er wie in Todesqualen gefangen. Eine Schwester kommt herangeeilt, so breit wie eine niedrige Mauer. Ihr Gesicht ist von einer venezianischen Maske verhüllt.

«Schwester, ich bin doch gestern Nacht hier eingeliefert worden?»

«Das ist richtig. Sie sind Herr Zeissner.»

«Und das hier ist doch das Irrenhaus?»

«Auch das ist richtig. Sie sind hier in der Klapsmühle. So, was wollen Sie denn jetzt zum Frühstück: Brot, Käse, Schinken, Marmelade, Cornflakes oder Quark?»

Sie wackelt mit dem Kopf, als wäre ihr Genick gebrochen.

Zeissner, ängstlich, hysterisch: «Nein, alles, nur kein Quark!»

«Nana, ich dachte ja nur. Beruhigen Sie sich doch, Herr Zeissner.»

Doch Zeissner will sich nicht beruhigen. «Ich bin doch kein Frosch! Oder wollen Sie, dass ich hier heraushüpfe und quak, quak, quak mache?»

«Aber Herr Zeissner!»

«Quak, quak, quak, quak, quak.»

«Herr Zeissner, bitte.»

«Quak, quak, quak.»

Ein Patient nach dem anderen im Saal stimmt ein ...

«Quak, quak, quak ...»

... bis ein vielstimmiges Knöttern den Raum erfüllt.

«Quak, quak, quak, quak.»

Die Schwester legt sich mit dem Rücken auf den Boden, krabbelt unter den Tisch und schaut ihn sich von unten an.

«Quak, quak, quak, quak, quak.»

Tageslicht schimmert durch die Ränder der geschlossenen Vorhänge und lässt einen Streifen Holzboden orange aufleuchten. Heidbrinks Gaumen ist trocken, gefühllos und klebrig vom Quark. Noch irrt er durch das neblige Niemandsland zwischen

Träumen und Wachen, die Schwebe zwischen Realität und Einbildung. Ist der wilde Traum Teil der Nebenwirkungen? Er setzt sich im Bett auf und schaut auf seinem Handy, wie spät es ist.
Um 9:45 nimmt Dr. Reuter die Visite ab. Bei Heidbrinks Schilderung seines gastrointestinalen Notstands zeigt er sich überrascht und bestürzt. Von derart heftigen Begleiterscheinungen habe er überhaupt noch nicht gehört, Heidbrink möge sich bitte trotzdem keine Sorgen machen, Erbrechen und Diarrhö träten in seltenen Fällen auf. Aber nun, da die Beschwerden vollständig abgeklungen seien, könne Entwarnung gegeben werden.

Nach der Musiktherapie wartet Heidbrink mit geschlossenen Augen auf seiner Stammbank, bis es Zeit fürs Mittagessen ist. An den Baulärm, der bis in den hintersten Winkel des Schlossparks dringt, hat er sich gewöhnt. Die Luft ist angenehm warm, das Sonnenlicht nimmt er durch die Lider wahr. Wie immer hatte Svenja die Stunde mit *River is Flowing* eröffnet, der unbestrittenen Nummer 1. The Power of Healing. Gern genommen werden auch die Beatles-Hits *All You Need is Love*, *Hey Jude*, *Penny Lane*, *Let it Be* und *Here Comes the Sun*. Überhaupt erfreuen sich Klassiker aus den Sechzigern und Siebzigern großer Beliebtheit: *Bridge Over Troubled Water*. *It Never Rains in Southern California*. *The Winner Takes it All*. Das Schönste ist die von Svenjas einschläferndem Klangschüsselrühren begleitete lange, tiefe Entspannung. Als der Lärm um Punkt zwölf schlagartig abbricht, Fräsen, Bohrer und Sägen verstummen und himmlische Ruhe einkehrt, beschließt Heidbrink, noch ein wenig sitzen zu bleiben. *River is flowing, flowing and growing ...*
«Wie lange veranschlagen Sie noch bis zur Fertigstellung des Rohbaus?»
Heidbrink, die Augen weiterhin geschlossen haltend, weiß sofort, wem die Stimme gehört, obwohl er sie zum ersten Mal hört.

«Wenn das Wetter mitspielt, zwei Wochen.» Antwortet der angesprochene Arbeiter, dessen Intonation klingt, als ob er Sandro hieße.
«Zwei Wochen ... Das ist schneller als gewöhnlich, stimmt's?»
«Joa, ziemlich fix ist das.»
«Und ist der Dachstuhl dann auch fertig?»
«Joa, alles. Innenwände, Schornstein, alles.»
«Und wie geht's dann weiter?»
«Erst mal Richtfest.»
«Ja, genau.»
«Dann kommt der Trockenbauer.»
«Ach ja, der Trockenbauer.»
Professor von Rodenbergs Ton ist freundlich und bedächtig zugleich, ein Ton, den man wählt, wenn man sein Gegenüber für leicht beschränkt hält.
«Abwasserrohre, Fenster und Fassadenverkleidung. Und der ganze Innenausbau.»
«Und Sie? Welche Position bekleiden Sie genau?»
«Stahlbetonbauer. Und hier bin ich noch für die Baugeräte zuständig. Und Metalltechnik, wenn Not am Mann ist.»
«Das ist ja eine ganze Menge. Darf ich mich nach Ihrem Namen erkundigen?
«Ich bin der Herr Maltzahn.»
«Freut mich. Mein Name ist Rodenberg. Ich arbeite in der Klinik hier.»
Arbeite hier! Nur der große Großmeister darf sich eine solche Tiefstapelei erlauben.
Rodenberg überzieht den Arbeiter mit weiteren, zum Teil ziemlich privaten Fragen. Womöglich wurde Herr Maltzahn noch nie in seinem Leben aufgefordert, von sich zu erzählen. Aber auch und gerade ein Betonbauer hat unbearbeitete Probleme, innere Schieflagen, in tiefsten Tiefen gärende Konflikte, von denen er selbst (noch) nichts weiß. Arglos gibt er alle gewünschten Infor-

mationen preis. Auch bei geschlossenen Augen spürt Heidbrink die Intensität, mit der Rodenberg zuhört, jede Einzelheit fast physisch in sich aufnimmt. Ein echter Profi-Listener.
Heidbrink hält es nicht mehr aus und schlägt die Augen auf. Professor von Rodenberg ist mittelgroß, mitteldick und hat ein professionell ausdrucksloses Pfannengesicht. Kinn und Wangen sind so glattrasiert, dass sie poliert wirken, sehr kurzes, wie aufgemalt wirkendes Haar. Nichts mit zerfurchter Denkerstirn und Sigmund-Freud-Rauschebart.
Trotz eher durchschnittlicher Erscheinung dröhnt Rodenberg von stummer Energie, verströmt er unerschütterliche Autorität. Heidbrink durchfährt ein ans Religiöse grenzendes Gefühl der Ehrfurcht. Unter normalen Umständen wäre das völlig übersteigert, aber wenn der sagenumwobene Chefarzt dem Nichts entsteigt, sind das alles andere als normale Umstände. Auf seiner Bank sitzend stiert er den Professor an wie ein Kind den Zauberer auf der Bühne. Im Gras kauert Rodenbergs Hund, ein uralter Collie, dessen schlohweiße Haare wie ein Lätzchen um seinen Hals liegen.
«Dann entlasse ich Sie mal in die wohlverdiente Pause. Wünsche einen guten Appetit.»
«Mahlzeit.»
Rodenberg entfernt sich raschen Schrittes. Er hat eine Zeitschrift zu einem festen Stab zusammengerollt und schlägt sich damit während des Gehens gegen die Beine. Der Collie trottet ihm schlagseitig hinterher, bleibt kurz stehen, hebt das wacklige Bein und sondert winzige Urinspritzer ab. Immerhin zeugt das Halten eines Hundes von humanoider Abkunft.

Regelmäßig werden neue *Kreativtherapien* angeboten: Messpainting, Ausdrucksmalerei, plastisches Gestalten, therapeutisches Reiten. Doch Heidbrink scheut das Ungewohnte. Es genügt ihm vollauf, in den ihm vertrauten Kursen gewisse Fortschritte zu erzielen.

Nur Physiotherapie bei Frau Brugger ist neu und die einzige Stunde, auf die er sich wirklich freut. Physio bei Frau Brugger, Dienstag 17 Uhr, bedeutet ungetrübten Hochgenuss. Da wird nichts analysiert, mobilisiert, verrenkt, auseinandergepflückt und neu wieder zusammengesetzt, ist er keinem heimtückisch sich über ihn ergießenden Strom Psychokauderwelsch ausgesetzt. Nein, in Minute eins sinkt er auf die fußhydraulisch verstellbare Universalliege, lässt sich von Frau Bruggers sanften, kräftigen Händen durchwalken und wird in Minute sechzig mit einem aufmunternden Klaps entlassen. Einmal in der Woche nicht ins Joch geschirrt sein, sondern sich auf einfache, unkomplizierte Art und Weise wohl fühlen. Am vergangenen Dienstag hat sie ihm eine manuelle Kiefergelenksbehandlung angedeihen lassen und sich dann mit seinen Triggerpunkten beschäftigt. Heute freut er sich auf Lymphdrainage und Akupressur. Oder Fußreflexzonenmassage und Ayurveda? Egal, was kommt, es erwartet ihn das ungetrübte Glück.

Frau Brugger überragt ihn um einen halben Kopf und hat, wie viele großgewachsene Frauen, vom ständigen Gebücktgehen, Kopfeinziehen und Sich-kleiner-Machen, als man ist, eine schiefe Haltung.

«Guten Tag, Frau Brugger.»

«Guten Tag, Herr Heidbrink. Wie geht es Ihnen heute?»

«Oooch.»

«Gut.»

Statt überflüssige Fragen zu stellen, dreht sie sich mit dem Rücken zu ihm, damit er sich ohne Hast und Scham ausziehen kann. Der Raum ist erfüllt vom Duft der Öle und destillierten Essenzen und konzentrierten Konzentrate, der sich mit dem Brugger'schen Körpergeruch mischt, fein und würzig, als hätte man frische Bleistiftspäne destilliert.

«Legen Sie sich hin und warten Sie, bis die Eile von Ihnen abfällt.»

Bis die Eile abfällt, ja, genau.
Der Seifenspender spuckt schmatzend einen Spritzer weißer Matsche aus. Mit sorgfältigen Strichen säubert Frau Brugger ihre Hände so lange, wie das Lied *Happy Birthday* geht. Heidbrink singt im Geiste mit. *Happy birthday to you, happy birthday to you, happy birthday happy birthday, happy birthday to you.* Abtrocknen.
Gar nicht so einfach, die richtige Position zu finden. Er legt seinen Kopf entweder zu hoch oder zu tief ab. Seine verbogene Wirbelsäule nimmt die Form eines S, manchmal auch eines ß an, Arme und Beine bilden seltsame Winkel. Deshalb wird er von Frau Brugger immer erst mal zurechtgeruckelt. Wenn sie zufrieden ist, streicht sie ihm mit den Fingern über die Stirn, wie eine Mutter, die prüfen will, ob ihr Kind Fieber hat.
Die Massage beginnt im Lendenwirbelbereich und wandert hinauf bis zum Nacken. Die verdrehten und verklebten Bandscheiben saugen begierig das Johanniskrautöl auf, Heidbrink spürt förmlich, wie die Wirbelsäule weicher und elastischer, sein Körper angenehm schwer wird, als würde er durch die Liege hindurch bis auf den Fußboden sacken. Frau Brugger streicht ihm mit beiden Händen großflächig über den Rücken, beseitigt Blockaden, setzt Energieflüsse in Gang, löst Verhärtungen, Knoten und Krämpfe. Kneten, Drücken, Reiben, Hacken, Zupfen. Hände, Handballen, Handkante, Finger, Fingerspitzen, Knöchel. Vereinzelte Regentropfen sprenkeln über die Scheiben. Jetzt regnet's auch noch! Himmlisch!
«Bitte umdrehen.»
Füße, Waden, Oberschenkel, Brust, Hals. Und einölen! Immer wieder, einölen, einölen, einölen.
«Ist es warm genug? Soll ich die Heizung noch ein wenig aufdrehen?»
«Ja, bitte.»
Die Tropfen an der Scheibe werden größer und schneller, lau-

fen nach unten, in Schlangenlinien. Jetzt ist der Kopf dran, der arme Kopf, Sitz allen Übels: Stirn, Seiten, Schläfen. Frau Bruggers linke Hand ruht am linken Ohr, die rechte zieht und ziept an der rechten Kopfseite, dann wandert ihr rechter Mittelfinger am Haaransatz auf der linken Seite vom Ohr bis hoch zur Stirn und wieder hinab. Heidbrink schaukelt im Elbstrom des Wohlbehagens sanft hin und her, quittiert jede Berührung mit einem leisen Summton. Der stetige Regen schrappt gedämpft über die Scheibe. Die Handflächen wandern, vom Oberkopf beginnend, Richtung Hinterkopf hinab, die Daumen bewegen sich zeitgleich und gegenläufig im Zickzack ein- und auswärts. Seitenwechsel! Und immer wieder einölen, einölen, einölen! Alle seine Gedanken transponieren in eine hellere Tonart. Das Wasser strömt die Scheiben herunter, schwer wie Quecksilber, Schlaf fällt wie Schatten auf ihn, und für ein paar Augenblicke ist er tatsächlich weg, während eine halbe Million Regentropfen auf ihn herniederfallen.

«So.»

Der Moment des Aufwachens ein Moment wolkenlosen Glücks.

«Na, dann.»

Ganz langsam, wie unter Wasser, dreht sich Heidbrink um. Frau Bruggers terrakottarotes Gesicht glänzt vor Freude und Massageöl, ein paar winzige Schweißtropfen laufen wie Regenwasser an der Säule ihres Halses herunter und verschwinden in ihrem Ausschnitt.

Der Sumpf liegt schon im Dämmer, die wenigen Bäume wie schwarze Flecken auf dunkler Leinwand. Moor, Moos, Riedgräser, Schilfrohr. Kraniche stochern mit ihren langen Schnäbeln im Schlamm herum.

Versuchsweise stellt er seinen rechten Fuß in den Morast. Der blauschwarze Schlick ist weich und teigig. Als er immer mehr Gewicht auf den Fuß verlagert, klafft der Boden klebrig schmat-

zend auf. *Die Treter kann ich wegschmeißen.* In einem Wasserloch schwimmen Fische. Das an der Oberfläche blaue Wasser trübt sich zu einem modderigen Grün, dann zu einem fast undurchsichtigen Braun ein, der ganzen Palette der Flaschenglasfarben.
Kraniche schweben auf unsichtbaren Luftsäulen, lassen sich von der Thermik langsam emportragen. Wohin laufen die Hasen, wohin schwimmen die Fische, in welche verborgenen Welten fliegen die Vögel? Öffne deine Augen und sieh, was du sehen kannst, bevor sie sich für immer schließen.

Unwirklichkeitsgefühle

Dr. Reuters sengender Blick, ein Blick reiner, ungezähmter Wildheit, saugt sich an Schwester Leas wohlgeformten Gesäß fest, zwingt ihre melonengroßen Brüste kraft seiner Gedanken aus dem wie ein Korsett anliegenden Kittel. Wenn er sich mit ihr nur beim Sackhüpfen einen Sack teilen könnte! Noch sind seine gierigen, feuchten Hände im Gefängnis des weiten Arztkittels gefangen, doch wenn Dr. Fummel, so sein Spitzname, die Wichsgriffel erst ausgefahren hat, ist kein Körperteil mehr vor seinen Tentakeln sicher. Unbezwingbare Geilheit beißt in die Lenden des promovierten Psychiaters, sein unregelmäßig in kurzer Folge zuckender Adamsapfel, eine fleischige Ausstülpung, ist wie ein zusätzliches Geschlechtsorgan. Als sein stechender Blick die scheue Lernschwester durchbohrt, nehmen die Dinge ihren abartigen Lauf.
Eine farbenfrohe Phantasie von enormer Tiefenschärfe. Schwester Lea, die eben gerade, gemäß ihrem Auftrag etwas in den Händen haltend, über den Flur gelaufen ist, hat sich in Luft aufgelöst.
«Herr Dr. Reuter!»

Reuter setzt eine bemüht überraschte Miene auf, die ihm aber gleich wieder verrutscht. «Herr Heidbrink. Was kann ich für Sie tun?»
«Ich wollte mal fragen, wie es mit der Medikation weitergehen soll. Heute sind es genau drei Wochen, dass ich das Zeug nehme. Und es soll ja bereits nach kurzer Zeit abhängig machen.»
«Aber nicht bei der verhältnismäßig niedrigen Dosierung.»
Heidbrink verschweigt, dass er, nachdem die Wirkung etwas nachgelassen hatte, die Dosis eigenmächtig von 2,5 auf 3,75 mg heraufgesetzt hat.
«Mag sein, aber trotzdem ist das ja keine Dauerlösung.»
«Dann setzen Sie es ab, und wir probieren ab Montag mal Bromazepam.»
«Ist das nicht praktisch dasselbe?»
«Nein. Das schlägt von Patient zu Patient ganz unterschiedlich an. Und nicht alles, was im Internet steht, stimmt.»
«Tja.»
«Wann ist unser nächster Termin?»
«Mittwoch.»
«Sehen Sie. Dann berichten Sie, und wir schauen weiter.»
«Also Tavor heute direkt absetzen?»
«Haben Sie schon eine genommen?»
«Nein. Immer erst nach dem Frühstück.»
«Gut. Dann lassen Sie die weg. Wir sehen uns Mittwoch, und wenn vorher was sein sollte, bin ich immer erreichbar.»

Grelle Vormittagssonne strömt auf den Pavillon nieder. Wie ein von Rauchopfern umwehtes Götzenbild hält Klaus die Stellung und zieht stoisch an seiner Zigarette. Seine Nase ist seltsam bleich und grau, als hätte er sie in der Nacht mit der eines Toten getauscht. Wäre er jünger und gesünder, würde man ihm wegen Selbstgefährdung oder so ins Gewissen reden, gar ein Pavillon-Verbot aussprechen. Aber Klaus ist alt und krank und

hustet, deshalb wird jede Wunderlich-, Bockig-, Schrulligkeit toleriert.
«Na, kommst du uns besuchen, Jonas?», fragt Klaus und bläst eine metallisch riechende Dunstschwade aus, die still in das Himmelsblau aufsteigt. In einer verschmutzten Tasse schwimmt eine Schimmelscheibe, ein halbes Dutzend blaugrün verpelzter Orangen liegt kreuz und quer auf dem Boden verteilt. Heidbrink ekelt die unaufhaltsam fortschreitende Verwahrlosung des Pavillons.
«Ja, ich hab aber nur ein paar Minuten.»
Was heißt hier eigentlich *uns*? Nichtraucher Knut, Klausens neuer Freund und Jubelperser, der sich über jeden noch so schalen, hundert Jahre alten Witz ausschüttet, wegschmeißt, schlapp-, krank-, tot- und schieflacht.
«Wenn du mit einem Idioten diskutierst, dann gibt es zwei Idioten.»
«Hahaha.»
Knut macht ein näselndes, seltsam wieherndes Geräusch und wischt sich Schweiß und Fett von der Stirn. Sein Gesicht glänzt wie eine kalte Bratkartoffel. Da haben sich zwei gefunden.
Die schöne Lea erscheint auf der Bildfläche bzw. schwebt mit einem Entsorgungsbeutel die Schlosstreppe hinunter. Der *Clinic-Dress* klebt an ihrem Körper, als wäre er elektrisch aufgeladen, die rotlackierten Zehen in ihren weißen Birkenstocks wie Konfekt in einer Schachtel, das man einzeln ablecken möchte. Selbst mit einem Müllbeutel in den Händen bringt sie ihre Umgebung hormonell zum Leuchten. Knut senkt den Blick und kratzt sich am Kopf. Schauer von Schuppen fallen herunter. Wenn er diesen Anblick überlebt, wird er für immer schielen.
Klaus spricht aus, was alle denken. «Guck mal, wie Lea den Müll rausbringt. Da möchte man die Tonne sein.»
Er drückt seine Zigarette in einer Schale mit Milchreis aus, die ihm als Aschenbecher dient, und grinst Heidbrink an. Wie im

Krampf hält er den Blickkontakt, um Zustimmung zu erzwingen. Unvermittelt wallt in Heidbrink gleißende Wut auf. Er würde ihm am liebsten ins Gesicht schlagen. Was bildet sich der müffelnde Ekelopa eigentlich ein.
«Sehr witzig.»
«Fands nicht gut?»
«Allerdings nicht. Deine Altherrengags waren vielleicht vor sechzig Jahren mal aktuell.»
«Jaja. Reg dich wieder ab.»
Abregen? Die Pulsader an Heidbrinks rechter Schläfe beginnt zu pochen.
«Mal was anderes: Willst du den Siff hier drinnen eigentlich irgendwann auch mal aufräumen?»
Klaus, völlig verdattert: «Was ist denn los, Jonas?»
«Ab einem gewissen Alter sollte man seine Wichsphantasien für sich behalten.»
Jetzt mischt sich auch noch Knut ein. «Mensch, Jonas, das war doch ein ganz harmloser Spruch.»
«Halt du dich da raus. Ich lass euch jetzt besser allein, bevor ein Unglück geschieht.»
Laut krachend schlägt er die Tür hinter sich zu, die Scheiben zittern im Rahmen. Hoffentlich bricht der Schrotthaufen zusammen und begräbt die alten Schweine unter sich. *Bevor noch ein Unglück geschieht.* Hat er das wirklich gesagt? Was ist nur los mit ihm?

In der Gesprächsgruppe presst sich ihm eine Schwärze, die hinter seiner Stirn entspringt, von hinten gegen die Augen. Er hat Angst, schreckliche Angst. Sein Mund ist so trocken, dass die Lippen sich wie versiegelt anfühlen und taub an den Zähnen liegen. Er spürt etwas in seiner Brust, von dem er fürchtet, es könne durch seine Kehle aufwärtskriechen. Panik geht über in die Arme, wandert durch den Körper bis in seinen Kopf.

Was erzählt Selma da eigentlich die ganze Zeit schon wieder für eine Scheiße? Frank, Frank, Frank, Patrizia, Patrizia, Patrizia. Leg 'ne andere Platte auf, Mädchen! Und guck dich mal an: ein unförmiges Mischwesen in formloser XXXXL-Dehnbundhose, halb Mensch, halb Riesenmümmelmann. Die Knie stehen vor wie Pampelmusen, die Waden sind gurkenförmig verzogen, der fette Arsch quillt über die Sitzfläche des Stuhls. Pass auf, dass er nicht ausläuft! HOFFST DU EIGENTLICH ERNSTHAFT, DASS FRANK ZU DIR ZURÜCKKEHRT? WIRD NICHT PASSIEREN, DA KANNST DU IHM DEN TEPPICH VOLLPISSEN, BIS ER TRIEFT.

Seine Angst verwandelt sich in Wut, die Wut in Hass, der Hass zurück in Angst und das Ganze wieder von vorn. Eine stechende Kopfschmerzattacke lässt ihn zusammenzucken. Der Schmerz reicht um den Schädel herum bis zu den Augen, ein grelles, pochendes Stirnband, das langsam von der linken zur rechten Schläfe wandert. Er schließt die Augen und wartet darauf, dass der Anfall abebbt. Aber wie soll das gehen bei Selmas idiotischer Quasselei? Wieso unternimmt Svenja eigentlich nichts? Wird die noch für etwas anderes bezahlt als fürs Nichtstun? Die nächste Attacke erwischt ihn wie ein Bomber, der am Himmel auftaucht. Die beiden Speere seiner Kopfschmerzen drohen ihm die Augen aus den Höhlen zu treiben. Hör auf, Selma, Gnade, stop your fucking trash!

«Entschuldigung, mir ist irgendwie übel, ich glaub, ich muss mal an die frische Luft. Sorry, Selma.»

Er verzieht sich aufs Zimmer und stellt das Radio an. Auf DLF *Das Universum in unseren Köpfen – Staubkorn in der Unendlichkeit*. Kopernikanische Wenden, schwarze Löcher, unermessliche Entfernungen, gigantische Temperaturschwankungen. Wieso gibt es praktisch kein Limit nach oben (1,42 mal 10 hoch 32 Grad), während der absolute Temperaturnullpunkt bei lä-

cherlichen −273,2 Grad Celsius liegt? Der kälteste bisher entdeckte Ort im Universum ist der 5000 Lichtjahre entfernte Bumerangnebel. 5000 Lichtjahre sind nichts! Das Herz dröhnt ihm in den Ohren, er versucht, die Panik niederzuringen. Der Stuhl hat weder Beine noch Lehne, der Boden kommt auf ihn zugerast.
Er muss raus. Bewegung. Action. Move. Fast forward. Raus aus dem Haus, in den Wald hinein, er macht sich auf den Weg zum Hochsitz. Auf dem Mond beträgt die Höchsttemperatur 130 Grad, in der Nacht fällt sie auf minus 160 Grad. Die Erde rotiert mit 1670 Kilometern pro Stunde um ihren Stern, dreht sich dabei geräuschlos um die eigene Achse. 1670 Stundenkilometer, und man hört NICHTS. Seine Gedanken krümmen und biegen sich wie der Raum neben, unter und über ihm.
Er klettert die morsche Leiter hoch, hockt sich im Schneidersitz auf die Schalbretter der Kanzel und macht sich so klein wie möglich. Ruhig, ruhig, einatmen, ausatmen, nachdenken. 21, 22, 23, 24. Die Luft ist erfüllt vom höhnischen Krächzen der Krähen. Hat die Sommerluft etwas an sich, das Vögel dazu bringt, derart grässliche Geräusche von sich zu geben? Er kann die Angst fast riechen, ein heimtückischer Pesthauch, der den Unterstand hochkriecht und ihm ein Stahllasso um die Brust spannt.
Runter, bloß runter hier! Laufen, bis die Lunge aus dem Hals hängt, er vor Erschöpfung zusammenbricht. Er spürt das Blut in den Wangen pochen. Es scheint einzig und allein dem Zweck zu dienen, die Angst vom Herzen aus über den ganzen Restkörper zu verteilen. Er rennt und rennt und rennt, Angst macht schnell. Die linke Ferse ist schon aufgescheuert und puckert, sie scheint an seinem Schuh festzukleben.
Irgendwer folgt ihm. Wer immer es ist, er scheint am Rand seines Blickfelds zu lauern, um sofort zu verschwinden, wenn er den Kopf wendet. *Was ist bloß los mit mir? Drehe ich jetzt durch, verliere ich endgültig den Verstand?* Denk nach! Sein Gehirn

verflüssigt sich, die grauen Zellen verteilen sich auf dem Boden, er sammelt sie wieder auf, und endlich fällt der Groschen. Er ist auf Entzug!
Turkey! Crash Detox!
Immerhin kennt er jetzt den Grund. Entzugserscheinungen, so grauenhaft sie auch sein mögen, klingen auch wieder ab. Zähne zusammenbeißen, ein Weilchen, nur ein Weilchen, nur ein kleines Weilchen.
Er läuft durchs leere Foyer, taumelt die Treppe hoch, rennt durch den Flur, stolpert über den Läufer, fällt ins Zimmer. Sicherheit! Schuhe aus, Socken aus, Füße salben. Der Stuhl, der Tisch, das Bett, der Schrank und die Leere, die alles umgibt.

TAVOR-ENTZUGSERSCHEINUNGEN:
DAUER – SYMPTOME – HEFTIGKEIT
Bereits nach zwei bis drei Wochen kann die Einnahme von Tavor zu einer körperlichen und psychischen Abhängigkeit führen. Der Entzug wird begleitet von Kopfschmerzen, veränderten Sinneswahrnehmungen, Halluzinationen und Gefühlen der Unwirklichkeit. Besonders gefürchtet ist der *Rebound-Effekt,* bei dem die durch Tavor gedämpften Symptome wie Angst, Panikattacken, Schlafstörungen und innere Unruhe noch weitaus stärker empfunden werden. Deshalb wird ein langsames Ausschleichen in einer Suchtklinik empfohlen. Ausschleichen! Hast du gehört, Reuter, du dumme Sau! Professor von Rodenberg dürfte interessieren, was da für ein faules, inkompetentes Ei in seinem Nest herumlungert.

Hoffen und Harren. Zeit gewinnen, Zeit überbrücken. *Wenn ich bis zum Morgengrauen durchhalte, ist die Schlacht geschlagen. Ich muss etwas machen, egal was, dann geht es immer weiter.* Er zieht sich nackt aus und reibt sich an der Matratze, eine Technik, die er als Heranwachsender praktiziert hat. Im Unterschied zum konventionellen Gepumpe lässt sich der *Vorgang* auf diese Weise ewig hinziehen. Knarz, knirsch, quietsch. Nach einer halben Stunde seiht er einen Fingerhut heißer Matsche ins Laken. Ruhe, endlich Ruhe, für ein Weilchen, ein kleines Weilchen, nur ein kleines Weilchen.

21, 22, 23, 24, 21, 22, 23, 24.

Aale winden sich in seinem Bauch, die Angst brandet erneut in einer mächtigen Welle an. Was, wenn in den unendlichen Weiten des synaptischen Spalts ein irreparabler Schaden entstanden ist? Die mit Widerhaken versehenen dunklen Gedanken sich in den grauen Falten seines Hirns einnisten, ihm für den Rest seines Lebens die *Hölle auf Erden* bereiten? Herausgebeamt aus der Wirklichkeit, hinabgefahren in die Dunkelheit.

18 Uhr. Abendbrotzeit. Raus, raus, raus, bloß raus aus dem Zimmer. Unter Menschen, Ablenkung, jetzt, sofort. Zeit gewinnen, Zeit überbrücken. Hoffen und harren, harren und hoffen.

Auf seinem Teller eine Scheibe Kümmelbrot, Camembert, ein Paar Wiener, ein Klacks Senf. Er schmiert Butter aufs Brot, schneidet den Camembert, zerteilt die Würstchen, hantiert mit Salz- und Pfefferstreuer. Er versenkt einen Zuckerwürfel im Kaffee und sieht der schwarzen Flüssigkeit zu, wie sie in den Würfel hineinkriecht. Er nimmt einen winzigen Schluck. Der Kaffee ist schwach und schmeckt nach Staub. Als er versehentlich gegen die Tasse stößt, schwappt Kaffee auf die Untertasse. Hastig trocknet er Untertasse und Tassenrand mit einem Taschentuch ab.

«Keinen Appetit?»

Mit der breiten schwarzen Krawatte und dem dazu passenden schwarzen Sakko sieht Zeissner aus wie ein einem Siebziger-Jahre-Gangsterfilm entsprungener Leichenbestatter.

«Da waren die Augen wohl größer als der Magen.»

Was für eine Scheiße erzählt der Totengräber da?

«Die Champignoncremesuppe war schon so mächtig, mehr schaffe ich nicht.»
«Ah ja.»
«Mir unangenehm, das liegenzulassen. Aber was soll ich machen.»
«Das ist ja ...» Zeissner holt so tief Luft, dass er förmlich anzuschwellen scheint. «Das ist ja wirklich ...»
Die Pause dehnt sich. Es sieht nicht danach aus, als würde er je weitersprechen.
«Ich will Ihnen – ich will dir nicht zu nahe treten, aber geht's dir nicht gut?»
Heidbrinks Herz rutscht nach oben, Schweiß bildet sich auf seiner Oberlippe. *Ein offenes Buch, ich bin ein verdammtes offenes Buch, ein an beiden Enden ausgefranstes Nervenbündel, dem man das auch noch ansieht.*
«Mir ist heute tatsächlich nicht so nach Jubeln zumute. Innere Unruhe. So was. Aber wird schon wieder.»
«Zum Glück sind wir hier rund um die Uhr in guten Händen. Wer ist denn dein behandelnder Arzt?»
«Dr. Reuter.»
«Kenn ich nicht.»
«Relativ jung noch.»
«Aha. Zur Not sind die ja vierundzwanzig Stunden erreichbar.»
Gar nicht Zeissners Art, sich zu wiederholen.
«So schlimm ist es nun auch wieder nicht.»
«Gibt es irgendeinen Grund für die Unruhe?»
«Keine Ahnung. Mir fällt zumindest keiner ein.»
«Tja. Mit benennbaren Ängsten kann man umgehen, mit namenlosen ist das so eine Sache. Aber die meisten lösen sich in Luft auf, plopp. Hinterher weiß man dann oft gar nicht mehr, was überhaupt los war.»
Verständnis. Mitgefühl. Barmherzigkeit. Trost.
«Mal was anderes: Gehst du zum Kulturabend?»

«Ist der heute?»
«Ja. Komm doch mit. Ein bisschen Ablenkung tut dir bestimmt gut.»

Die Zeitmaschine

Eine halbe Stunde vor Beginn der Vorstellung ist Heidbrink der Erste, der im Zuschauerraum sitzt. Ganz hinten natürlich, in unmittelbarer Nähe des FLUCHTWEGS. Die Luft ist stickig und abgestanden, als sei jedes Molekül schon unzählige Male ein- und wieder ausgeatmet worden. Er stellt sämtliche Fenster auf Kipp, dreht die Heizkörper herunter und lauscht dem unregelmäßigen Ticken, Knistern und Zischen des sich abkühlenden Metalls. Um Viertel vor acht kommt der nächste Patient, nickt Heidbrink kurz zu und nimmt in der dritten Reihe Platz. Nie gesehen, muss gerade erst eingefahren sein. Der Mann holt ein mitgebrachtes Stück Mohnkuchen hervor und knabbert daran herum. Heidbrink kann knabbernde Menschen nicht ausstehen. Wie kann man auf die Idee kommen, bei einem Kulturabend Krümelkuchen zu nagen? Gelbe Brösel und schwarze Mohnkrümel verfangen sich im Bart des Knusperers, fallen ihm aufs Sweatshirt. Seine rechte Wange ist seltsam aufgebläht, die linke wie eingesogen, ein Schädel, der, in Ethanol konserviert, anatomische Ausstellungen bereichern würde, aber doch keinen Kulturabend! Wie war das noch mal mit dem UNWIRKLICHKEITSGEFÜHL?

Als der Saal schon recht gut gefüllt ist, tritt Dr. Behr ein. Nachdem er DIN-A4-Blätter mit den Texten verteilt hat, greift er zur Wandergitarre und eröffnet den Abend mit:

Kumbaya my Lord, kumbaya
Kumbaya my Lord, kumbaya
Kumbaya my Lord, kumbaya
Oh Lord, kumbaya
Someone's singing Lord, kumbaya
Someone's singing Lord, kumbaya
Someone's singing Lord, kumbaya
Oh Lord, kumbaya.

Heidbrink ist peinlich berührt von der Lagerfeuermusik, wie sie aufgelöste Teenager am letzten Tag einer Jugend-/Kirchen-/Schülerfreizeit mit Tränen in den Augen intonieren, bevor sie in den Zelten übereinander herfallen.
Mit munterer Wetterfrosch-Stimme kündigt Dr. Behr den nächsten Beitrag an. Frau Dähne, die mit einer neuen Erzählung im Gepäck extra für heute Abend angereist sei. Applaus. Frau Dähne tritt nach vorne und setzt sich. In dem großen Ledersessel mit der hohen Lehne sieht sie aus wie eine Raumschiffkommandantin. Da Dr. Behr vergessen hat, ein Stativ aufzustellen, muss sie das Mikro die ganze Zeit in der Hand halten.
«VIELEN DANK.»
Frau Dähne erschrickt. Ihre Stimme ist viel zu laut. Dr. Behr stolpert ans Mischpult und regelt den Kanal herunter.
«Noch mal vielen Dank. Die Geschichte heißt *Die Zeitmaschine.*» Sie schließt kurz die Augen, dann beginnt sie mit angenehm dunkler Stimme zu lesen.

«Ausgerechnet Hartwig Schmidt, Einsiedler, Grübler, Sonderling, hat etwas zustande gebracht, von dem die Menschheit seit Jahrhunderten träumt: Er hat eine Zeitmaschine erfunden, ein Gerät, mit dem sich nach Belieben in Vergangenheit und Zukunft reisen lässt.
In jeder freien Minute hat er in seiner Garage getüftelt und ge-

bastelt, geforscht und experimentiert. Hartwig Schmidt ist davon überzeugt, dass, gäbe es Buchdruck, Elektrizität, Kernspaltung, Computer noch nicht, er dies alles erfunden hätte. Einmal glaubte er, einen Impfstoff entwickelt zu haben, der alle weltweit bekannten Infektionen wirksam bekämpft. Im Patentamt wurde er, nachdem gleich zwei Beamte seine Ausführungen über sich hatten ergehen lassen, als armer Irrer eingestuft, aus dem unter ungünstigen Umständen ein gemeingefährlicher Irrer werden könne, verrückt genug, das ‹Vakzin› an Freunden oder Familienmitgliedern auszuprobieren. Hartwig konnte von Glück sagen, dass sie die Angelegenheit auf sich beruhen ließen. Und so sitzt er weiter in seiner Garage und tüftelt, tagein, tagaus.

Wann immer er eine neue geniale Erfindung ankündigt, schalten auch die wenigen noch verbliebenen Menschen, die es gut mit ihm meinen, auf Durchzug. Hartwig, Lieber, es gibt so viele schöne Dinge auf der Welt, lass doch die Tüftelei Tüftelei sein. Einen kleinen Achtungserfolg würde man ihm von Herzen wünschen: Teleshop-Novitäten wie Metalldetektorsandalen, geschmacksverbessernde Gabeln, Schneidebrett-Vogelhäuschen, einen Haustier-Duschvorhang.

Doch jetzt, als wirklich niemand mehr einen Pfifferling auf seine Geistesblitze gibt, ist ihm unvermutet der große Wurf gelungen, der ganz große Wurf. Die Zeitmaschine wird ihn über Nacht weltberühmt machen, jedes Kind wird seinen Namen kennen, man wird ihn in einem Atemzug mit denen von Einstein oder Newton flüstern.

Und es funktioniert wirklich. Er hat das Gerät über Monate ausgiebig erprobt, nie hat es Aussetzer, Schwierigkeiten, Probleme gegeben. Aber bevor er morgen um elf erneut beim Patentamt vorstellig wird, will er noch einen allerletzten Versuch, unter anderen Bedingungen, unternehmen. Aus Angst, jemand könnte ihm seine Erfindung stehlen, hat er die Maschine bisher nur in

seiner Garage getestet; einmal wenigstens will er sie, sicher ist sicher, im Freien ausprobieren.
In dem lichten Buchenwäldchen am Stadtrand ist unter der Woche so gut wie nichts los, es gibt da ein verstecktes Plätzchen, wohin sich praktisch nie ein Spaziergänger verirrt. Am 17. September regiert der Altweibersommer in voller Glorie. Weiches Herbstlicht fließt herab wie flüssiges Gold, die Sonne eine warme Kompresse auf Hartwigs Kopf, er spürt sie im Gesicht und um die Schultern, weich und wärmend. Mut machende Vorzeichen, perfekte Bedingungen. Aus Sicherheitsgründen hat er die Maschine doppelt und dreifach verpackt, dabei Form und Aussehen, so wie bei Auto-Erlkönigen, vermittels Schaumstoffwülsten verfremdet. Dabei käme sowieso kein Mensch auf die Idee, dass sich unter dem unförmigen Klumpen die vielleicht genialste Erfindung der Menschheitsgeschichte verbirgt.
Nun muss er die Zeitmaschine in seinen auf der gegenüberliegenden Straßenseite geparkten Kombi verfrachten. Das Gerät ist nicht nur unhandlich, sondern mit neunundzwanzig Kilo für einen schmächtigen, unsportlichen Mann wie Hartwig auch richtig schwer. Er hätte ein Rollwägelchen besorgen sollen. Er schleppt das Trumm an den Straßenrand, hält inne, um sich ein Bild der Verkehrslage zu machen. Absolute Konzentration! Safety first! Er wartet, bis nicht nur die Straße völlig frei ist, sondern auch der Bürgersteig. Nach zehn Minuten endlich weit und breit kein Auto, Motorrad, Passant, Radfahrer.
Vorsichtig setzt er einen Fuß auf die Fahrbahn, überquert den Mittelstreifen, zwei, drei Schritte, dann ist es geschafft. Unvermittelt schießt zwischen den parkenden Autos ein großer, schwarzer Hund hervor und bellt Hartwig wütend an. Der zuckt zusammen, und vor lauter Schreck rutscht ihm die Zeitmaschine aus den Händen. Trotz der aufwendigen Sicherheitsverpackung verstellt sich der Chronometer beim Aufprall um die minimale Winzigkeit von zweiundzwanzig Sekunden in die Zukunft. In der

die Verkehrslage aber schon wieder eine ganz andere ist. Hartwig Schmidt wird von einem Lieferwagen erfasst und ist auf der Stelle tot.
Nach dem Abtransport der Leiche bergen zwei Polizeibeamte das seltsame Dingenskirchen.
Weißt du, was das sein soll?
Nein, keinen Schimmer. Sieht aus wie ein Modem aus der Steinzeit oder so was. Kategorie: Das kann dann mal weg.
Stimmt. Elektroschrott, wenn du mich fragst.
Vielleicht wollte der das entsorgen.
Sieht ganz so aus. Armer Kerl.
Nach kurzer Diskussion beschließen die Beamten, das Teil auf den nahe gelegenen Recyclinghof zu schaffen. Und nun kann die Menschheit lange auf die nächste Zeitmaschine warten.»

Fin.

Dr. Behr schnappt sich das Mikrofon, als müsste er einem betrunkenen Busfahrer das Steuer entreißen.
«Wieder eine phantastische Geschichte, Frau Dähne. Ganz, ganz herzlichen Dank.»
Alles applaudiert voll ehrlicher Anerkennung.

Nach *Blowin' in the Wind* geht's ins Foyer, wo Töpferarbeiten ausgestellt sind. Die Figuren sind aus Ton, Keramik, Steingut, alles, was Töpferscheibe, Modellierbock, Tonwalzen, Plattenroller und Brennkassette hergeben. Zum Singen marschieren dann alle wieder brav hinein in den Saal.

Sweet home, Alabama
Where the skies are so blue
Sweet home, Alabama
Lord, I'm comin' home to you

Im Kopf textet Heidbrink die Zeilen auf Neumünster-Bugenhagen um, der Stadtteil, in dem er aufgewachsen ist.

Sweet home, Bugenhagen
Ich komm zu dir zurück
Sweet home, Bugenhagen
Woanders hatte ich kein Glück

Nach Ende der Veranstaltung bleibt Heidbrink sitzen. Als Dr. Behr das Deckenlicht anknipst, ist der Raum wie in hartes, flaches Mondlicht getaucht. Zeissner steht mit Frau Dähne am Ausgang und tut seine Begeisterung kund. Als Heidbrink sich mit eingezogenem Kopf vorbeischummeln will, fängt ihn Zeissner ab.

«Ach Mensch ... wie fandest du es denn?»

Zeissner hat seinen Namen nicht parat. Heidbrink setzt ein Lächeln auf.

«Wirklich toll. Was für eine geniale Idee. Ich wünschte, ich hätte was von deiner Phantasie, Erika.»

«Danke, Jonas.»

Zeissner, erleichtert, dass der Name wieder da ist: «Dabei geht es Jonas heute gar nicht mal so gut.»

«Ach, das tut mir leid.»

«Umso schöner, dass du gekommen bist. Und, hat sich doch gelohnt?»

«Auf jeden Fall.» Das klang nicht überzeugend.

«Was ist denn los, Jonas. Kann man helfen?» Zeissner berührt ihn sacht am Oberarm.

«Kleiner Einbruch. Morgen ist bestimmt wieder alles in Ordnung.»

Mit weit aufgerissenen Augen fährt er hoch. Sein Gesicht ist taub und prickelt, als hätte ihm jemand die Nase blutig ge-

schlagen, Hände und Füße fühlen sich kalt und pulvertrocken an. Die Angst kehrt mit unverminderter Wucht zurück, steigt unaufhaltsam in ihm auf, zieht in die Extremitäten und lässt sie erstarren. Fieber tobt in seinem Kopf, jedes einzelne Neuron steht in Flammen. Konzentrier dich, denk an etwas Schönes. Die Angst wird vorübergehen, wie sie noch immer vorübergegangen ist.
Es ist nichts.
Ich bin in Sicherheit.
Mir kann nichts passieren.

Doch.

Als er schlucken will, geht es nicht, im Hals oder in der Kehle eine Sperre, das Innere seines Mundes ist wie aus Holz. Langsam füllt sich sein Mund mit Speichel, droht überzulaufen. Er dreht sich auf die Seite und lässt die Spucke über die Bettkante auf den Boden pladdern.
Ruhig, ganz ruhig. Zähle langsam bis vier und atme dabei ein. Halte vier Schläge die Luft an, atme vier Schläge aus.
Ruhig, nur ruhig.
Es ist nichts.
Ich bin in Sicherheit.
Mir kann nichts passieren.
Konzentrier dich, denk an etwas Schönes.
Zähle langsam bis vier und atme dabei ein. Halte vier Schläge die Luft an, atme vier Schläge aus.
Er kann Form und Farbe der Angst spüren, und auch ihren Sitz: oberhalb der Nasenwurzel, wo sie in die Stirn übergeht. Zeitbombe im Kopf! Ein stecknadelkopfgroßes, schwarzes Gerinnsel, eine Zyste, ein Blastom, das sich in diesem Stadium vielleicht noch mit Ultraschall, einem mikrochirurgischen Eingriff auflösen, zerschmettern und in eine Million Nanopartikel sprengen

ließe. Der Eingriff duldet keinen Aufschub, mit jeder Minute, die sinnlos verstreicht, sinken die Erfolgschancen. Sofortiges Handeln erforderlich! Konzentrieren, durchatmen, und wenn er gleich Kräfte geschöpft hat, die Notklingel betätigen. Heiser, schleppend, fast unhörbar wimmert er vor sich hin.

GLÜCK. FREUDE. HOFFNUNG. LIEBE.

FRIEDEN. WÄRME. LEBENDIGKEIT. HOFFNUNG.

Die Worte gären, bald werden sie zu ihm aufsteigen

GLÜCK. FREUDE. HOFFNUNG. LIEBE. FRIEDEN. WÄRME.

Andere Worte erscheinen

VERTRAUEN. WAHRHEIT. GNADE.

KRAFT. HEILUNG. VERGEBUNG.

ERLÖSUNG. AUFERSTEHUNG. GLAUBE.

Und gleich noch mal.

VERTRAUEN. WAHRHEIT. GNADE.

KRAFT. HEILUNG. VERGEBUNG.

ERLÖSUNG. AUFERSTEHUNG. GLAUBE.

Es schlägt die Stunde der Gebete. Die Religion hat die ganze Zeit auf ihre Chance gewittert, und jetzt schwillt der Glaube in seinem Kopf an wie ein Tumor.

Heidbrink hat seit seiner Konfirmation nicht mehr gebetet, die Erinnerungen an die faden und verlogenen Predigten von Pastor Schücking haben in ihm immer Verachtung ausgelöst. Doch jetzt wird er von religiösen Empfindungen geschüttelt wie von einem epileptischen Anfall. Er faltet die Hände zum Gebet.

Du lässt mich nur so tief fallen, um mich wiederaufzurichten. Manche deiner Absichten sind mir jetzt noch verborgen, aber sie werden ganz gewiss enthüllt an dem Tag, da ich vor dein Gericht geladen werde.

Fortan werde ich mein Antlitz nicht von dir wenden, bis es vorbei ist mit der Finsternis. Die Erde bebt von deiner Kraft, wenn du die Erlösten aufsteigen lässt zu Jesus in den Wolken.

Mein Gott, der du mich liebst, fülle mein Herz mit Liebe, dass

auch für mich deine Verheißungen in Erfüllung gehen. Ich weiß nicht immer, was du von mir willst, aber ich weiß, dass richtig ist, was du willst.
Deine Gnade ist ein reinigendes Feuer, ich wünschte, dass mir verziehen wird. Ich habe mein Herz geleert, um Vergebung gebeten. Du hast mir so wenig Glück geschenkt im Leben, bitte tu mir diesen einzigen Gefallen. Bitte vergib mir, dass ich so bin, wie du mich geschaffen hast.
Gleich noch mal.
Bitte vergib mir, dass ich so bin, wie du mich geschaffen hast.
Aller guten Dinge sind drei.
Bitte vergib mir, dass ich so bin, wie du mich geschaffen hast.
Gib mir ein Zeichen, hoher Herr, lass den Heiligen Geist mich berühren.
NEIN.
Wirst du mir helfen?
KEINE ZEIT, KEINE LUST.
Wirst du mich retten?
GEHT NICHT.
Lieber Gott, ich habe mich an all deine Gesetze gehalten, da wirst du mich doch nicht in der Stunde großer Not um meinen himmlischen Lohn bringen.
HALT ENDLICH DAS MAUL, DU ARSCHLOCH.
Jede Sekunde fliegen Millionen Bittgebete in Gottes Ohr, und der Allwissende ist müde. Er hat das Gejammer und Leiden seiner Geschöpfe satt und weiß auch nicht mehr weiter, denn er hat sich übernommen. Hätte er ein paar Freunde zu Rate gezogen, dann sähe die Welt vielleicht anders aus. Aber er hört ja nicht! Und jetzt? Holt die Menschen aus dem Nichts, verwandelt sie nach kurzer Zeit in Scheiße und Staub, und dann wieder von vorn, bis zum Jüngsten Tag.
Das ist die Wahrheit, beim heiligen Blute Christi.

Dr. Reuter hockt hinter seinem Schreibtisch wie aus Pappkarton geschnitten. Er hält das Kinn gesenkt, sodass sein Hals faltig und aufgedunsen wirkt.
«Ist es wirklich so schlimm?»
«Ja sicher. Oder glauben Sie, ich übertreibe oder denke mir das aus? Gut möglich, dass sich Menschen in einer solchen Verfassung tatsächlich umbringen. Nicht, weil sie sterben wollen, sondern weil der Zustand so unerträglich ist, dass sie ihn einfach nur beenden wollen, egal wie.»
«Das hätte ich nicht für möglich gehalten. Normalerweise treten so heftige Entzugserscheinungen erst ab fünf Milligramm auf.»
«Das sagten Sie bereits. Und ich hab mich drauf verlassen.»
«Sie müssen mir glauben, Sie sind der erste Patient mit solch abnormen Reaktionen.»
Hat er wirklich abnorm gesagt? Heidbrink kämpft gegen die anbrandende Wut.
«Abnorm hin oder her. Sie hätten mich auf die Risiken hinweisen müssen. Außerdem muss man Benzodiazepin ausschleichen lassen. Und sagen Sie jetzt nicht wieder, dass man nicht glauben darf, was im Netz steht.»
An Reuters Schläfe windet sich ein kleiner Wurm. Er ist in der Defensive und weiß, dass er gut beraten ist, klein beizugeben.
«Tja.»
«Und nun?»
«Probieren Sie es mit einer Dreiviertel, und wenn Sie damit klarkommen, gehen wir nach einer Woche runter auf eine halbe und so weiter.»
So leicht kommt er nicht davon.
«Ein Teufelszeug ist das. Solche Angstzustände kannte ich bisher nicht. Die sind durch den Dreck erst ausgelöst worden.»
«Herr Heidbrink, um das noch mal ausdrücklich zu betonen: Es tut mir leid. Haben Sie noch welche?»
Reuter vermeidet, das T-Wort auszusprechen.

«Bestimmt acht oder so.»
Reuter holt einen Tablettenblister aus seinem Kittel, zerteilt eine und reicht sie Heidbrink.
«Wie gesagt, eine Dreiviertel. Am besten, Sie nehmen die jetzt gleich. Wenn das nicht wirkt, nehmen Sie bitte noch eine Viertel mehr.»

«Ey, Jonas!» Klaus steht in der Tür des Raucherpavillons und winkt ihn aufgeregt herbei. «Dass mussu dir mal ankucken!»
«Was denn?»
«Was denn, was denn, sach ma, hast du Tomaten aufn Augn?»
«Ich seh nix.»
«Dann guck mal ganz genau hin. Irgendwas is hier aber mal ganz anners.»
In der Mitte des Raumes steht eine zweisitzige, wetterfeste Gartenbank in Rattanoptik. Stolz klappt Klaus die Sitzbank auf.
«Hier. Stauraum ohne Ende. 167 Liter.»
Heidbrink hebt die Bank an der Seite an. Schwer. Mit zombieesker Kraft muss Klaus das Teil hierhergewuchtet haben.
«Wo hast du das denn her?»
«Dahinten.» Klaus deutet irgendwohin. «Bevor das endgültig verschimmelt, hab ich das Teil reingeholt. Von Schwesta Irenes Seite is das auch okay. Da gibs auch noch passende Stühle zu.»
«Ach. Und wo sind die?»
Klaus wird von einem Hustenkrampf geschüttelt, seine Antwort zerspringt, verteilt sich in der Luft. Heidbrink muss sie erst mal aufsammeln und wieder zusammensetzen: Knut bringt die gleich vorbei. Mühsam krächzt Klaus: «Die Bank ist genial.»
Vor Begeisterung blähen sich die Flügel seiner Nasenlöcher, er spuckt einen schimmernden Schleimball auf den Boden.
«Klaus, bitte!»
«Ach so, ja.»
«Mach doch wenigstens die Tür auf und rotz nach draußen.»

«Hassja recht. Kommt nich wieder vor.» Er hält zwei Finger an seine Stirn und dreht sie hin und her wie ein Bohrer. «Ist angekommen und da oben versenkt.»

Dann steckt er sich die nächste Zigarette an. Der Rauch macht blaue, mehlige Wolken vor seinem Gesicht.

«Also dann, bis nachher.»

«Bleib doch noch 'nen Augenblick.»

«Okay. Gibt's was Bestimmtes? Ist was passiert?»

«Keine Ahnung. Irgendwas.»

«Was heißt das denn, irgendwas?»

«Ich lass mich auf dem Bauch beerdigen, damit mich alle für immer am Arsch lecken können.»

«Geniale Idee.»

«Findsu? Find ich auch.» Seine Züge verzerren sich zu einem Gähnen. Das Gähnen wird zum Gähnkrampf, seine Mundmuskulatur knackt. «Und jetzt hab ich ma 'ne Frage an dich.»

«Ja bitte.»

«Was ist eigentlich los mit dir?»

«Was soll denn los sein?»

«Du hast richtiges Eierflattern, so was seh ich. Ach guck mal, wer da kommt!»

Vor Anstrengung hechelnd schleppt Knut zwei Stühle in den Pavillon. Er trägt schreiend bunte Bermudas. Seine Waden sind so glatt wie Kürbisse, die Oberschenkel grellweiß und prall wie Fischleiber.

«Mensch, Knut. Wenn dir die Luft ausgeht, reiß dir die Lunge raus, beatme sie und pflanz sie dir wieder ein.»

Das Mittagessen lässt Heidbrink ausfallen. Er legt sich aufs Bett und lauscht dem leisen Grollen von Heizung oder Abflussrohren, irgendwelchen Rohren jedenfalls. Es riecht unangenehm süßlich. Brackig. Nach abgestandenem, fauligem Wasser. Vielleicht ist es aber auch etwas anderes:

Vollgewichste Taschentücher, verkrustete Waschlappen, Spermalumpen.
Pissedurchtränkte Unterwäsche, ranzige Strümpfe, Schweißränder.
Der Geruch von zehntausend Vergeblichkeiten.
GLÜCK. FREUDE. HOFFNUNG. LIEBE. FRIEDEN. WÄRME.
Es klopft an der Tür.
«Neeeee.»
Es klopft an die Tür. Es klopft an der Tür.
«Neeeeee.»
Es klopft an die Tür. Es klopft an der Tür. Es klopft an der Tür.

In Zeissners rechtem Mundwinkel sitzt ein winziger Klecks Joghurt.
«Entschuldigung, dass ich störe. Weil du nicht beim Mittagessen warst, hab ich mir Sorgen gemacht und wollte fragen, wie es dir geht.»
«Schon wieder besser. Äh, willst du reinkommen?» Heidbrink setzt ein unverbindliches Halblächeln auf, als wäre alles nicht der Rede wert, und er hätte längst wieder festen Boden unter den Füßen.
«Dann sag doch mal, was los ist.»
Während Heidbrink erzählt, ruckelt Zeissner, als wollte er Juckreiz an den Hinterbacken bekämpfen, auf dem Stuhl hin und her. Er biegt seinen Oberkörper so weit zurück, dass seine Beine viel länger wirken, als sie sind. Seltsam, irritierend. Als Heidbrink fertig ist, steht Zeissner auf und drückt die Holzleisten des Stuhls zusammen.
«Geht langsam aus dem Leim.»
«Ist mit noch gar nicht aufgefallen.»
«Du bist ja auch dreißig Kilo leichter. Lange macht der es nicht mehr. Die sollen dir schleunigst nen neuen hinstellen.»
Es klopft an der Tür.

Es klopft an der Tür.
Es klopft an der Tür.
«Entschuldigung.»
Statt Arztkittel trägt Reuter ein hellblaues Oberhemd mit aufgekrempelten, schlaffen Hemdsärmeln. Neben schlechtem Gewissen plagt ihn wohl die Sorge, Heidbrink könnte sich tatsächlich etwas antun.
«Ich wollte nur sichergehen, dass Sie gut versorgt sind.»
«Wie, *versorgt*?»
Zeissner fängt unvermittelt an zu grinsen, als wäre ihm etwas eingefallen, das er aber unter allen Umständen für sich behalten will. «Ich sehe, ihr habt etwas zu besprechen. Ich gehe dann mal.»
Zeissner ab.
Heidbrink wiederholt seine Frage.
«Was meinen Sie mit *versorgt*?»
«Tabletten. Ich hab welche dabei.»
Jetzt erst merkt Heidbrink, dass die Angst weg ist. Verschwunden. In Luft aufgelöst.

Palim Beach Bar

Der gekochte Schinken ist dünn geschnitten wie Papierservietten. Heidbrink klappt eine Scheibe mehrmals übereinander und steckt sie in den Mund. Es fühlt sich an wie ein Teil seiner eigenen Zunge.
«Jonas, schön dich zu sehen. Und, wie ist die Stimmung an Bord?
«Ganz stabil, würde ich sagen. Jedenfalls kein Vergleich zu neulich.»
«Das freut mich zu hören.»

Morgens begnügt sich Zeissner meist mit Obst. Tee statt Kaffee. Gelegentlich Haferflocken. Er zupft sorgfältig das Grün von den Erdbeeren, zerteilt sie in zwei Hälften und mischt sie in einer Schale mit kleingeschnittenen Pfirsichschnipseln. Dazu eine Handvoll Nüsse, Zitronensaft, Agavensirup. Fresh & healthy.
Hatte Heidbrink früher Angst vor Zeissner, ist er ihm, wo er nur konnte, aus dem Weg gegangen, freut er sich jetzt immer, ihn zu sehen. Neben den gemeinsamen Mahlzeiten unternehmen sie kleine Spaziergänge, sitzen *nach Feierabend* bei gutem Wetter auf einer der vielen Bänke. Zeissner unterscheidet sich vollkommen von allen anderen Patienten. Er tratscht nicht, klagt nicht, behält stets die Contenance. Bei ihm sieht jede Kleinigkeit notwendig und außergewöhnlich aus, er weiß, dass er was Besseres ist; seine Selbstgewissheit geht bis in jede Zelle hinein. Rätselhaft, weshalb der überhaupt hier ist. Vielleicht eine Art Auszeit oder so was. Heidbrink hat den richtigen Zeitpunkt verpasst, um zu fragen, und jetzt traut er sich nicht mehr. Obwohl er sich in Zeissners Nähe gut, sicher, geborgen fühlt, nervt ihn dessen Sendungsbewusstsein manchmal doch ein bisschen. Zeissner redet gern. Gern und viel. So gut wie nie über Persönliches; seine Ausführungen sind meist lose, oft unzusammenhängende Aneinanderreihungen von Sätzen, die *irgendwie* klug klingen, sich bei näherer Betrachtung aber als banal erweisen. Seine Sprache ist seltsam antiquiert, in seinen Ton schleicht sich bisweilen etwas Predigerhaftes.
«Im Grunde genommen besteht das Leben aus einer Ansammlung von Kleinigkeiten. Unwesentlichen Details, Freuden, Ärgernisse, die man sofort wieder vergisst, weil sie keine Bedeutung haben.»
«Stimmt.»
Stimmt ja wirklich. Aber warum muss man eine nicht weiter erwähnenswerte Tatsache erwähnen?
Die Keimblättchen der Erdbeeren sehen aus wie Zwergblumen-

sträuße, um den Pfirsichkern herum hat sich ein dunkler nasser Fleck ausgebreitet. Während Zeissner sein Müsli isst, schlägt er mit den Fingern der freien Hand einen Takt, zu irgendeinem Lied in seinem Kopf.
«In erster Linie geht es darum, alles im Griff zu behalten. Immerhin dürfen wir froh sein, dass wir uns das hier leisten können. Geld ist vielleicht nicht das Wichtigste auf der Welt, aber wenn man keins hat, ist man eben enormen Demütigungen ausgesetzt.»
«Tja.»
Zeissner nippt an seinem Tee, lässt ihn dann durch die Zähne wieder in die Tasse fließen. Eine seltsame Marotte.
«Heutzutage wissen alle alles und haben schon jetzt keine Ahnung, was sie damit anfangen sollen.»
«Gut gesagt.»
Kalenderweisheiten für die gehobenen Stände, scheintiefe Gedanken, die aus Zeissners Mund kommend jedoch einen gewissen *Sog* entfalten. Seine Stimme klingt sonor, vertraueneinflößend und selbstsicher, das können doch nicht nur Banalitäten sein.
«Die einen bestimmen den Lauf der Welt, die Mehrheit hält sie am Laufen.»
«Hm.»
Die Stimme verlangsamt sich.
«Schönheit ist die Ausnahme und nur eine Abweichung von der Regel.»
«Hm.»
Unbestreitbar.
«Man kann sich nichts von der Seele reden. Ob Menschen ihre Probleme mitteilen oder für sich behalten, ist letztlich egal.»
Zeissner scheint es überhaupt nicht zu stören, dass ihr Gespräch nur in einer Richtung verläuft. Heidbrink stört es kurioserweise auch nicht. Fangschreck kommt, um abzudecken. In für seine Verhältnisse rasanter Geschwindigkeit räumt er das schmutzige

Geschirr aufs Tablett und macht, ganz entgegen seinen sonstigen Gewohnheiten, so etwas wie eine launige Bemerkung.
«Ein rollender Stein setzt kein Moos an.»
Was wohl heißen soll, dass er heute besonders fix ist. Zeissner reagiert nicht und gibt Fangschreck damit zu verstehen, dass die Äußerung sowohl dämlich als auch unangemessen ist.
Als Heidbrink ins Freie tritt, schlägt ihm die Luft wie ein heißer Lappen entgegen. Laut Wettervorhersage der bislang heißeste Tag des Jahres. Mitte Juni sind die Bauarbeiten ins Stocken geraten und mittlerweile vollständig zum Erliegen gekommen. Rohre liegen wie umgestürzte Säulen vor Abraumbergen herum, der Eingang ist von einer Kabeltrommel verbarrikadiert, jemand hat eine Nagelpistole in den Zement gerammt, die Baustelle sieht aus, als wäre sie fluchtartig verlassen worden.
Er überlegt sich, dass er mal wieder nach Klaus schauen sollte, gerade bei der Hitze. Mit dem Alten geht es inzwischen deutlich abwärts. Manchmal verlässt er das Zimmer den ganzen Tag nicht. Rauchen tut er am offenen Fenster, was stillschweigend geduldet wird. Er ist zu alt und krank und störrisch und durcheinander für sinnlose Ermahnungen, therapeutische Maßnahmen, gar *Raucherentwöhnung*. Außerdem ist er Selbstzahler und kann machen, was er will.
Heidbrink klopft und tritt ein, ohne auf Antwort zu warten. Im Zimmer hängt die Hitze und ein schwacher, widerlich süßer Geruch, der keinen Ursprung zu haben scheint, sondern aus den Wänden, aus der Decke, aus dem Boden quillt. Die wässrige Strahlung des ununterbrochen laufenden Fernsehers verbreitet bläuliches Zwielicht.
«Hallo Klaus.»
«Mensch, Jonas. Das ist ja schön, dass du mich mal wieder besuchen kommst.»
Ein Schweißtropfen hängt an seiner Nase, zittert und fällt hinunter.

«Klar komm ich vorbei, ist doch Ehrensache.»
«Bist ein feiner Kerl, Jonas.»
Plötzlich schlägt sein linkes Bein aus, wie von einem Krampfanfall geschüttelt. Heidbrink tut erschrocken einen Schritt zurück.
«Was war das denn? Hast du das öfter?»
«Kann passieren.»
«Und was sagen die Ärzte?»
«Nicht viel. Was sollen die auch sagen. Ich werd bald achtzig, da kommt die Maschine eben ins Stottern. Das Alter macht keine Gefangenen. Bei mir ist jetzt Streckbetrieb angesagt.»
«Ach ja.»
Ach ja. Na ja. Nun ja.
«Was soll's. Hahahaha.» Klaus saugt Atem ein und stößt ihn stockend wieder aus. Luft strömt hinein, Luft strömt heraus.
«Wie geht es dir denn mit der Hitze, Klaus?»
«Kein Problem. Die Hitze und ich heben uns gegenseitig auf.»
«Dann ist ja gut.»
«Als er gerade gerade war, brach er ab, was schade war.»
Die Hand des Alten klatscht auf die Bettdecke. Er erwischt die Fliege nur halb, sie liegt betäubt auf der Decke.
«Am furchtbaren Tag des Jüngsten Gerichts, wenn die Geheimnisse aller Herzen enthüllt werden, werde auch ich Rechenschaft ablegen müssen.»
Was erzählt er denn da?
«Was erzählst du denn da?»
«Gott sitzt über den Wolken und beobachtet, wie ich mich an seiner Schöpfung vergehe. Mit jeder Fliege wird ein schwarzes Zeichen auf meine Seele gebrannt. So wird die Seele langsam schwarz, und wenn sie ganz schwarz ist, fahre ich hinab in die Hölle. So einfach ist das.»
«Mensch, Klaus.»
«Wo willst du denn heute noch drauf los?»

Drauf los? Drauf los, drauf los, drauf los.
«Wo du es sagst, kommt mir ’ne Idee. Ich werd einen Ausflug machen. Zum Stettiner Haff.»
«Das ist ja mal ’ne Maßnahme.»
«Das kannst du wohl laut sagen.»
«DAS IST JA MAL ’NE MASSNAHME.» Klaus sagt es laut.
«Hätte man schon eher draufkommen können. Wo ich doch mit dem Auto hier bin.»
«Darf man das denn überhaupt?»
«Was?»
«Die Klinik einfach so verlassen.»
«Wieso sollte das verboten sein? Wäre ja noch schöner.»
«Musst du dann erzählen, wie es war.»
«Klar. Mach ich. Gleich heute Abend noch.»
«Hoffentlich springt die Karre an. Wenn ein Auto lange gestanden hat, spielt die Lichtmaschine verrückt.»

Die Lichtmaschine funktioniert tadellos. Mit voll aufgedrehter Klimaanlage fährt Heidbrink die L 104 Richtung Löcknitz, biegt in Pasewalk auf die L109, und dann weiter Richtung Ueckermünde. Ein Gefühl der Freiheit gleitet in ihn hinein wie ein Spanner in einen Schuh, Glücksgefühle steigen in seiner Brust auf.
In Ueckermünde macht er Station in der ASIA-PFANNE. Er bestellt, was er in Asia-Imbissen immer bestellt: Mini-Frühlingsrollen, Kokosnusssuppe und, trotz der Hitze, gebackene Ente (scharf) mit viel kühlendem Gemüse, mit Morcheln, Paprika, Champignons, Bambus, Brokkoli und, mysteriös: *weiterem Gemüse in Sojasauce*. Nach so langer Zeit mit Hausmannskost eine ganz köstliche Abwechslung.

Der Hafenparkplatz ist besetzt, er quetscht sein Auto in eine Lücke neben den Sammelcontainern. Überraschend viele Sammelcontainer gibt es hier. Altglas. Altpapier. Altkleidung. Altmetall.

FISCHEREIGENOSSENSCHAFT HAFFKÜSTE. Aus einer Baracke, die durch einen nabelschnurartigen Gang mit einer noch winzigeren Baracke dahinter verbunden ist, tritt ein plumpköpfiger Typ mit Knetgummigesicht. Die Ohren stehen gerade vom Kopf ab, wie Blätter von einem Ast. Er blickt sich ruckartig um, ein Hahn, der die Eier in seinem Hühnerstall kontrolliert. Sein ganzes Auftreten und der pseudomilitärische Aufzug weisen ihn als Hafenmeister aus, den mächtigsten Mann des ganzen Areals. Mit dem ist nicht gut Kirschen essen, eine dumme Bemerkung, eine falsche Bewegung, und man riskiert einen Platzverweis. Oder Schlimmeres.

«Guten Tag.»

«* * * * * * * * * * * *»

«Wie bitte?»

«* * * * * * * * * * * *»

«Ach so.»

Komplett unverständlich, der lokale Dialekt. Der HM steigt auf sein Fahrrad und radelt in die Richtung, aus der Heidbrink gekommen ist, den Oberkörper hält er vorgereckt wie einen Wasserspeier. Im Fahren holt er eine Packung Kekse oder Kräcker aus dem Fahrradkorb und reißt sie auf. Mit der einen Hand hält er den Lenker, mit der anderen grabbelt er das Gebäck aus der Schachtel und stopft es sich in den Mund.

Der Hafen ist menschenleer. Boot reiht sich an Kahn reiht sich an Schaluppe reiht sich an Pott. Über allem schwelt düstere Agonie, es ist still, als wäre die Luft aus Stein gemacht. Hitzewellen und Schwaden von Gestank steigen aus dem stehenden Gewässer. Nach etwa einhundert Metern mündet der Hafen ins Stettiner Haff. Aus dem Augenwinkel nimmt Heidbrink eine Bewegung wahr. Aus einem Wäldchen kommt Heidbrink ein glatzköpfiger Mann mit einem birnenförmigen Gorbatschowmuttermal auf der Stirn entgegen.

«Entschuldigung. Wissen Sie zufällig, wo es zum Strand geht?»

Der Mann deutet aufs Wäldchen.

«Sind nur ein paar Schritte. Durch die Bäume, Augen zu und durch.»

Er lacht. Seine Glatze geht wie ein sanftes Licht in das Gesicht über.

«Erst kommt der Hundestrand, dann der FKK-Bereich, und wenn Sie den durchgehen, kommen Sie zum *normalen* Strand.»

Normaler Strand?

Der Fußweg verengt sich zu einem Trampelpfad, der Haken schlagend durch das kleine Waldstück mäandert. Von überall und nirgends kleine, glucksende Vogellaute, die sich von der samtenen Stille gestochen scharf abheben. Eine Wespe fliegt hinter ihm her, als wäre sie mit einem Faden an seinem Kopf befestigt.

Als sich das Stettiner Haff unter einer gleichmäßigen Blende herabströmenden Lichts vor ihm auftut, läuft ein Kribbeln durch seine Beine, es steigt auf, weitet seine Lungen, lüftet den Kopf aus. Das Wasser hat eine kräftige Farbe, wie grüner Serpentin. Ein Entenpaar fliegt dicht über der Wasseroberfläche, schnell und schnurgerade. Sie ändern abrupt die Richtung, berühren die glänzende Wasserfläche und sind nicht mehr zu sehen. Er zieht Socken und Schuhe aus, krempelt seine Hose hoch und watet ein paar Schritte ins Haff. Im Wasser sehen seine mozzarellaweißen Beine aufgedunsen und quallig aus, die Knie abgeschabt und gelb. Er dreht sich wieder zum Strand. Nur vereinzelt verlieren sich Menschen mit ihren Vierbeinern auf dem weißen Sand, kein Vergleich zu den touristischen Hotspots auf Rügen oder in der Lübecker Bucht. Er setzt sich im Schneidersitz (einfache Haltung) in den Sand. Die Luft streicht seidenweich über seine Haut, Schwalben sausen über das Wasser und zurück zum Ufer. *Wie unbekümmert das Leben die Tage verschlingt!* Er ist für sinnliche Freuden (noch) empfänglich. Ge-

nussfähigkeit, zuverlässiges Vorzeichen seiner baldigen Genesung.
Zwei Frauen liegen hingestreckt auf ihren Decken, die schwabbeligen Rundungen in die Stretchhüllen ihrer Einteiler gezwängt, einer dunkelgrün, einer dunkelblau. Am Fußende der Dunkelgrünen liegt ein hängebäuchiger Golden Retriever wie tot im Sand, der Dackel-Zwergschnauzer-Mischling der Dunkelblauen rennt wie von der Tarantel gestochen zum Rand des Wäldchens und bellt einen imaginären Feind an.
«Ruhig. Da ist nichts, Cooper.»
Coopers Gebelle wird immer wütender. Irgendwas ist da eben doch.
«Cooper!»
Sie schüttelt die Hand und lässt die Armreifen klappernd nach unten rutschen, eine sicher hundertmal am Tag ausgeführte Bewegung. Cooper kläfft und jault und geifert. Der Retriever hebt nur müde den Kopf. Er ist so steif und gebrechlich, dass er gar nicht mehr weiß, was bellen ist.
«Cooper!»
Die Stimme kratzt auf Heidbrinks Nerven wie Kreide, die über eine Tafel fährt.
«Cooper, jetzt reicht's aber.»
Von wegen. Schwer atmend kommt die Dunkelblaue auf die Beine. Mit quecksilbrigen Bewegungen fließt sie förmlich Richtung Waldstück. Ihre blassgrauen Oberschenkel sehen aus wie Fleischfarce, die Haut hat sich durch unzählige Schichten Cremes und Sonnenschutz und Schminke zu einer Art Lasur verdickt.
Die Dunkelgrüne ist dünner und jünger. Man erkennt noch ihr zierliches Knochengerüst, um das sich beginnende Massigkeit legt. Die in der Farbe ihres Einteilers lackierten Zehennägel glänzen drageeartig. Gelangweilt und stumm mahlt sie mit ihrem Kiefer und spuckt dann einen Kaugummi in hohem Bogen in den Sand, entnimmt ihrer Strandtasche eine frische Packung, reißt

das Zellophanband mit den einzelverpackten Gummis auf und stopft sich gleich drei neue Bubbles in den Mund. Die Dunkelblaue kehrt mit ihrem angeleinten Kläffer zurück und lässt sich erschöpft auf die Decke plumpsen. Sie schaut zu Heidbrink hinüber und flüstert ihrer Freundin etwas in ihr Ohr. Schlagartig erklingt bellendes Lachen, und ebenso schlagartig verstummt es.
Die Sonne hat die dünnen Wolken weggebrannt und wirbelt grell in Heidbrinks Augäpfeln. Er braucht dringend eine Abkühlung, eine, die für die gesamte Rückfahrt vorhält. Jetzt den Körper auf dreißig Grad herunterfrosten, bis er, *zurück in der Heimat*, wieder Normaltemperatur erreicht hat. Kurz entschlossen zieht er Jeans und Hemd aus und legt sie neben die Schuhe mit den Socken drin.
Wie ein nach Fischen Ausschau haltender Reiher stakst er durchs flache Wasser, spürt dabei die abschätzigen Blicke der Frauen durch seinen Hinterkopf gehen. *Wir sehen genau, dass du keine, wie von der Hafenmeisterei vorgeschrieben, Bade-, sondern eine Unterhose anhast. Du Schwein. Schäm dich, unser schönes Haff zu verschmutzen. Was willst du überhaupt hier? Du bist keiner von uns!*
Die Frauen haben recht, er hat hier nichts verloren. Er hat nie irgendwohin gehört, und womöglich gibt es auf der ganzen Erde keinen Platz für ihn. Er hat ja noch nicht mal eine Badehose! Geschweige denn eine Badekappe. Strandtuch, Sonnenbrille, Creme. Einer, der aus der Anstalt ausgebrochen ist und nach dem bereits im TV gefahndet wird.
Das Wasser reicht ihm nun bis zu den Achseln. Er war schon immer ein schlechter Schwimmer, kraulen kann er gar nicht. Nach wenigen unbeholfenen Zügen Brustschwimmerei versteift sich sein Nacken. Er dreht sich auf den Rücken, paddelt ein paar Meter, dann wieder Bauch, so geht das eine Weile hin und her. Als er sich umschaut, erschrickt er: so weit draußen schon! Fünfzig Meter? Siebzig Meter? Hundert Meter? Sein Atem geht

schnell, das Herz klopft dumpf in den Ohren; die schlaffen Arme Pudding, die kraftlosen Beine Gelee. Hilfe, Hilfe, ich ertrinke! Denkt er. Zu rufen traut er sich nicht. Angst drückt und saugt ihm die Kraft aus Armen und Beinen. Er schafft es mit einiger Mühe doch ans Ufer, ohne dass die Frauen Notiz von ihm nähmen. Die sind nämlich schon ganz woanders. Mit schrecklichem, einer Häckselmaschine entsprungenen Dialekt beschwert sich die Dunkelblaue über Ronny (Freund/Mann) im Speziellen und die widrigen Lebensumstände im Allgemeinen: Alkohol, Schulden, Arbeitslosigkeit, Schwangerschaften, Übergewicht. Sie hat kein Glück, und das wird auch immer so bleiben, deshalb lohnt es auch nicht, sich anzustrengen. Die größte Herausforderung besteht für sie darin, die viele freie Zeit zu füllen, ein Problem, worüber sich ganz Reiche und ganz Arme zu allen Zeiten den Kopf zerbrechen. Heidbrink kennt jetzt nichts mehr; er zieht die Unterhose aus und wringt sie aus. Sein Schwanz ist geschrumpft und gedunsen, das Geschlechtsorgan eines alten Mannes. Wie schnell das Gefühl von vorhin zerbröselt ist. Schöne Augenblicke sind selten und so flüchtig.
Gerade mal drei Uhr. Hefehitze steht wie ein Nebel über dem Hafen, die Sonne in gleißender Reglosigkeit am Himmel. *Sie dringt in die Boote ein, lässt das Wasser verdunsten, verbrennt die Pflanzen und tötet die Fische.*

Ganz ruhig, Jonas, es ist nichts, nur ein schöner Sommertag.

Jetzt aber Abmarsch, zurück in die Klinik.
«Ist das Ihr Fahrzeug?»
Die Zähne des Hafenmeisters haben schwarze Ränder, wie eine schmutzige Badewanne oder ein verschlicktes Hafenbecken. Sobald er einen offiziell-straffen Beamtenton wählt, ist er gut zu verstehen.
«Vorhin war alles belegt.»

«Der Platz ist ausschließlich Sammelfahrzeugen vorbehalten.»
«Aber heute ist doch Sonntag.»
«Können Sie nicht lesen? Tag und Nacht freihalten.»
«Ich bin ja schon weg.»
«Das Kennzeichen habe ich notiert. Sie werden demnächst Post von der Gemeinde Ueckermünde bekommen.»
«Warum haben Sie denn vorhin nichts gesagt? Sie hätten mich doch drauf aufmerksam machen können, dann hätte ich woanders geparkt.»
«Einen schönen Tag noch.»

Heidbrink lässt den Motor starten. Mit einem Mal verspürt er stechenden Durst. Er fährt den Strandweg ab auf der Suche nach einer Tankstelle, einem Kiosk, einem Supermarkt. Irgendwann endet die Straße einfach, als hätte sie aufgegeben.
PALIM BEACH BAR.
Warum findet sich ausgerechnet hier, in einer Gegend jenseits jeder Endstation, jenseits jeder bekannten Zivilisation, ein Restaurant? Das Palim (wie es die Einheimischen wahrscheinlich nennen) ist ein in blassem Irrenhausgrau gestrichenes Betonrechteck, von dessen Fassade die dicke Farbschicht in großen Fladen abblättert. Die mit rissigen Platten ausgelegte Terrasse ist unkrautdurchwirkt und von Moos überzogen. Keine Zierpflanze, kein Kübel, kein Nichts. Selbst der nachsichtigste Restauranttester müsste an diesem Punkt schon kapitulieren. Heidbrink setzt sich auf einen der Stühle aus lackiertem grellgrünem Drahtgeflecht, das ein Waffelmuster in die Rückseiten seiner Oberschenkel drückt. In einer Ecke steht ein halbes Dutzend kaputter Sonnenschirme, der einzig intakte beschirmt einen mit einem Pärchen besetzten Zweiertisch. Die Frau steckt das Gesicht in die Speisekarte, als wollte sie darin verschwinden. Als sie umblättert, gibt ihre Hochsteckfrisur nach und neigt sich zur Seite wie der Schiefe Turm von Pisa. In ihrem weißen, ärmel-

losen Cover-up-Kleid sieht sie aus wie eine, die zur Beachparty will und sich im Tag geirrt hat. Sie schaut auf, sagt aber nichts. Ist was, fragt ihr Freund. Was soll sein, keift sie. Ihr Herzschlag steigert sich in die vor ihr liegende Auseinandersetzung, doch im Grunde hat sie keinen blassen Schimmer, was zwischen ihnen noch zu bereden wäre. Bloß weg hier. Als Heidbrink aufsteht, explodieren violette Feuerwerke vor seinen Augen, der in seinen Schläfen pochende Puls wird, wenn er nicht zügig Land gewinnt, die Bedienung herbeiwummern. Er bewegt sich unter der blendenden Hitze wie in einem Traum, betäubt und ohne Ziel.
Auf der Heimfahrt erfüllt ihn ein Gefühl der Erleichterung, wie wenn beim Abstieg nach einem Gipfelsturm die eisigen Winde nachlassen, der Berg zurückbleibt, sich grüne Wiesen auftun und man schließlich ins Tal gelangt. Er wird keine weiteren Ausflüge mehr unternehmen.

Vor gerade mal zehn Minuten hat Schwester Petra auf ihrem Rundgang Station gemacht, und jetzt klopft sie schon wieder. Wieso kommt sie nicht einfach rein?
«Ja bitte», ruft Heidbrink mit der schrillsten Stimme, die er draufhat. «Hallo?! Einfach reinkommen.»
Es klopft ein drittes, kurz darauf ein viertes Mal. Wutentbrannt stürzt Heidbrink zur Tür und reißt sie auf. Eine mächtige Fahne aus Alkohol und Mundgeruch schwappt ins Zimmer.
«Klaus! Mensch, was ist denn los?»
«Nicht so laut. Petra ist gerade im Schwesternzimmer verschwunden, das hab ich extra abgepasst. Komm, lass nach unten, ich habe 'ne Überraschung für uns beide Hübschen.»
«Überraschung?»
«Laber nicht. Zieh dir 'ne Jacke über und runter.»
Noch nie hat sich Heidbrink heimlich rausgeschlichen, gegen irgendwelche Vorschriften verstoßen, sich der Klinikordnung widersetzt. Auf der Treppe quietschen Klausens Schuhe bei je-

dem Schritt. Permanent dreht er sich um und macht das Pssst-Zeichen, als wäre Heidbrink die *Lärmquelle*.
«Mensch, Jonas, mach mal hinne. Da hat ja ein Brathähnchen mehr Energie.»
«Hä? *Du* bist doch der Langsame, ich geh dir einfach nur hinterher.»
«Kein Streit, bitte.»
Nach einer Ewigkeit erreichen sie das Erdgeschoss und stehlen sich über einen Seitenausgang ins Freie. Die massive Tür öffnet und schließt sich lautlos wie die eines Tresors.
16. Juli, mehr Hochsommer geht nicht, eine Tropennacht, in der die Temperatur nicht unter zwanzig Grad fällt. Der Vollmond steht so tief am Himmel, als zöge ein Gewicht ihn hinunter. Die Frösche singen ohrenbetäubend laut, verstummen aber jäh, als sie auftauchen. Sie bleiben eine Weile stehen, bis die Frösche glauben, sie wären gegangen. Einer nach dem anderen setzt wieder ein, bis alle Frösche in den Chor einstimmen, ihre Rufe zum Nachthimmel emporschleudern und wieder in die Stille zurückfallen.
«Gratiskonzert gibt's noch dazu.»
«Verrätst du mir jetzt langsam mal den Anlass für unsere nächtliche Exkursion?»
Statt einer Antwort schlingt Klaus die Arme um ihn wie jemand, der ein Pferd an einen Pfosten bindet.
«Ich wollte mal danke sagen, für alles, was du für mich getan hast.»
Lehmig-säuerlicher Biergeruch schlägt Heidbrink entgegen.
«Was hab ich denn schon großartig gemacht?»
«Wenn ich dich nicht hätte, dann gäb's mich schon nicht mehr.»
In seinen Augen glitzert der Alkohol, Tränen laufen ihm die Wangen hinunter. Klaus hat alle Lampen an. Er greift unter die Bank und holt eine Flasche Wodka hervor, die er dort offenbar deponiert hat.

«Kennst du den?»
«Nee.»
«Belvedere. Aus Polen. Das Beste, was es gibt. Hab ich reingeschmuggelt. Um Mitternacht hab ich nämlich Geburtstag. Achtzig Jahre! Und ich will mit dir reinfeiern. Da freu ich mich schon die ganze Zeit drauf.»
Er nestelt acht Teelichter aus seiner Jackentasche und stellt sie im Kreis auf.
«Musst du mal zehn nehmen, dann kommt das hin.»
«Mensch, Klaus, dann wünsch ich ...»
«Psssst. Sag jetzt nichts, sonst bringt das Unglück. Erst um Mitternacht.»
Er zündet die Teelichter an.
«Ich werde eine Woche brauchen, um die wieder auszublasen. So, komm jetzt. Prost.»
Er nimmt einen mächtigen Schluck und reicht Heidbrink die Flasche, der aus Solidarität den tiefsten Zug seines Lebens nimmt. Der Schnaps schießt direkt ins Gehirn und brennt schlagartig alle schlechten Gefühle weg, sein Kopf ein Schrank mit zehntausend Schubladen, und alle öffnen sich gleichzeitig. Phantastisch. Die Nacht ist warm. Umherschwirrende Insekten schießen über den Teich und hinterlassen ihre Spuren darauf, wie die Kratzer von Schlittschuhen auf dem Eis. Klaus hält ihm ein Luftmikrofon hin.
«Wie gefällt Ihnen das hier?»
«Sehr gut. Es gefällt mir wirklich sehr, sehr gut.»
«Sich volllaufen zu lassen, ist eine Möglichkeit, sich wohl zu fühlen. Wenn man sich nicht mal mehr zum Geburtstag einen Drink gönnen darf, kann man gleich das Handtuch werfen.»
«Haha.»
«Manchmal ist das dann so schön, dass es für die Unglücklichen kaum zu ertragen ist.»
«Gut gesagt.»

Im Mondlicht sieht Klausens Gesicht aus wie von einer dicken Wachsschicht überzogen. Die herrliche Sommernacht, der den Himmel ausleuchtende Oblatenmond und der herrliche, herrliche, herrliche Wodka verschaffen Heidbrink einen Schub absoluten Glücks, reiner, unverfälschter Alkoholseligkeit. Er brabbelt vor sich hin und lässt hin und wieder fiktive Wörter fallen.
«Mundo salobing.»
«Hmmm.»
«Nolebb.»
Ein einziges, verquollenes Gewabbel. Gluck, gluck, Periode.
«Wie bitte? Willst du was sagen, oder willst du was piepsen, wie eine kleine Maus?»
«Sorry.»
«Trink lieber noch'n Schluck. Eine gute Flasche Wodka enthält eine Botschaft, die sich einem erst beim Trinken erschließt.»
Als Trinkgelage bezeichnet man eine Zusammenkunft mehrerer Personen, die vor allem dem ausgiebigen Konsum von Alkohol dient.
«Was will man mehr? Mir fällt nichts ein. Man kann immer nur eine Hose gleichzeitig anziehen, und mehr als vierzig Zigaretten schafft auch keiner. Wir werden sehen, wer den Spieß am Ende hat.»
«Was?»
«*Wie bitte* heißt das.»
«'tschuldigung.»
«Wenn die Ebbe kommt, dann zeigt sich, wer ohne Badehose schwimmt.» Klaus holt den Schleim von Tagen in seinem Mund zusammen und rotzt und niest und sprüht wie ein Geysir.
«Hoffentlich erwischt uns keiner», sagt Heidbrink.
«Ach was. Kennst du den Unterschied zwischen klug sein und gerissen sein?»
«Nein.»
«Wer klug ist, macht Fehler, wer gerissen ist, macht keine.»
«Verstehe.»

«Man muss den Eimer raushalten, solange es regnet. Verstehst du? Den Bottich musst du auskratzen.»
Heidbrink weiß nicht, was Klaus da redet, herrlich.
«Ein guter Korn lockt Leute an.»
«Aber das ist doch Wodka.»
«Egal. Weißt du, was du machen musst, wenn du mit 'nem Steifen rückwärts auf 'nem Fluss treibst?»
Was kommt nun?
«Was kommt nun?»
«Du musst warten, bis sich die Klappbrücke öffnet. Prost.»
«Prost.»
In der Luft ein schwaches Schimmern, eine Art Phosphoreszieren. Heidbrink überkommt eine eigenartige Erregung, die ihn in eine Art Trancezustand versetzt. Sein Verlangen nach noch mehr Glück droht überzulaufen. Aber er ist bereits an dem Punkt, an dem es nicht mehr steigerbar, sondern bereits rückläufig ist.
«Ich muss mal rauchen. Lass rüber ins Aquarium, einen blubbern.»
«Wieso denn ins Aquarium? Du kannst doch hier rauchen.»
«Nix. Hier alles verpesten geht doch nicht.»
Als Klaus die Tür des Pavillons hinter ihnen schließt, presst er die Handflächen dagegen, wie um ein Gespenst, eine Bestie mit glitzernden, rasiermesserscharfen Zähnen, daran zu hindern, ihnen zu folgen. Er setzt sich auf die Truhe, Heidbrink auf einen der Stühle.
«Schau mich mal an. Ich möchte mir deine Augen ansehen.»
Auf Klausens Stirn haben sich dicke Perlen Säuferschweiß gebildet. Alle Falten sind ineinandergerutscht.
«Der ganze große Sumpf, und dahinter ist nichts, wie am äußersten Rand der Welt.»
«Sind wir hier vielleicht auch.»
«Es regnet auf die Lebenden und die Toten, aber die Toten haben bessere Schirme.»

«Es regnet doch gar nicht.»
«Egal. Hier, guck mal.»
Klaus holt eine Zigarre aus der Trainingsjacke.
«Zur Feier des Tages. *Davidoff Year of the Dragon*. Hab leider nur eine.»
«Macht nichts.»
«Aber bei der würdest du eine Ausnahme machen, ich schwör dir das.»
Seine Hand wölbt sich um gleich ein halbes Dutzend Streichhölzer. Er zündet die fast zwanzig Zentimeter lange Granate an und nimmt ein paar tiefe Lungenzüge. In Worten L U N G E N Z Ü G E. Dann macht er ein Geräusch, als würde er eine Nadel aushusten.
«Tut das gut.»
«Wie lange dauert so eine Zigarre eigentlich?»
«Bis Mitternacht. Bis dahin wirst du deinem Freund an seinem Ehrentag ja wohl Gesellschaft leisten.»
«Klar.»
Die Zigarre glüht dunkelrot auf, sein Gesicht taucht aus dem Dunkel und verblasst wieder.
«Ich hab mir meine Nische gesucht und darin eingerichtet. Jetzt sitz ich meine Zeit ab, so gut ich kann. Man hat vielleicht nicht alles, was man will, aber man hat genug. Und genau das will ich: ruhige Tage voller Nichts.»
«Da bist du richtig hier.»
«Als ich vierzehn war oder so was in der Größenordnung, bin ich mal in die Tanzschule gegangen. Meine Tanzpartnerin hieß Heidrun. Die war viel zu hübsch für mich, und es hat ihr auch gar nicht gefallen, dass sie mit mir vorliebnehmen musste. Und dann hat sie immer gesagt, ich soll nicht so hopsen.»
«Und dann?»
«Bin ich nicht mehr hingegangen.»
«Versteh ich.»
«Die sah aus wie ein frisches Gemälde, ganz feucht und schim-

mernd. Und ihr Haar roch nach Sonnenschein. Ich frag mich immer, was aus der geworden ist. Wahrscheinlich tot.»

«Tja.»

«Mit mir wird keine mehr ins Bett gehen, stimmt's?»

«Das weiß man nie so genau.»

Bei jedem Zug an der Zigarre scheint Klausens Adamsapfel ein bisschen tiefer in seinen Hals zu rutschen.

«Hab ich dir schon mal von meinem Bruder erzählt?»

«Welchem denn?»

«Egon.»

«Glaub nicht.»

«Der hatte 'ne Schreib- und Leseschwäche und ist deshalb vom Vater immer grün und blau geprügelt worden. Egon war so fertig irgendwann, dass er einfach Analphabet geblieben ist. Mit siebzehn ist er von zu Hause weg und mit Schaustellern rumgezogen. Der hatte eine Wut in sich, das kann man sich nicht vorstellen. Dauernd hat er sich geprügelt, auch mit Polizisten. Und gesoffen hat er wie ein Loch, dann wurde es noch schlimmer mit der Gewalt. Keine Ahnung, wie oft der wegen Körperverletzung verurteilt wurde, Jahre hat er gesessen. Irgendwann, da war er schon über vierzig, hat er es alles nicht mehr ausgehalten und ist aus dem Fenster gesprungen. Dritter Stock, Wirbelkörper kaputt, Beine, Milz musste raus. Jetzt stolpert er den ganzen Tag auf seinem Rollator durch Celle.»

«Tut mir leid.»

«Mir auch. Die Leute glauben, sie würden wissen, wie es ist, in der Haut eines anderen zu stecken. Aber einen Scheiß wissen sie.»

«Mmh.»

«Verstehst du? Verstehst du das?»

Heidbrink spürt den Drang des Betrunkenen, von seinem Gesprächspartner verstanden zu werden.

«Glaub schon. Doch.»

Von der euphorischen Phase geht's jetzt direkt in die verzweifelte.
«Besser nie geboren als geboren in diese Jauchegrube rein, mit ihren Schmerzen und mit Krieg und Einsamkeit. Kein Weg außer Alter und Krankheit, kein Weg hinaus außer dem Tod. Trotzdem vögeln die Leute immer weiter und setzen Kinder in die Welt, die leiden müssen.»
Eine kleine Schaumblase blubbert unter seinem rechten Nasenloch.
«Es heißt doch immer, wenn man gut ist, wird man am Ende dafür belohnt. Milliarden Menschen sterben also an Hunger und Krieg, weil das Gute gesiegt hat.»
Aus seinen Nasenlöchern quellen dichte Rauchschwaden.
«Wusstest du eigentlich, dass Selma religiös ist?»
«Selma? Nee, keine Ahnung.»
«Die hat's immer noch nicht begriffen. Die betet morgens, mittags, abends, die weiß nicht, dass ihr keiner zuhört. Denn da oben ist niemand.»
Klaus schaut in den Himmel. Der Mond steht in strahlendem Weiß.
«Aber immerhin werden die Leudde, die an die Unsterblichkeit glauben, nich enttäuscht. Sie irren sich, aber werden das nie erfahren. Die glauben allen Ernstes, dass ihr kleines Schwachsinnsleben wichtig genug ist, um in alle Ewigkeit verlängert zu werden. Und dann verstopfen sie mit Milliarden anderer unsterblicher Seelen den Himmel. Wie viele Milliarden dort wohl schon sitzen insgesamt? Und wenn man alle anderen Himmelskörper dazuzählt, müssten es Billionen sein. Oder noch mehr. Was kommt nach Billionen?»
«Billiarde. Glaub ich. Oder Trillion.»
«Stell dir vor, du kommst in den Himmel. Da ist aber nur eine große Kneipe. Gott steht hinterm Tresen, Jesus am Spielautomaten, die Heilige Jungfrau Maria, Petrus und die ganzen Apos-

tel, Jünger, was weiß ich, hocken irgendwo rum. Wo sind denn die andern, fragst du den lieben Gott. Die sind noch draußen, kommen aber irgendwann, antwortet er. Aber es ist doch viel zu klein hier, sagst du, die passen hier doch nich alle rein. Da antwortet Gott: Es ist gerade Mittagszeit, und die Kantine ist eine Abteilung weiter oben. In einer Stunde ist es brechend voll, und der Rest verteilt sich, hahahaha.» Das Lachen geht über in einen tiefsitzenden, schimmelig feuchten Husten. «Ich hab zu Selma gesagt ... guck mal ... der Jesus an deinem Hals ... der zappelt da rum ... als würde er sich selbst aufhängen, hahaha.»

Klaus hat zu wenig Luft in den Lungen, um noch lachen zu können. Er ruckelt sich mit dem Hintern auf den äußersten Rand der Truhe vor, als hätte er Angst davor, die Klappe könnte aufgehen und ihn hineinsaugen.

«Und ich hab ihr gesagt ... dass man das dumme Lendentuch erst nachträglich da rübergemalt hat, damit am heiligen Heiland kein Pimmel runterbaumelt ... Als Selma blöd geguckt hat, hab ich weitergemacht ... Ob Jesus jemals aufs Klo musste, hab ich sie gefragt. Ob er überhaupt einen Darmausgang hatte ... Da ist sie sauer geworden. Und seitdem spricht sie nicht mehr mit mir. Jonas!»

«Ja.»

«Es gibt keinen Gott, keinen Sohn Gottes, keine Auferstehung, es gibt nur Asche und Staub. Schreiend und pissend betreten wir die Welt, und genauso verlassen wir sie auch wieder.»

Klaus greift Heidbrinks Arm.

«Achtzig Jahre sind genug. Da sammelst du so viele Erinnerungen und schleppst sie mit dir herum, immer mehr und mehr. Irgendwann wird es Zeit, sie aus der Welt zu tragen.»

Er kann nicht mehr. Die Zigarre fällt ihm aus dem Mund und in die Kuhle, wo der Hals ins Schlüsselbein übergeht.

«Aua. So eine Scheiße.»

Heidbrink schaut auf die Uhr. Zehn nach zwölf.

«Jetzt ist es so weit. Herzlichen Glückwunsch, Klaus.»

«Was?»
«Dein Geburtstag.»
«Ja, genau.» Er schweigt benommen und sagt dann nur noch einen Satz.
«Bei mir ist die Batterie abgeklemmt.»
Heidbrink braucht eine Stunde, um Klaus ins Bett zu bringen, wo er von Jugend und Schönheit träumen kann. Von einem sonnigen, warmen Ort, von Wind, der seine Haut streichelt, Regen, der ihn erfrischt, Menschen, die ihn lieben.

«Entschuldigung, wo ist denn eigentlich Herr Wimmer? Ich kann ihn nirgends finden, und auf seinem Zimmer ist er auch nicht.»
Irenes Lippen spannen sich, geben gleich wieder nach. Heidbrink weiß nur zu gut, wie jemand mit schlechten Neuigkeiten aussieht.
«Herr Wimmer ist im Krankenhaus.»
«Krankenhaus, welches Krankenhaus? Warum?»
«Er hat einen Schlaganfall erlitten.»
Einzelne Härchen haben sich aus ihrer Frisur gelöst und schimmern im Gegenlicht wie Glühfäden.
«Und wie geht es ihm jetzt?»
«Weiß ich nicht genau. Er liegt auf Intensiv. Sobald es ihm besser geht, geben wir Ihnen Bescheid, wenn Sie ihn besuchen wollen.»
Wahrscheinlich war es genau das eine Besäufnis zu viel. Jahre- und jahrzehntelang stecken Kopf und Körper die unwahrscheinlichsten Mengen weg, aber irgendwann, egal, wie lange man vorher abstinent war, macht es klick, und das Maß ist voll.
Nach einer Woche darf Heidbrink endlich zu ihm. Zunächst führt ihn eine Schwester zum diensthabenden Stationsarzt. Klaus habe bei seiner Einlieferung 3,4 Promille im Blut gehabt, schwere Alkoholintoxikation, und sich bereits im *Narkosestadium* befunden. Da es für eine Magenspülung zu spät gewesen

sei, habe er eine Hämodialyse bekommen. Außerdem war der Magen leer, nichts zum Auspumpen da.

Vogelgesang perlt auf und verebbt gleich wieder. Der elektrische Ventilator brabbelt sinnlos vor sich hin, die Luft verfängt sich wie Teig in den Rotoren. Eine Fliege taumelt brummend gegen die Fensterscheiben, benommen von der Wärme.
Die weiße Bettwäsche lässt Klaus aussehen wie bandagiert, eine mit Mull umwickelte Mumie, ein Insekt in seinem Kokon. Die Kanüle, an der er hängt, sieht aus, als würde sie ihm nichts Lebenswichtiges zuführen, sondern auch noch den letzten Tropfen Blut abzapfen. Die durchscheinenden Hände liegen brav gefaltet auf der Decke. An den Nasenwänden Druckstellen, rote Dellen, die Zähne wirken in dem eingefallenen Gesicht monströs groß. Wie ist ein derartiges Schrumpfen in der kurzen Zeit möglich?
«Klaus?»
Jeder Atemzug ein raspelndes Ringen nach Luft, das säuerlich riechend aus einem lippenlosen Loch kommt. Der nahe Tod lässt alles Überflüssige verschwinden, auch den Mund. Wie zum Beweis liegt auf dem Beistelltisch eine Schale mit einem Schwamm, der wahrscheinlich von dem Kranken in Flüssigkeit getunkt und ausgesaugt wird. Klaus tastet mit seiner Zunge an den Zähnen, als steckte ein Stück Fleisch in einer Lücke fest. Als sich nichts finden lässt, hält er den Mund nach oben wie ein Vogelküken, das gefüttert werden will.
«Was machst du denn für Sachen?»
Heidbrink drückt schwach auf das Gespinst aus Fingerknochen, er spürt sprödes Fleisch, pergamentene Haut.
«Klaus?»
Klausens Bauch hebt sich wie Brotteig, der aufgeht.
«Jonas hier.»
Er ist schon zu weit weg. Kein Wort, nicht mal ein Sonnenstrahl

dringt mehr zu ihm. Klaus Wimmer aus Scheuen bei Celle. Er hat allen Grund, sich zu fürchten, und keinen Grund zur Dankbarkeit.

«Ich komm morgen wieder, versprochen.»

3

Inferno

Als Heidbrink Klaus zwei Tage später erneut besuchen will, ist der nicht mehr da. Verlegt. Wohin? Ob er etwas Schriftliches habe, das ihn als berechtigt ausweise? Nein? Dann dürfe man ihm den Aufenthaltsort leider nicht verraten. Warum nicht? Weil er kein Angehöriger sei. Stimmt, denkt Heidbrink, was bin ich eigentlich? Eine Zufallsbekanntschaft. *Wenn es Herrn Wimmer besser geht, wird er sich sicher bei Ihnen melden.* Genau.

In der ersten Septemberwoche verzeichnet das Sanatorium gleich zwei Neuzugänge an einem Tag: Pia und Eddy. Beide werden Heidbrinks Gruppe zugeteilt. Frisches Blut, denn diese ist um drei Patienten geschrumpft.

Eddy, Ende zwanzig, spindeldürr, ist das, was man einen *Freak Accident* nennt. Sein viereckiges Hallihallogesicht ist mit bunten Flecken gesprenkelt, rosa umrandete Basedow-Augen, Ohren in glühendem Ampelmännchenrot. Schuppenflechte hat seine Haut so sehr ausgetrocknet, dass sie spröde ist wie Pergament und bröselt ohne Unterlass. Meine Güte, denkt Heidbrink, als er ihn zum ersten Mal sieht, und: oha, und: der Wahnsinn und: der arme Junge. Bei der Geburt in einen Karton mit der Aufschrift *extraklein* gezwängt.

Als Eddy in seiner ersten Therapiestunde von sich erzählen soll, ist er so aufgeregt, dass er seine Augen wie nach einem schnell eingestellten Metronom auf und zu sperrangelt. Man hört die ziellosen Gedanken in seinem Kopf klappern wie Würfel, mit seiner dumpfen Eselsstimme ist er kaum zu verstehen. Was man dann allerdings doch versteht, Achtung, jetzt kommt's, Pointe, *bombe surprise*: Wie zum Hohn heißt Eddy mit ganzem langem, ausbuchstabiertem Namen Edgar Ludolf August von Blessing; er ist der drittgeborene Sohn des Barons von Blessing, derzeitiger Eigentümer der 1904 ins Handelsregister eingetragenen *von Blessing Feuerstätten,* spezialisiert auf die Fertigung von Industriegasbrennern, Fackelanlagen und Öfen.

Eddy hat man nach zwei Selbstmordversuchen ins Sanatorium verbracht, ein Ausnahmefall, denn eigentlich sind suizidal Gefährdete als Patienten grundsätzlich ausgeschlossen. Offenbar kann das Haus derzeit wirklich jeden Neuzugang gut gebrauchen, irgendwer munkelt etwas von einer *großzügigen Spende*.

Pia, etwa in Eddys Alter, ist so dünn, dass man mit Daumen und Zeigefinger ihren Hals umfassen könnte, der lippenlose Mund nach innen gestülpt, eingefallene Wangen wie umgedrehte Tassen. Eine Kette aus Sicherheitsnadeln führt von ihren Nasenflügeln zu den Ohrläppchen. Nach einer Drogenkarriere im Bremer Bahnhofsviertel hatte sie einen Platz in einem Drogensubstitutionsprogramm gefunden. Ihr Vater, Pia zufolge dreiviertelkrimineller *Drückerkönig*, hatte, warum auch immer, plötzlich sein Gewissen wiederentdeckt und es zu seiner neuen Lebensaufgabe gemacht, der bis dato sträflich vernachlässigten einzigen Tochter den Ausstieg aus dem Teufelskreis Rauschgift, Prostitution und Kriminalität zu ermöglichen. Svenja braucht fast eine Stunde, um dieses traurige Infopaket aus ihr herauszuholen. Es fällt dem Mädchen schwer, sich zu konzentrieren, eine Tonne *Substanzen* haben ihren Verstand in Modder verwandelt.

Trotz allem und immer noch verfügt sie über alle beglaubigten Merkmale einer wahrhaftigen Schönheit: perfekt symmetrisches Gesicht mit hohen Wangenknochen, sanft konturiertes Kinn, volle Lippen, große, runde Augen, schmale Nase. Der unattraktive Rest, das wird schon wieder, die Rückverwandlung zu idealer weiblicher Schönheit in all ihren Stadien steht, Abstinenz und gesunder Lebenswandel vorausgesetzt, kurz bevor: Die lila Druckstellen an den Handgelenken werden ebenso verschwinden wie die pflaumenblauen Ringe unter den Augen. Die zerbissenen Fingernägel werden nachwachsen, die fleckige, papierdünne Haut wird sich regenerieren. Bald strahlen die trüben Augen heller denn je, glänzt das brüchige, stumpfe Haar wieder. Über Nacht fällt die Plaque von den verfärbten Zähnen, lösen sich Allergien, Intoleranzen und Unverträglichkeiten in nichts auf, glühen die Nerven, verwandelt sich die bleistiftdünne Gurgel in einen schmalen, wohlgeformten Hals, der magere, verhärmte Torso in einen vor Gesundheit strotzenden, zierlichen Körper. Und mit ein wenig Glück lichtet sich sogar der dichte, schwarze Nebel in ihrem Kopf. Wenn man sich die Mühe macht, genau hinzuschauen, sieht man schon die wunderschöne, in ihrem Turm schlafende Prinzessin, die ihr Haar hinablässt, damit Kermit der Frosch hinaufkraxeln kann: Denn Pia und Eddy sind von der ersten Sekunde an ein Herz und Seele, sie kleben aneinander wie zwei Schichten Farbe. Gesucht und gefunden, ein Bündnis, Schicksalsgemeinschaft, Need-Company. Er hängt an ihr wie ein Saugnapf, sie scheint ihn auch sehr zu mögen oder genießt zumindest seine Aufmerksamkeit und Bewunderung. Wenn sie nebeneinander gehen, sitzen oder stehen, er knapp eins siebzig, sie einen halben Kopf größer, ist es, als hätten sie sich der komischen Wirkung wegen zusammengetan.

Zu zweit sitzen sie an einem Vierertisch; es gibt heute Kekse zum Nachtisch. Eddy knabbert den überstehenden Schokoladenteig ab, lässt den Krümelbrei auf der Zunge weich und breiig werden, ehe er kaut und ihn runterschluckt. Er ist nervös, seine Knie schlagen gegeneinander wie die einer Cartoon-Figur.

Pia ist noch mit dem Hauptgang beschäftigt, wenn man den denn so nennen will. Auf ihrem Teller eine einzelne Artischocke, von der sie die Blätter sorgfältig abzupft, in eine kleine Schale

mit Essig tunkt und mit den Schneidezähnen abschabt. Wässrige Brodelgeräusche sickern aus ihren baumelnden Ohrstöpseln.
Heidbrink weiß, dass er weder zur einen noch zum anderen Zugang finden wird. Zu verrückt, zu strange, zu jenseits von allem. Er beschließt daher, es gar nicht erst zu versuchen.

Seit drei Wochen ist der Abfluss des Handwaschbeckens verstopft, mittlerweile fließt das Wasser nur noch mit der Geschwindigkeit von einer halben Tasse pro Minute ab. Zunächst hat Heidbrink den Missstand ignoriert, in der Hoffnung, der Abfluss werde sich über Nacht von selbst reparieren. Als das nicht eintrat, war er zu träge und zu gleichgültig, die Angelegenheit zu melden, und benutzte das Waschbecken nur noch zum abendlichen Zähneputzen. Die schaumige Plörre versickerte über Nacht und hinterließ jeden Morgen einen unschönen, weißen Rand. Lästig, aber nicht lebensbedrohlich. Es war dann jemand vom Housekeeping, der Schwester Irene informierte. Nachdem ein *Herr Jacob* erfolglos versucht hatte, der Sauerei mit Saugglocken und handelsüblichen Rohrreinigern beizukommen, blieb nur noch, einen echten Fachmann zu Rate zu ziehen.
Der Klempner hat sich für die Zeit zwischen zehn und zwölf angekündigt; willkommener Anlass, die Musiktherapie zu schwänzen. Heidbrink sieht einer Amsel dabei zu, wie sie sich auf einen Busch herabschwingt, dort keinen Halt findet und davonflattert. Blödes Viech. Direkt unter seinem Fenster räkelt sich Eddy auf dem Rasen und durchbohrt gerade eine Raupe mit einem Holzstückchen. Versonnen lächelnd schaut er zu, wie das Tier sich krümmt und windet. Er streut etwas Erde auf die Raupe und beobachtet, wie sie sich darunter hervorwühlt. Raupe frei, Erde drauf, Befreiung, Verschüttung, so geht es hin und her, bis sich die Raupe nicht mehr bewegt. Stellvertretend für die vielen Milliarden widerlicher, unablässig kauender, verdauender, Aus-

scheidungen absondernder Raupen, die nichts anderes im Sinn haben, als die Welt kahlzufressen und mit fauligem Sirup zu überziehen, hat er an diesem Exemplar ein Exempel statuiert.

Es klopft, und Heidbrink geht zur Tür. Das Sweatshirt mit dem blau-roten Logo weist den Klempner als Mitarbeiter des Sanitärbetriebs *Rohrflüsterer* aus. Der Mann ist aus der Puste, der Undercut klebt an der Kopfhaut, der Schweiß auf seinem Gesicht sieht aus wie Politur. Er ist klein, untersetzt, moppelig, mehlig und auf schwer zu erklärende Art niedlich, ein Attribut, das bekanntlich auf nur sehr wenige Männer zutrifft. Statt eines Werkzeugkoffers stellt er eine Flasche auf den Tisch.

«Schön, dass Sie da sind. Vielleicht sollte ich Ihnen sagen, dass wir es mit Rohrreinigern schon probiert haben. Hat leider nicht gefruchtet.»

Der Handwerker lächelt überlegen. «Das hier ist kein Rohrreiniger, das ist noch 'ne Nummer härter. Das bekommt man nur, wenn man ein Fachbetrieb ist. Ätzt alles Organische radikal weg. *Inferno* heißt das Zeug.»

«Ach so. Dann ist der Name wohl Programm.»

«Ganz genau. Wenn ich hier fertig bin, müssen Sie richtig durchlüften, das Bad dürfen Sie dann bis zum Abend nicht betreten.»

Er streift sich Handschuhe über, setzt Schutzbrille und Atemmaske auf und macht sich an die Arbeit.

Klempner: ein gottähnliches Wesen mit Macht über Wasser.

Ich hab das schon verstanden, ist mir nur egal.

Morgens müde, abends blau, das sind die Jungs vom Heizungsbau.

Nach einer Weile vernimmt Heidbrink ein dumpfes, röchelndes Grollen aus den tiefsten Eingeweiden des Hauses. Er stellt sich vor, wie das Wundermittel Haare, Schuppen und versteinerte Insektenleichen, Pasten, Salben und Puderreste verbrennt, verätzt, verflüssigt. Eine Verstopfung zu beseitigen, muss mit dem Gefühl tiefer Befriedigung einhergehen.

«Jetzt müssen wir zwanzig Minuten warten», sagt der Handwerker und schaut auf seine Armbanduhr.
Zwanzig Minuten mit dem Rohrflüsterer!
«Setzen Sie sich doch.»
«Ich hab die ganze Zeit im Auto gesessen, ich steh lieber.»
«Wie Sie meinen.»
Der Flüsterer verströmt einen scharf-metallischen Geruch. Die Stille bringt Heidbrink um.
«Kommen Sie aus Feldberg?»
«Nee. Wir sitzen in Pasewalk.»
«Ach so.»
«Genau.»
«Mögen Sie ein Glas Wasser?»
«Nein.»
«Okay.»
Staubpartikel steigen und fallen, schimmern in Schichten aus gelbem Licht.
«Sie meinen, weil ich so schwitze?»
«Wie?»
«Meine Körpertemperatur ist um ein Grad erhöht. Ich muss mich gar nicht bewegen, die Suppe läuft von ganz allein runter.»
«Ein Grad höhere Körpertemperatur? Hab ich noch nie von gehört.»
«Ist aber so.»
Damit wäre der Gesprächsstoff aufgebraucht. Vor ihnen liegen noch, Moment: siebzehn Minuten. Jetzt heißt es Zeit schinden! Heidbrink setzt sich auf den heißen Stuhl, der knarzt wie verharschter Schnee. Die Häufigkeit, mit der der Rohrflüsterer auf seine Uhr schaut, verrät, dass er sich genauso unwohl fühlt wie Heidbrink. Noch fünfzehn Minuten.
«Ich wohn auch in Pasewalk. Nur hundert Meter vom Betrieb entfernt. Mit meinem Bruder.»
«In einem Haus?»

Gute Frage.
«Ja. 720 Quadratmeter Grundstück, 140 Quadratmeter Wohnfläche. Und ’ne Garage. War ein richtiger Schnapper.»
«Ach, tatsächlich?»
«Hundertsiebzigtausend Euro.»
«Das ist ja günstig. Und einer lebt im Erdgeschoss und der andere im ersten Stock?»
«Nee, mein Bruder und ich sind so.» Er hebt zwei eng zusammengepresste Finger hoch. «Ich hab nur mein Schlafzimmer, den Rest teilen wir uns.»
Dann fängt er übergangslos an, von seiner Gaming-Leidenschaft zu sprechen. Aber nur PC, keine Konsole. Raubkopien der neusten Spiele installiere ihm sein Vater, ein *Softwareentwickler*. Auch Sachen, die schwer zu kriegen seien. Es folgen Detailinformationen zu verschiedenen Games. Noch drei Minuten. Jetzt ist wirklich alles gesagt, das Gespräch diffundiert wie im Rohr der Teufelsreiniger.
«Dann guck ich mal nach jetzt.»
Bitte, bitte, bitte, denkt Heidbrink, lass den Abfluss frei sein und den Mann seiner Wege ziehen. Von wegen:
«Läuft immer noch nicht richtig. Ich ruf mal im Geschäft an.»
Gesagt, getan.
«Der Chef meint, ich soll die andere Hälfte auch reinkippen und mindestens ’ne halbe Stunde warten.»
Eine ganze halbe Stunde!
«Ich bin mal unten und rauch eine. Dann mach ich gleich Mittagsmampf. In dreißig Minuten bin ich wieder da», sagt der Klempner, und Heidbrink nickt erleichtert.
Vielleicht ist das Inferno viel zu schwach, und der Rohrflüsterer muss zu anderen, den gesamten Tag beanspruchenden Mitteln und Maßnahmen greifen? Fluchtgefühle manifestieren sich. Heidbrink fällt ein, dass er letzthin schon öfter überlegt hat, zwischendurch mal nach Hause zu fahren. Klamotten, Bücher,

alles Mögliche tauschen, nach dem Rechten sehen. Morgens hin, Nachmittag zurück. Jetzt wäre *die* Gelegenheit. Aber vielleicht, fürchtet er, löst so ein Abstecher etwas Ungutes aus. Lediglich zwei Paar Socken und eine Unterhose haben bislang ihren Geist aufgegeben; bis er textil in Verlegenheit gerät, dürfte es also noch etwas dauern.

Als er vom Essen zurückkommt, steht der Mann noch immer im Bad, stumm, den Blick starr auf das Waschbecken gerichtet. Dann, endlich, nach weiteren endlosen fünf Minuten, der erlösende Sound, der von ungehindertem Wasserablauf kündet. Sichtbar erleichtert hält ihm der Rohrflüsterer ein kotschwarzbraunes, stinkendes Knäuel vor die Nase. Die Farbe des Elends und des Untergangs.

«Das hat sich alles unter dem Abflusssieb angesammelt. Das Mittel hat das etwas gelöst, und ich konnte es dann wegmachen. Aber da muss man erst mal draufkommen!»

Das Leben ist ein Rohr.

Auf dem Rückweg vom Baumhaus kommt ihm einer entgegen. Der ballonförmige Nylonanorak des Professors glänzt wie ein Chitinpanzer. Sumpfgespenster unter sich. Ein Privileg, den Mediziner als Privatmann in Freizeitmontur zu erleben. Schon aus der Ferne *spürt* Heidbrink, dass der Meister sehr viel dafür geben würde, dem Zusammentreffen aus dem Weg zu gehen, er selbst ja auch, doch das ist nun nicht mehr möglich. Noch dreißig, zwanzig, zehn, neun, acht Sekunden bis zur Kollision. Vielleicht geht auch alles gut, Rodenberg lüpft einen imaginären Hut, begnügt sich mit freundlichem Nicken, und beide schreiten unbeirrt voran. Den zweiten Smalltalkversuch an einem Tag, das überlebt Heidbrink nicht.

«Herr Heidbrink, stimmt's?»

Woher weiß der das? Wie ein Gott: allwissend, omnipräsent und unsichtbar.

«Ja, genau.»
Der Professor streckt Heidbrink seinen Arm entgegen, der Händedruck ist wie bei einem Geschäftsabschluss.
«Kleiner Marsch bei dem schönen Wetter, ja?»
Ein Plausch unter Spaziergängern, der jetzt schon nur noch eine vage Erinnerung ist.
«Ich hab in der Nähe zufällig ein schönes Plätzchen entdeckt», antwortet Heidbrink versuchsweise.
«Es gibt hier eine ganze Menge zu entdecken, wenn man nur die Augen offen hält.»
«Ja. Hier auf dieser Seite. Im Sumpf ist es ja zu gefährlich.»
«Richtig.»
Das perfekte Nichtgespräch. Es tritt eine erwartungsvoll lastende Stille ein, dann fliegt Heidbrink aus dem Nichts ein Satz zu.
«Ich hatte Schwester Irene gefragt, was es über die Geschichte des Schlosses zu erfahren gibt, und da hat sie mich an Sie verwiesen.»
Rodenbergs strenge Miene mildert sich, und sogleich rattert er die Historie des Hauses herunter:
Erste urkundliche Erwähnung 1286, ursprünglich ritterschaftliches Lehen, Burganlage im Park noch als Bodendenkmal erkennbar. Vom 15. Jahrhundert an etwa 200 Jahre lang im Besitz der Familie von Soundso, 1676 im Mannesstamm erloschen. Das Haus fällt an einen Greifswalder Getreidegroßhändler, später vom schwedischen König geadelt. Der Enkel lässt um 1770 das Anwesen im «Holländischen Stil» umbauen, nach der Reichsgründung erneuter, diesmal spätklassizistischer Umbau. Durch alle Wirren und Krisen bis ins letzte Kriegsjahr im Familienbesitz. 1945 Enteignung, Plünderung, man bringt Umsiedler aus dem Wartegau unter, später zieht ein Kinderheim ein. Ab 1986 Leerstand. 2012–2014 Bestandssicherung, Renovierung und Umbau, Eröffnung des Klinikums im März 2015.
«Es passiert selten, dass sich Patienten für die Geschichte des Hauses interessieren», schließt der Professor.

«Och.»
«Und sonst? Sie sind ja schon länger hier. Sind Sie zufrieden?»
«Ja. Nur das Wasser im Waschbecken ist ein paar Tage nicht richtig abgeflossen. Aber vorhin ist der Handwerker gekommen. Aus Pasewalk.»
«Eine Verstopfung? Konnte geholfen werden?»
Heidbrink spürt echtes Interesse, ihn überkommt die Ahnung, dass Rodenberg sich mehr für *allgemeine technische Details* interessiert als für die Nöte von Patienten.
«Der hat da so einen Spezialrohrreiniger reingeschüttet, der hat die Rückstände richtig weggebrannt. Inferno hieß der.»
«Inferno? Toller Name.»
«Dachte ich auch.»
Der Collie jault und hält den Kopf schief. Er stellt die Ohren auf, lässt die feuchte Zunge aus dem Maul hängen und bellt dann. Rodenberg stößt beruhigende Brumm- und Summlaute aus.
«Der Hund will weiter, und ich muss wohl gehorchen. Hat mich gefreut.»
Das wäre auch geschafft.
Vor dem Einschlafen lässt Heidbrink das Wasser eine halbe Stunde laufen und genießt das perfekte Glück freien Fließens. Er spult das Gespräch mit Rodenberg immer wieder ab, wobei sich das, was er tatsächlich gesagt hat, immer mehr mit dem vermischt, was er gern noch losgeworden wäre.

Der Sommer vergreist, die Nächte werden länger.
Ein einziges Mal kommt Zeissner mit zum Hochsitz. In der Nacht hat es geregnet, die Luft ist gesättigt und schwer, kleine Vögel schwirren mit dürrem Rascheln umher wie Heuschrecken. Der Herbst glüht, alles leuchtet noch einmal auf. Sie laufen durch den Wald und über Wiesen.
«Wusste gar nicht, wie schön die Gegend ist. Danke, dass du mich mitgenommen hast.»

«Nichts zu danken. Freue mich doch.»
Zeissner schaut immer wieder nach oben, als suchte er den Himmel nach etwas ab. Er gibt ein kehliges Summen von sich und schüttelt den Kopf, als hätte er da oben etwas Unerreichbares entdeckt.
«So schön hier.»
«Mmh.»
Aus irgendwelchen Gründen glaubt Heidbrink, dass Zeissner ihm heute sein Herz ausschütten, sein *Geheimnis* anvertrauen wird, wenn es denn eines gibt. Komm schon, Bernie, Hosen runter, zieh endlich blank. Es ist ihm lediglich bekannt, dass Zeissner *Privatier* ist und früher eine Kunstgalerie geführt hat. Ob er die Galerie aufgegeben oder verkauft oder ob sie Pleite gemacht hat, bleibt im Dunkeln.
Schließlich eröffnet Zeissner das Gespräch mit der mutmaßlich ödesten Frage der Welt:
«Wie hältst du es eigentlich mit Reisen?»
«Reisen? Mach ich so gut wie gar nicht. Ganz früher mit meinen Eltern, in den Zwanzigern Norwegen, Wien, London, soweit ich mich erinnern kann. Anfang der Zweitausender 'ne Woche Rumänien, aber ich weiß nicht mehr, warum und mit wem ich dort war. Verrückt, was?»
«So verrückt nun auch wieder nicht. In bin in jungen Jahren gern gereist. Ich war mutig, mit einer fröhlichen, unternehmungslustigen Hybris gesegnet. Unbeschwert unterwegs zu sein, begierig auf das, was als Nächstes kommt. Neue Erfahrungen wollte ich machen, unbedingt. Und Erfahrungen verlangen nun mal Zeit und frische Eindrücke. Aber irgendwann vertiefen Zeit und Eindrücke die Erfahrungen nicht mehr, sie rieseln dann einfach durch einen hindurch. Ich weiß aus Büchern und Filmen alles, was mich auf der Welt interessiert. Die persönliche Begegnung mit Menschen und Orten reizt mich nicht mehr. Die Erde quillt über von sinnlosen Unternehmungen. *Sehnsuchtsort*, wenn ich

das schon höre. Um die Ernüchterung zu umgehen, sollte man die Erfüllung seiner Sehnsüchte vermeiden. Reisen ist banal, wie Hobbys und Freizeit überhaupt. Reisen, Hobbys, Freizeit, und dann übergangsloses Abgleiten in die Senilität.»

Auch diese Unterhaltung folgt also dem üblichen Schema: Zeissner stellt eine Eingangsalibischeinfrage, um anschließend seinem Mitteilungsdrang freien Lauf zu lassen. Weiter geht's.

«Die gleichmäßig fließenden Tage hier, die eben *nicht* dauernd von neuen Eindrücken und Ereignissen unterbrochen werden, empfinde ich als ungemein beruhigend. Verordnete Ereignislosigkeit, gewissermaßen. Wenn ich meinen Tagebüchern glauben darf, fühle ich ganz anders als mit dreißig oder vierzig. Ein Leben jenseits der Jugend und der Gefühle der Jugend.» Er schaut versonnen zu den Wolken hoch. «Der Sommer von 1974, für mich der schönste überhaupt, liegt aber nun schon mehrere Leben zurück, meine Güte. Gefühle haben ihre eigene Geschichte. Sie keimen, erleben eine kurze Zeit der Blüte, und dann gehen sie langsam ein.»

«Hab ich so noch gar nicht drüber nachgedacht.»

Ein Satz, der immer passt. Zum Glück gehört Heidbrink zu den seltenen Menschen, die wirklich lieber anderen zuhören als sich selbst.

«Es geht nicht darum, was man will, sondern darum, womit man sich abfindet», sagt Zeissner, als wäre es eine Antwort auf das von Heidbrink Gesagte. «Ist ein Mensch wichtiger als ein Schaf oder ein Pferd?»

Zwischen dem ersten und dem zweiten Satz besteht keinerlei Zusammenhang.

«Wahrscheinlich nicht.»

Ein sattes, fast peitschenartig schmatzendes Geräusch. Zeissner ist in einen Kuhfladen getreten.

«Igitt, wo kommt der denn her?» Berechtigte Frage. Aber die Scheiße unterm Schuh vermag den Denker nicht zu bremsen.

«Im Grunde genommen ist das Leben eine fortwährende Abwärtsbewegung. Alles verändert sich zum Schlechten: Das Gesicht wird zur Visage, das Gesäß zum Arsch, die Füße zu Mauken, die Zähne zu Hauern, die Hoden zu Klüten. Aussichten: schlecht. Man achtet auf Bewegung und gesunde Ernährung, um möglichst alt und gebrechlich zu werden und bei vollem Bewusstsein auf Milbenniveau zu sinken. Sportliche Betätigungen verfehlen nämlich am Ende stets ihr Ziel, während der Tod es immer erreicht.»

«Hab ich so noch gar nicht drüber nachgedacht.»

Verfehlen stets ihr Ziel. Die gleichmäßig fließenden Tage. Verordnete Ereignislosigkeit. Gefühle haben ihre eigene Geschichte. Wie schön wäre es, einfach schweigend nebeneinander herzugehen, denkt Heidbrink.

«Anders als das Leben ist der Tod eine einfache Sache.»

«Hm.»

«Dass wir sterben müssen, sollte uns eigentlich furchtlos machen. Das Gegenteil ist der Fall.»

«Hmmmmm.»

«Für den Freitod sind die allermeisten allerdings zu schwach.»

«Ach so.»

«Dauernd reden wir über Selbstmord, aber ohne Konsequenz. Manche bringen sich aus vollkommen nichtigen Anlässen um, aber wir, die wir alle Gründe hätten, leben weiter. Für Suizid gibt es eine Million Gründe oder keinen. Manchmal wünschte man sich ja schon, eine schwere Erkrankung oder ein Unfall würde einem die Entscheidung abnehmen.»

Heidbrink stolpert über einen verrotteten Ast, seine Schuhspitze bleibt im schleimigen Modder stecken.

«Wollen wir eine Pause einlegen?»

Wäre Zeissner nicht da, würde er *machen* sagen. Ganz normal, *Pause machen*. Zeissner nickt gnädig. Der Stamm, auf den sie sich setzen, besteht aus schierem Moder, eine Säule aus faulem

Holz, zusammengehalten nur von Moos und Flechten. Zeissner zieht den Schuh aus, mit dem er den Fladen erwischt hat. Die Masse hat sich tief im Profil seiner Treter festgesetzt. Er stochert, schneidet und kratzt mit einem Taschenmesser wild daran herum. Die Sabbelpause könnte Heidbrink nutzen, um endlich auch was beizusteuern. Aber sosehr er sich auch bemüht, einen Gedanken anzuvisieren, entgleitet er ihm sofort wieder. Statt eines Satzes gibt er einen Laut von sich, so etwas wie *druuuraa*.
«Was hast du gesagt?»
Zeissner schaut ihn an, als wollte er etwas bestreiten, was Heidbrink noch gar nicht gesagt hat.
«Nichts weiter. Schon wieder vergessen.»
Zeissner schlüpft in seinen Fladenschuh. «Wollen wir weiter? Es sieht nach Regen aus.»
«Ja, gut.»
Ohne dass sie es bemerken, folgt ihnen eine Amsel, als sehnte sie sich nach Gesellschaft.
«Ist dir mal aufgefallen, dass man über das gleiche Problem morgens oft nicht das Gleiche denkt wie mittags oder abends?»
«Nein. Beziehungsweise hab noch nicht drüber nachgedacht.»
«Das meiste geschieht absolut zufällig. Und die meisten Probleme sind keine Probleme, sondern zählen zu den allgemeinen Lebensrisiken. Ob die Leute gar nichts oder ob sie alles wissen, spielt keine Rolle.»
Drei Sätze, kein Zusammenhang.
«Früher habe ich mich sorgfältig auf die Zukunft vorbereitet, umgekehrt war das leider nicht der Fall. Wie auch, wenn die Zukunft nichts von mir weiß.»
Er macht eine ausgedehnte Pause. Wahrscheinlich meint er, dass längeres Schweigen dem Gesagten besonderes Gewicht verleiht.
«Hast du dich mal mit Philosophie beschäftigt?»
«Nicht so richtig.»

Noch nicht mal zum Stichwortgeber langt es. Zeissner legt ihm den nächsten Begriff einfach in den Mund.
«Sie soll uns achtlos machen gegenüber bedeutungslosen Fragen. Aber je tiefer man sich ins Denken hineinwühlt, desto vielfältiger werden die Fragen und vor allem die Antworten.»
«Hmmmh.»
Alles wahr, alles gelogen. Sie erreichen den Hochsitz.
«Da hast du nicht zu viel versprochen», sagt Zeissner, als sie oben sitzen.
«Freut mich, dass es dir gefällt.»
Die Wipfel der Bäume filtern das Sonnenlicht, es scheint gedämpft und entschärft auf sie hinunter.
«Je mehr ich mich dem eigenen Verlöschen nähere, desto gelassener werde ich. Ich kann sowieso nichts weiter tun, als für die verbleibenden Jahre einen annehmbaren Ablauf zu finden. Die Dinge auf die eigene Innentemperatur abstimmen, darum geht's.»
«Mh.»
«Ich bemerke an mir auch ein wachsendes Bedürfnis nach Unsichtbarkeit. Und Vergessen. Zu viel Gedächtnis, das Vergangene ist dauernd präsent.»
«Mh.»
«Auf die Frage, wozu ich überhaupt lebe, habe ich eine einfache Antwort gefunden: Weil ich muss. Die Antwort war zunächst nur provisorisch gedacht, eine Art Hilfsmittel, hilft aber erstaunlich gut.»
«Mh.»
«Ich bin zwar ein ganzes Stück älter als du, aber uns eint, dass wir beide dem mörderischen Chaos des zwanzigsten Jahrhunderts entgangen sind, weil wir zu einem idealen Zeitpunkt geboren wurden. Rückblickend wird das Fenster zwischen neunzehnfünfundvierzig und dem nächsten Krieg als das friedvollste der Geschichte gelten. Bald neunzig Jahre Frieden, das hat's noch nie gegeben. Ein Leben, das den Tod gewissermaßen ausschließt,

eine Anomalie. Die Leute haben keine Übung mehr, wenn's ans Sterben geht. Dabei stehen die großen Katastrophen erst noch bevor.»

«Mh.» Wie nennt man einen wie Heidbrink? Sparringslautmaler? Brummi? Zeissner schließt die Augen, als würde er sich auf irgendwelche Vorgänge in der Natur konzentrieren, schöpft aber nur neue Kraft für die nächste Attacke.

«Man sollte aufhören, zwanghaft nach Bedeutsamkeit zu suchen. Sich einzugestehen, dass die Suche nach Glück vergebens ist, das würde sicher auch helfen. Glücklosigkeit muss man akzeptieren, wie Diabetes oder Haarausfall.»

«Mh.»

Der Himmel hat sich binnen weniger Minuten bezogen, sofort ist es kühl geworden, und der Nieselregen der Monologe geht in echten Regen über. Das Tröpfeln beginnt so zaghaft, dass es zunächst scheint, als falle nichts vom Himmel, sondern als erschienen die Tropfen einfach in der Luft. Zeissner senkt die Stimme zu einem undeutlichen Brummton, der sich mit dem Regen mischt. Das sanfte Trommeln auf dem Dach des Hochsitzes weicht nach und nach einem tiefen Rauschen, das auf das Laub des Waldes klatscht und hinabtropft von Zweig zu Zweig, von Blatt zu Blatt, bis überall Geräusch ist.

Kehraus

«Eddy, hab ich dir eigentlich erzählt, dass ich Halb-Chilene bin?»

«Echt?»

«Ja. Obwohl man's mir nicht unbedingt ansieht, denn die Chilenen sind ja relativ klein, im Durchschnitt um die eins sechsundsechzig. Aber ich komm komplett nach meiner Mutter.»

Eddys Augen klappen weit auf wie die Augen einer Puppe, die man aufrecht hinsetzt. Mit den großen Basedow-Glubschern sieht sein Gesicht aus wie in permanenter Überraschung erstarrt.
«Mein Vater war Häuptling eines winzigen indigenen Stammes namens Novoinox, die haben in den Hochregionen der Anden gelebt. Egal, welches Regime gerade an der Macht war, die Novoinox wurden bekämpft und verfolgt. Zerrieben zwischen unterschiedlichen politischen Interessen. Hast du schon mal von Augusto Pinochet gehört?»
«Nee.»
«Einer der schlimmsten Diktatoren überhaupt, der war am Drücker, als ich geboren wurde. Meine Mutter hat damals Südamerika bereist, als Backpackerin.»
«Ach so.»
Eddy ballt krampfhaft die Hände. Sein Gesichtsausdruck sagt, dass er nicht *ganz genau* weiß, was Backpacker sind, sich aber nicht traut, es zuzugeben.
«Also Rucksacktouristen, nä? Marion, meine Mutter, die wollte was von der Welt sehen und hat auf einer ihrer Reisen meinen Vater kennengelernt. Sanyo.»
Eddy kaut heftig auf seiner Unterlippe.
«Ich kenne ihn nur von Fotos. Er und meine Mutter hatten eine kurze Romanze, da ist sie schwanger geworden und hat es nicht gemerkt. Erst als sie wieder in Europa war. Es war damals praktisch unmöglich, Sanyo zu erreichen. Handys gab es noch keine, und schreiben konnte sie ihm auch nicht, weil die Novoinox Nomaden waren. Weißt du, was das ist?»
«Ja.»
«Ein Jahr nach meiner Geburt ist meine Mutter nach Chile geflogen und hat sich auf die Suche gemacht. Aber sie hat Sanyo nicht gefunden, weil sich die Novoinox wegen der Verfolgung in noch höhere Regionen der Anden zurückziehen mussten, über

fünftausend Meter. Fast ein halbes Jahr hat meine Mutter ihn gesucht, aber er kam nie wieder zurück. Verschollen, wie sein ganzes Volk. Man vermutet, dass sie alle von Kopfgeldjägern erledigt wurden.»

Eddy malmt und saugt an seiner Unterlippe. Sein Hals hat sich vor Aufregung mit bordeauxroten Pusteln überzogen.

«Jetzt bin ich so was wie der letzte Mohikaner des Stammes, also, wenn man davon ausgeht, dass von den Novoinox keiner mehr lebt. Verstehst du?»

«Ja.»

«Trauriges Thema.»

Zeit für Mimik: Heidbrink setzt das kummervollste, zerquältesté Gesicht auf, das er im Repertoire hat. Eddy senkt den Blick und macht ein irgendwie mehlig-kehliges Geräusch. Aus Langeweile – vielleicht schwingt auch ein wenig Grausamkeit mit – bindet Heidbrink seit ein paar Tagen Eddy alle möglichen und unmöglichen Bären auf. Kleine, wohlmeinende Neckerei unter Patienten. Irgendwann wird der Junge schon dahinterkommen. Und dann lachen sie gemeinsam darüber. Bis dahin schämt er sich. Aber schließlich ist es nicht böse gemeint, nur vielleicht ein bisschen.

Am nächsten Tag: Pia und Eddy, wie gewohnt im Doppelpack miteinander verdrahtet, haben Heidbrinks Lieblingsbank am Schlossteich okkupiert. Pia ist eingehüllt in ein Palästinensertuch, auf dem Kopf sitzt eine Kappe mit seltsamen Ausstülpungen, die Ohren oder Fühler oder so was darstellen sollen. Sie sieht damit aus wie ein Psychohamster oder irgendwas anderes Verrücktes. Ihre Hände sind in unaufhörlicher, flatternder Bewegung, der mahlende Kiefer bewegt sich, als würde sie auf einem Schwamm kauen. Bis zur blühenden Schönheit ist der Weg doch noch weiter als gedacht.

Darüber hinaus hat sich Pia als schrecklicher Quälgeist und Nervensäge allererster Kajüte entpuppt. Unablässig quillt wirres Gelaber, Beschwerdebrei, Klinikgossip aus ihr, der Tratsch- und Klagegesang einer in der Pubertät steckengebliebenen Sparbirne.

Nachdem sie sich wie so oft über die Missstände vor Ort echauffiert hat (unfähige Ärzte, mieses Essen, beknackte Therapien), schwenkt sie zu ihren Hauptthemen: Ungerechtigkeit allgemein, Ausbeutung, Kapitalismus, Imperialismus, Systemveränderung, Konsumterror, Umsturz, Revolution, die ganze Revoluzzerjugend-Schlagwortpalette. Sie zitiert, völlig geisteskrank zusammengequirlt, Phrasen aus dem Kommunistischen Manifest, Worte des großen Vorsitzenden Mao Tse-tung; alles, was sich irgendwie, irgendwo, irgendwann mal in ihrem Spatzenhirn festgebissen hat. Der ganze Mix seltsam altmodisch, wie aus den siebziger Jahren, aktuellere Aufregerthemen wie Klimawandel, Social Media, Corona, Migrationskrise, KI usw. finden keinen Eingang in ihr drogenzerlöchertes Gedankengezuppel und -gezappel. Dumm und peinlich, zwei Begriffe, die ihr noch nie untergekommen sind, nicht einzeln, geschweige denn als Paar.

Mit schweigender Hingabe hängt Eddy an ihren gepiercten Lippen; die Worte hallen in seinem Kopf wider, ohne die geringste Spur zu hinterlassen. Als sich Heidbrink (Kapitalist, alt, Feind) der Bank nähert, packt sie Eddys Arm und, Zeichen zum Aufbruch, zieht daran, als wäre es eine Leine.

Heidbrink setzt sich auf die freigewordene Bank, der Letzte seiner Art, alle anderen sind längst gegangen oder gestorben oder ausgebrochen, die Klinik wird immer leerer, nur noch irre Kinder kommen.

Dritter Oktober, Einheits- und Zeissners letzter Tag, nun also auch er. Nach Frühstück und Schlussvisite leistet Heidbrink dem Alten bis zu seiner Abholung Gesellschaft. Zeissner hat sich unangenehm dicht neben ihn gesetzt, wie ein Polizist, der darauf bedacht ist, dass niemand die Handschellen sieht. Das Licht verfärbt das Laub zu einem leuchtenden Orange, herbstliche Melancholie hängt über dem Schlosspark. Heidbrink legt sich ein paar Abschiedsworte zurecht, sein Gehirn hinkt und stottert, die Gedanken wollen ihm nicht gehorchen.

Motorgeräusche nähern sich. Statt einer Limousine oder eines Taxis kommt ein Robox-Transporter angefahren und parkt direkt vor dem Rohbau. Dem einsamen Auto entsteigt ein einsamer Mitarbeiter, dürr wie eine Vogelscheuche, die Brust eingefallen, Schulter nach vorne geklappt. Er verschwindet in der Ruine – als solche muss man das Bettenhaus mittlerweile bezeichnen – und kehrt nach wenigen Minuten mit einem sperrigen Gerät zurück, das Heidbrink als Fliesenschneider zu identifizieren glaubt. Vielleicht handelt es sich auch um ein anderes Werkzeug. Es folgen Leiter, Kabeltrommel, Brechstange, Bolzenschneider, Rohr- und Kombizangen; erstaunlich, was der Betontorso so alles ausspuckt. Wenn der Handwerker die ganzen Sachen abholt, kann das ja nur heißen, dass die Arbeiten endgültig eingestellt sind. Unzählige Male wurden die zahlenden Gäste vertröstet, nun hat die Klinikleitung ihre Niederlage offenbar eingestanden.

Maurerkelle. Verputzhaken. Farbeimer.

In seinem übergroßen Overall sieht der Arbeiter aus, als sei er überhaupt nicht daran gewöhnt, Overalls zu tragen. Zeissner macht eine scharfe, schnelle Kopfbewegung, als hätte ihn etwas gestochen.

«Ist was?»

«Nein. Nichts weiter.»

Nach zehn Wochen Kur (acht Wochen plus Verlängerung) strotzt Zeissner nur so vor Energie. Gesunde Gesichtsfarbe, flüssige Bewegungen, gute Laune, Sack voll Samen. Bernhard Zeissner – Mensch aus einem Guss. Welche Aussichten der sexuell gesehen wohl noch hat? Einige.

Rohrabschneider, Schleifmaschine, Kreissäge.
Der Robox-Mann bewegt sich steif, als laufe er auf Stelzen. Dieses verhutzelte Wiesel von einem Mann wurde also dazu verdonnert, die tonnenschweren Arbeitsgeräte ganz allein zu verladen. Zeissners schwaches Interesse am Robox-Mann und seinen Verrichtungen scheint schon wieder zu erlöschen, und Heidbrink stellt sich darauf ein, dass jetzt ein allerletztes Mal die Schatztruhe seiner gesammelten Weisheiten geöffnet wird. Doch Zeissner legt eine Hand auf Heidbrinks Schulter und nimmt ihn mit dem Blick fest in den Griff. Sein Gesichtsausdruck besagt, dass dies eine *Abschiedsveranstaltung* ist und jetzt noch was Wichtiges kommt.
«Jonas», sagt er. «Ich möchte dich um Entschuldigung bitten.»
«Häh?»
Hat er tatsächlich *häh* gesagt?
«Ich wünschte, dass du mich für was Besseres hieltest als der öde Sack, der ich bin.»
«Wie bitte?»
«Du hast mich schon verstanden, Jonas.»
«Öder Sack, bist du doch gar nicht.»
«Doch. Ich habe dich permanent überrollt mit meinem Kram. Peinlich.»
«Ach was.»
«Ich habe mich seit der Pensionierung zu etwas entwickelt, das ich nie sein wollte: ein dominanter Alter, der ohne Rücksicht auf Verluste durchmarschiert und sein Gegenüber zum Statisten degradiert.»
«Jetzt übertreibst du aber.»
«Tue ich nicht. Du warst nur zu höflich, mal zu widersprechen oder meinem Gequatsche etwas entgegenzusetzen. Hast wahrscheinlich gedacht, dass ich dann verschnupft reagiere.»
«Wenn es was zu widersprechen gegeben hätte, hätte ich das schon getan. Und Angst vor irgendwelchen Wutausbrüchen hat-

te ich auch keine. Im Übrigen fand ich es schon immer sinnvoller, Gemeinsamkeiten zu finden und dem anderen beizupflichten. Großzügigkeit statt Widerrede.»

«Sagst du.»

«Ja. Sage ich. Ich gebe ja zu, dass ich am Anfang ein wenig eingeschüchtert von dir war. Aber das hat sich ja zum Glück komplett gedreht. Als du mit so viel Verständnis auf meinen Fast-Zusammenbruch reagiert hast, hat das sehr viel verändert.»

Eimer. Bolzenschneider. Hebeleisen.

«Das freut mich, vielen Dank. Weißt du, ich habe schon lange das Gefühl, dass meine Zeit vorbei ist. Und weil ich es einfach nicht wahrhaben will, quatsche ich die ganze Zeit dagegen an. Eine kleine Nuss, die in einer viel zu großen Schale herumklappert.»

«Jetzt übertreibst du aber wirklich.»

«Eben genau nicht. Vor zwanzig Jahren wäre vielleicht noch was mit mir anzufangen gewesen, jetzt nicht mehr.»

«Du hast einige sehr schlaue Sachen gesagt.»

«Mag sein. Sicher auch ein paar nicht so besonders schlaue. Aber darum geht's ja gar nicht. Wir sind nie in ein echtes Gespräch geraten, weil ich dich nicht zu Wort kommen lassen habe. Mangel an rückfragendem Interesse, verstehst du?»

«Verstehe ich.»

Brechstange. Blechschere. Metallsäge.

«Ich hatte schon immer die Neigung, Leute totzuquatschen. Früher im Job war das oft gar nicht schlecht. Hat Überzeugungsarbeit ersetzt. Je dreister ich war, desto leichter bin ich ans Ziel gekommen.»

Durch seinen dünnen Seitenscheitel schimmert buttrig die Kopfhaut. Zeissner verströmt einen schwachen Zwiebelgeruch. Aber vielleicht täuscht Heidbrink sich auch.

«Das ist wohl so meine Art. Ich selbst bekomme es in meiner Gesellschaft auch immer mit der Angst zu tun.»

Eine Amsel hüpft am Rand des Teichs entlang und tunkt mit einer raschen schwirrenden Bewegung einen Flügel ein.
«Früher habe ich gedacht, dass man im Lauf der Zeit immer mehr Freundschaften schließt, dass man im Leben die Menschen akkumuliert. Aber das stimmt nicht.»
Wieder mal kein erkennbarer Zusammenhang zwischen dem letzten und dem vorletzten Satz.
«Ebenso wenig stimmt es, dass man gelassener wird. Erfolglosigkeit schmerzt sogar stärker, wenn man alt ist. Man begehrt auf gegen die Namenlosigkeit. Irgendwann spielt man keine Rolle mehr, ist, ohne dass man es selbst richtig mitkriegt, wieder zur Bedeutungslosigkeit verdammt.»
«Da kann ich ein Lied von singen.»
Zeissner könnte darauf eingehen, dass Heidbrink mit Eigenem geantwortet hat, aber er tut es nicht.
«Und dann sitzt man da, und alle Gedanken kreisen immer nur um die eigenen Belange. Die ausschließliche Beschäftigung mit sich selbst deutet auf einen Mangel an Empathie.»
Genau. Ungefähr dasselbe, nur mit anderen Worten.
Maurerkelle. Verputzhaken. Farbeimer.
«Kannst du mir verzeihen?»
«Ja, natürlich.»
Frieden. Versöhnung. Verständigung.
«Außerdem gibt's da nichts zu verzeihen.»
Ein palladiumsilberner A8 rollt an.
«Ich wünsche dir alles Gute, Jonas.»
Was wollte er noch mal sagen? Er ist nicht schnell genug, der Moment ist schon verstrichen.
«Ich dir auch.»
Sie haben weder Telefonnummern noch E-Mail noch Adressen ausgetauscht.
«Gute Fahrt.»
Zeissner macht eine Handbewegung, die Heidbrink als *wird*

schon interpretiert. Später meint er noch gesagt zu haben: *Melde dich, wenn du in der Nähe bist*. Er hat die Worte aber wohl nur gedacht.
Nietpistole, Mörtelkübel, Baustellenradio.
Der Robox-Mann geht mit einwärts gekehrten Füßen, er wirkt desorientiert, wie ein Käfer, dem man die Fühler ausgerupft hat. Seine Knie knicken seitwärts ein, er stolpert, kann sich aber gerade noch fangen.

Börner im Ruhestand, Zeissner entlassen, Klaus wahrscheinlich tot, die Mitglieder der ersten Generation (Frau Dähne, Hans-Christian, Uwe, Herr Marcel Rinkhaus) von der Bildfläche verschwunden. Dazu das bedenklich ausgedünnte Personal, lediglich ein einsamer Koch in der Küche und Millionensassa Fangschreck im Saale halten die Stellung. Leider hat auch Schwester Lea die Segel gestrichen, um ihre Ausbildung in der Asklepios Klinik Uckermark in Schwedt fortzusetzen. Schau, da hüpft sie davon, jung wie ein Schmetterling, unbekümmert lebendig und aufreizend ordinär. Herrlich, einfach nur da zu sein und zu wissen, dass die Welt für die Richtigen täglich Wunder bereithält.
Übrig bleibt ein Haufen Irrer und Bedürftiger, Verbrauchter und Versehrter, Belämmerter und Benommener, Hinkender und Humpelnder. Wenn Heidbrink nicht höllisch aufpasst, wird auch er bald einer von denen sein. Wobei er ja längst dazugehört.
Das Klinikum ist nun so groß wie die ganze Welt. Ein mächtiges Gebäude an einer anonymen Straße in einer fremden Gegend in einem verlassenen Land. An jedem Dritten des Monats erhält Heidbrink seine Privatliquidation, die er unverzüglich begleicht. Morgens kämpft er sich, unter einer Ladung Schotter in einem tiefen Schacht begraben, aus Schichten von Müdigkeit, Langeweile und Dumpfheit hoch an die Oberfläche. Er fürchtet die schlaflosen Nächte, die endlosen Nachmittage, all die leeren

Stunden. *Life is just one damn thing after another.* Für die einen hat der Tag nicht genug Stunden, für die anderen zu viele.
Die voranschreitende Zeit verändert nichts, sondern dehnt sich immer nur noch weiter aus, Stunden, Tage, Wochen fließen ineinander über. Er hat die Orientierung verloren wie Kinder in den Sommerferien, die Tage vergehen nicht schneller, als Diamanten geschürft werden. Wenige Stunden zurückliegende Ereignisse verblassen bereits oder sind im Dunst verloren.
Abends versteckt er sich im Kokon seines Bettes und hört im Radio Features und Reportagen, z.B. über die mutmaßlich ausgestorbene Novoinox-Population. Starrt minutenlang den Fernseher an, bis ihm einfällt, ihn anzustellen. Er hört Musik seiner Jugend, die zuverlässig wie altvertraute Gerüche schöne Erinnerungen hervorholt. Schicksalslieder, die ihn mit schmerzhafter Wehmut erfüllen, denen er so lange zuhört, wie er es aushält. Überhaupt spürt er den Sog der Vergangenheit; die Orte der Kindheit zerren an ihm, obwohl diese eigentlich nur aus Parkplätzen, Einkaufszentren, Tankstellen und Schulsportanlagen bestanden hatten. Nie wäre er auf die Idee gekommen, diese Orte hässlich zu finden. Sie waren da in ihrer ganzen Waschbetonpracht, er hat das Beste daraus gemacht, etwas anderes stand nicht zur Verfügung.
Er trottet in steter, nicht nachlassender Somnambulie zu den sich fadenscheinig, dünn und endlos vor ihm erstreckenden Therapiestunden. Seine Persönlichkeit, so viel ist mittlerweile klar, ist ein zugefrorenes Gewässer, da gibt es wenig zu ergründen und noch weniger mit Psychokauderwelsch und Gesprächsgruppengeschwätz zu erforschen. *Therapie ist nichts anderes als die Korrektur von Erinnerungen.* Interessante These, von ihm selbst aufgestellt.
Von Pia und Eddy sieht und hört man immer weniger. Sie sondern sich ab, nehmen nur noch sporadisch an ihren Therapien teil, tauchen tagelang nicht auf. Wenn sie dann doch mal irgend-

wo vorbeihuschen, erschrickt Heidbrink, weil er dachte, sie wären auch schon längst abgereist. Der Abfluss ist stetig, und neu hinzu fließt kaum noch was.

Der einzige Oktober-Neuzugang, Margot Heitmann, wird an seinem Tisch platziert. Ihrer äußeren Erscheinung nach ist das eine dieser *Society-Ladys*, die es sich zur Lebensaufgabe erkoren haben, *Charity zu machen*. Ein Gespenst mit Lippenstift und clownsbunten Klamotten; dieser eigentümliche Look, den man in Reinkultur eigentlich eher in Kampen auf Sylt erwartet und nicht hier am Rand von Pommerland. Gepflasterte Wangen, entfalteter Hals, Unterspritzungen bis zum Horizont, die gelifteten Augen starren aus ihrem Greisengesicht wie die einer Konfirmandin. Schätzungsweise neunundzwanzig Face- und Körperlifts dürfte sie hinter sich gebracht haben. Die Brüste, die wie in Säcke gefüllte Pflaumen herumbaumeln, sind allerdings schon länger nicht gemacht worden.
Gleich beginnt sie ein gepflegtes Tischgespräch und stellt sich vor. Nach dem, was sie erzählt, scheint sie eine *Fabrikerbin* zu sein. Der altmodische Begriff passt zu ihrer grotesken Aufmachung. Heidbrink gibt sich Mühe, seine Abneigung nicht zu sehr durchscheinen zu lassen, bis ihm nach und nach bewusst wird, dass da gar keine Schreckschraube vor ihm sitzt und plaudert, sondern ein liebenswertes, höfliches, süßes *Persönchen*, eine puppenhafte Kinderomi, die nach Bratäpfeln und Krapfen riecht. Zu riechen scheint. Die Allerletzte aus Heitmann'schem Geblüt. Die durch vier Generationen hindurch geführte Fabrik für Elektromotoren, Schnecken, Stirnrad, Kegelrad, Flachgetriebe und Frequenzumrichter ist längst verkauft und umbenannt; wenn sie mal nicht mehr ist, bleiben drei Zeilen Kleingedrucktes im Wochenblatt übrig. Aber jetzt hat er unvermutet so etwas wie eine Gefährtin.
Gelegentlich unternehmen sie nun kleinere Schlurfgänge um

den Schlossteich, sie ist nicht mehr so gut zu Fuß. Das Wetter ist auch nicht ideal, viel Regen und stürmische Oktobertage. Margot, wispernd auf leisen Sohlen, wird an einem Vormittag von einer jähen, gehässigen Bö erwischt und wäre gestürzt, hätte Heidbrink sie nicht gehalten. Ein dürres Büschel Reisig, das der Wind vor sich hertreibt. Sie schaut ihn so dankbar an, dass er denkt: Wäre er ein armer Schlucker und würde es einigermaßen geschickt anstellen, dann könnte er sich von ihr adoptieren lassen.
Am Mittag stehen Schweinebraten, Kartoffelgratin, Erbsen und Möhren auf dem Speiseplan. Margot schaut auf den angerichteten Teller und verzieht das Gesicht. Sie glaubt, dass in der Küche nur mehr *aufgewärmt* wird. In der Kurzzeitpflege habe es genauso geschmeckt. Der hässliche Begriff *Convenience Food* fällt. Es sei doch auffällig, wie Fangschreck darauf bedacht sei, die Küchentür stets verschlossen zu halten.

Abends wird es auch nicht besser. Margot lässt sich gar nicht erst sehen. Die Rinderbrühe sieht aus wie abgestandenes Spülwasser, und um das viele Fett auf der Pizza aufzusaugen, muss er sie mit einer Serviette abtupfen. Salat gibt es gar keinen. Jetzt ist er fertig mit dem Tag, aber der ist noch nicht fertig mit ihm. Er geht aufs Zimmer. Gefühlt Stunden später schaltet er den Fernseher an, die Tagesschau beginnt. Dabei war er sicher, dass es schon mindestens neun ist. Er hat die Ablenkung des Abendessens zu früh verplempert. Aus dem Nichts erfasst ihn eine solche Traurigkeit, dass er kurz einnickt. Einer, der auf der Kloschüssel einschläft und erst wieder vom Geräusch der eigenen Entleerung geweckt wird. Er stellt sich mit dem Rücken ans Bett und lässt sich fallen wie ein Fallschirmspringer, der rückwärts aus dem Flugzeug ins Leere springt. Marotte. Hat er sich angewöhnt, kann er sich jederzeit wieder abgewöhnen. Spätestens, wenn er sich mal richtig weh tut.

Ihm ist noch so gar nicht nach Bett. Mit einem vom Abendbrot gebunkerten Stück Apfelkuchen verzieht er sich nach draußen, auf seine Bank. Die Luft ist klamm und kühl, der Himmel eine dunkelgraue Fläche, durch die kaum noch Restlicht sickert. Bald werden die Uhren zurückgestellt. Ein Glück. Bevor es richtig kalt wird, muss er den Hochsitz winterfest machen. Ein Standbagger, die gelb lackierten Arme mitten in der Bewegung erstarrt, leistet Betonmischmaschine, Drehbohrgerät und Mörtelpumpe Gesellschaft. Wird Zeit, dass die mal abgeholt werden, hat der Robox-Mann wohl vergessen.

Vom Kuchen geht ein fruchtiger, keksiger, buttriger Duft aus. Der Teig geht in seinem Mund auf wie Brausepulver und wird dann zu Zement. Ganz künstlich schmeckt er nun, wie aus Leim oder Pappmaché. Ihn überkommt schlammige Schläfrigkeit, ein fettiges Gefühl im Kopf. Der Himmel über ihm ist nun sternenlos schwarz. Der Boden atmet ein und hält bis zum nächsten Morgen die Luft an.

Der nächste Tag bringt endlich einmal Abwechslung.

PIA UND EDDY SIND VERSCHWUNDEN!

Wie, verschwunden?

Weg.

Wie, weg? Seit wann?

Irgendwann, in der Nacht.

Wohin denn?

Keine Ahnung.

Womit denn? Auto, Motorrad, Fahrrad?

Nee, wie es aussieht, per pedes, zu Fuß.

Sind die bescheuert?

Berechtigte Frage. Vor dreizehn Stunden, neunundvierzig Minuten und siebenunddreißig Sekunden hat die Nachtschwester es gemeldet. Als die beiden bis zum Mittagessen nicht aufgetaucht sind, wurde die Polizei verständigt. Nachmittags die erste Suchaktion, an der sich auch Patienten beteiligen. Endlich mal was los, eine richtige Sensation, das wenige, was geschieht, ragt ja zwischen den Nichtereignissen unverhältnismäßig hervor. Im Haus macht sich prickelnde Aktenzeichen-XY-ungelöst-Stimmung breit. Mitten im Sumpf, ein paar hundert Meter in östlicher Richtung, wurde eine Jacke aufgefunden, die zweifelsfrei Pia zugeordnet werden konnte. Sonst nichts, keine Fußabdrücke, Spuren, irgendwas.

Alles dreht sich um das eine Thema. Die wildesten Gerüchte kursieren. Unangefochten an erster Stelle: Doppelselbstmord. Gefolgt von irgendwas mit Drogen, goldener Schuss, irrtümliche Überdosis, mit Rattengift gestreckter Stoff. Vermutlich hat Pia Crack oder Heroin oder Legal Highs oder Koks oder alles zusammen in die Klinik geschmuggelt.

Die Exekutive rückt gleich mit mehreren Fahrzeugen an und sucht erst einmal nach Zeugen. Die Patienten werden im Raum Stettin vernommen. Auch Heidbrink ist bald dran.

Als er eintritt, steht der ermittelnde Beamte am Fenster und streicht über das mit samtigem, leicht öligem Staub überzogene Fensterbrett.

«Guten Tag, Herr Heidbrink. Mein Name ist Eilers.»

Kriminalkommissar, Kriminalober- oder Kriminalhauptkommissar? KATASTERAMT, ist Heidbrinks erster Gedanke, obwohl er nicht weiß, was genau in einem Katasteramt vor sich geht. Eilers sieht nicht nach Kapitalverbrechen aus, sondern nach einem kleinen, von Spinnweben durchzogenen, pockennarbigen, todeszellengrünen Linoleumbüro, in dem er über komplizierten Liegen- und Gebietskörperschaftsfällen brütet, an denen sich die Kollegen die Zähne ausgebissen haben.

Ob er mit einer Aufzeichnung des Gesprächs einverstanden sei, fragt Eilers. Wer ablehnt, hat *todsicher* etwas zu verbergen. Heidbrink stimmt zu. Im Nachgang wird der Klang seiner Stimme ausgewertet, und egal, was er gesagt hat, der Sound entscheidet über

Schuld und Unschuld. Eilers blättert in einer Akte. Kein Laptop, Tablet, keine E-Akte, kein Infocontainer, sondern ein von Klammerheftung zusammengehaltenes Konvolut aus Papier und Pappe.
Eilers blättert und glänzt durch völlige Abwesenheit individueller Züge, man würde wohl denken, man hätte ihn noch nie gesehen, selbst wenn man ihm täglich begegnete. Vielleicht ist die demonstrative Harmlosigkeit eine Ermittlermasche, wie beim chronisch unterschätzten Inspektor Columbo.
«Sie sind also der Patient mit der längsten Aufenthaltsdauer.»
Er sagt es so, als sei allein dies ein *hinreichendes Verdachtsmoment*.
«Das kann man so sagen.»
Eilers' Gesichtsausdruck ist gleichzeitig vage und auf unheimliche Weise präzise.
«Verstehe.»
Was gibt es da zu verstehen oder nicht zu verstehen? Heidbrink riecht unauffällig am Ärmel seines labberigen Hoodies.
«Wie würden Sie Ihr Verhältnis zu Frau Schulz und Herrn von Blessing beschreiben?»
Heidbrink erzählt, Eilers mustert ihn mit unentrinnbar prüfendem Blick. Je länger er sich Heidbrink anschaut, desto mehr scheint es zu sehen zu geben. Nach einer Viertelstunde ist die Vernehmung beendet.

Margot glaubt, dass sich die Flüchtigen zum *Ballern* (sie benutzt tatsächlich den Ausdruck *ballern*, als wüsste sie, was das ist) versteckt halten, und wenn ihnen der Stoff ausginge, würden sie schon noch müde, hungrig, durstig und unterkühlt zurückkehren.
«Meinst du?»
«Ja. Die Polizei glaubt das auch.»
«Hat Eilers das gesagt?»
«So gut wie.»

Die beiden kehren aber nicht zurück. Offenbar sind in ihren Dummköpfen alle Synapsen durchgeschmurgelt. Ein Großaufgebot (Hundertschaft, Spürhunde, sogar ein Hubschrauber ist beteiligt) macht sich auf die Suche. Die Presse wird eingeschaltet. Die Bevölkerung um Mithilfe gebeten. Wird schon gutgehen, muss gutgehen, nützt ja nix.

Der graue, eisige Regen hämmert die Blätter eins nach dem andern von den Bäumen herunter. Im Laufe des Nachmittags wird es weniger, der Regen wird feiner, wird zu Nebel und hört dann ganz auf. Die Lücken in der Wolkendecke sind erfüllt von farbigem Licht, der Himmel nimmt langsam die Farbe von Orangen an.

Was schön aussieht, ist Vorbote nahenden Unheils.

Heidbrink wartet im Foyer auf Schwester Irene wegen irgendwas.

Das nahende Unheil passiert den Eingang Lieferverkehr.

Heidbrink wartet im Foyer auf Schwester Irene wegen irgendwas und lauscht dabei einem leisen mechanischen Summen, Pumpe oder Ventilator.

Das Unheil in Gestalt von Pias Vater entsteigt einem Mercedes SLS McLaren Flügeltürer, der direkt bis an die Schlosstreppe vorgefahren ist. Jetzt kommt Stimmung auf. Herr Schulz ist ein aus Muskeln und Samensträngen bestehender, geradezu lachhaft gewalttätig aussehender Pumper, einem Felsen ähnlich, die Brutalität auf zwei Beinen, in Tüten, im Quadrat. Die kurzrasierten Haare glänzen wie feuchtes Mäusefell, Rücken wie ein Hufeisen, der mächtige Körper lastet bleischwer auf den Knochen. Trotzdem bewegt er sich wieselflink, mit der beeindruckenden Fußarbeit eines gelernten Boxers. *Pump iron & sting like a bee.*

Als er ins Foyer stürmt, zieht Heidbrink, zu Tode erschrocken, die Schultern ein, als könnte er sich so bis zur Unsichtbarkeit reduzieren.

«WO IST DER PROFESSOR?»
Herr Schulz tritt ganz dicht an Heidbrink heran. Sein Atem verströmt ein Aroma wie von verwelkten Blumen. Die großen, prallen, in der knallengen Cargohose bis zum Platzen zusammengequetschten Eier stieren Heidbrink an wie ein Paar zusätzlicher Augen. War er zuvor blass, ist er jetzt weißer als Aspirin.
«Weiß nicht. Der muss hier irgendwo rumschwirren.»
Rumschwirren. Als wäre Professor von Rodenberg jemals irgendwo rumgeschwirrt.
«WAS HEISST DAS? 17 UHR BIN ICH DA, HAB ICH GESAGT. JETZT IST ES PUNKT.»
Aha. Weil der seinen Besuch dummerweise angekündigt hat, halten sich alle, außer einem arg- und wehrlosen Zufallsopfer, so lange in den Untiefen des Schlosses versteckt, bis die Luft wieder rein ist. Kein Arzt auf der ganzen Welt, nicht einmal Professor Watzmann, hätte diesem rasenden Berserker etwas entgegenzusetzen. Das in Fett gerahmte, mit einem Mehrfachkinn unterlegte Gesicht ist seltsam zerquetscht und zusammengezogen, wie nach einer Vakuumierung. Wenn der sagt, dass er alles kurz und klein schlägt, dann schlägt er auch alles kurz und klein, ohne Rücksicht auf Verluste oder Angst vor dem *finalen Rettungsschuss.*
«Gleich kommt Schwester Irene. Die müsste eigentlich wissen, wo der Chef ist.»
Der Chef. Ja, genau, das ist auch sein, Heidbrinks, Chef. Schulz macht ein Gesicht, als überlege er, an Rodenbergs statt diesen lächerlichen Kasper einzuäschern, doch steht der auf der Opferpyramide zu weit unten und wird daher verschont.
«Vielleicht ist er auch in seinem Büro. Nebenan im Gesindehaus. Gleich hinter dem kleinen Waldstück da, keine fünf Minuten.»
«GLAUBST DU, ICH LATSCH HIER RUM UND SUCH DIE LEUTE, ODER WAS?»
Tja. Selber schuld. Hätte er vorher nicht Bescheid gesagt, könnte er jetzt ein schönes Gemetzel anrichten.

«Nee, natürlich nicht.»
«UND WEISST *DU* IRGENDWAS?»
«Was meinen Sie genau?»
«SAG MAL, BIST DU BESCHEUERT? WO PIA IST, NATÜRLICH.»
«Nee, keine Ahnung, ich bin auch nur Patient», flüstert Heidbrink mit Delinquentenmiene.
«WAS WAR DAS? ICH KANN DICH NICHT VERSTEHEN.»
«Ich hab gesagt, dass ich nur Patient bin.»
Heidbrink presst die Kiefer so fest zusammen, dass die Zähne zu splittern drohen, und ist gar nicht mehr zu verstehen. Blitzschnell streckt Schulz die Hand aus und packt Heidbrink am Ohr. Am *Ohr*, muss man sich mal vorstellen.
«LAUTER!»
«JA.»
«MANN, MANN, MANN! SONST KEINER DA?»
«Im Speisesaal vielleicht. Wie gesagt, ich warte auf die Schwester, die muss jeden Moment kommen.»
«UND WO IST DAS BÜRO VOM PROFESSOR, SAGST DU?»
«Hinter dem Wald da ist ein Haus, und da drinnen.»
Mit voller Wucht tritt Herr Schulz gegen den Ritter, der tatsächlich in seine Einzelteile, in Eisenhut mit gebörteltem Kamm, Handschuhe aus getriebenem Eisen, Visierhelm mit umlaufenden Zierfutternieten, abgetrepptem Balgenvisier und kanneliertem Rückenteil, gefluteten Schulterflügel, Armkacheln, Kniekacheln und Beinschienen, zerfällt. Das Ende eines Fußkämpfers. Schnaufend, pulsierend, bebend, kochend zieht der König ab. Heidbrink wartet, bis er im Wald verschwunden ist, und verzieht sich dann aufs Zimmer. Eine Stunde später ist der Wagen verschwunden, die Klinik steht noch.

Innerhalb weniger Tage kühlt sich der Herbst zum Winter ab. Trotzdem herrscht immer noch die einhellige Meinung, dass die

Sache gut ausgehen wird und die Vermissten so plötzlich wiederauftauchen müssen, wie sie verschwunden sind. Nach vierzehn Tagen sind die Meinungen nicht mehr ganz so einhellig, und als erstmals Minusgrade im zweistelligen Bereich verzeichnet werden, wird es langsam eng. *Die können sich ja schlecht in Luft aufgelöst haben,* hört Heidbrink sich sagen. Dauernd hört er sich irgendeinen Unfug sagen.

Der mysteriöse Fall sorgt längst überregional für Schlagzeilen. Reporter, Kamerateams, Gaffer reisen an, an manchen Tagen herrscht ein regelrechter Belagerungszustand. Gar nicht gut fürs Standing der Klinik. Überhaupt. Seit einer Woche ist der Fahrstuhl *außer Betrieb,* und es sieht nicht danach aus, als würde so bald ein Servicemitarbeiter vorbeischauen. Abends bleibt Margot auf dem Zimmer, Heidbrink bringt das Essen hoch und leistet ihr Gesellschaft. Natürlich sprechen sie auch viel über Bonnie und Clyde.

«Was mit denen wohl *wirklich* passiert ist?»

«Was meinst du mit wirklich?»

«Vielleicht sind sie entführt worden.»

«Wer sollte die denn entführen? Und warum?»

«Weiß ich auch nicht.»

«Länger als zwei Stunden hält Pias Gesabbel doch kein Mensch aus.»

«Mensch, Jonas!» Ihr Gesicht wechselt abrupt die Farbe, als hätte sie eine Spritze bekommen.

«Ist doch wahr.»

Bei dem Versuch, sich ihr Strickjäckchen über den Kopf zu ziehen, verfängt sich das Pflegeetikett in ihrer Haarspange.

«Aua.»

«Ich geh dann mal.»

Welche Richtung die Dinge nehmen, lässt sich immer weniger übersehen. Die Zimmer werden nur noch auf Nachfrage gesäubert, der Raucherpavillon ist wegen kaputter Fenster und Türen unbenutzbar und abgesperrt. Die Heizung wurde gedrosselt, Heidbrink hat ständig eine kalte Nase. Als er sich beschwert, heißt es, es sei eben nicht einfach, ein so großes und altes Gemäuer energetisch verantwortungsvoll zu beheizen. Jedoch würde im Zuge der nächsten Renovierung …

Ende November hat sich die Zahl der Patienten halbiert, wie wollen die den Betrieb am Laufen halten? Das rechnet sich doch hinten und vorne nicht! Und tatsächlich: Am 4. Dezember verkündet die Klinikleitung die Schließung des Sanatoriums zum 31. 12. *Vorübergehend*, so heißt es, aber daran glaubt kein Mensch.

Einige Patienten reagieren offen aggressiv und feindselig, beklagen lauthals Misswirtschaft und Versagen, wittern Betrug und Vertuschung. Die meisten jedoch dämmern gleichgültig dem Tag der Schließung entgegen. Heidbrink nimmt sich ein Herz und spricht beim Abendessen Fangschreck an, nachdem der gerade mit Abräumen fertig ist. Es muss Monate her sein, seitdem sie außer «Bitte, danke» ein Wort miteinander gewechselt haben.

«Entschuldigung?»

Fangschreck, zu Tode erschrocken. «Ja?»

«Keine Angst, Herr Prpić. Spricht man das eigentlich so aus?»

«Was?»

Fangschreck scheint geradezu entsetzt darüber zu sein, dass Heidbrink seinen Namen kennt.

«P R I P I T S C H. Ob Ihr Name so korrekt ausgesprochen ist.»

Fangschrecks Gesicht ist gelb wie Wachs, die Augen starr und blicklos, der Blick einer Statue.

«Ja, ja.»

«Aha, gut. Was sind Sie eigentlich für ein Landsmann, wenn ich fragen darf?»

«Was?»

WAS?!? Meine Güte. So schwer zu verstehen ist die Frage doch nicht.

«Wo Sie herkommen? Aus welchem Land. Ursprünglich.»
«Kroatien.»
«Und wo da?»
«Opatija.»
«Ach so. Schon mal gehört. Liegt das nicht an der Adria?»
«Ja.»
«Und wenn es hier zu Ende ist» – Heidbrink fällt keine bessere Formulierung ein –, «gehen Sie dann wieder dahin zurück, oder bleiben Sie in Deutschland?»
«Weiß noch nicht.»
Heidbrink hatte gedacht, dass sich der Kellner über die unerwartete Ansprache, das ehrliche Interesse freuen würde, jedoch scheint das Gegenteil der Fall zu sein. Vielleicht taut Fangschreck auf, wenn man ihn nach seiner Familie fragt? Aber Fangschreck mit *eigener* Frau und *eigenen* Kindern? Schwer vorstellbar. Allenfalls uralte Eltern und Tanten und Onkels daheim in Kroatien. Den Mann also besser nicht länger nerven und/oder in Verlegenheit bringen.
«Ich bin mir sicher, dass Sie die richtige Entscheidung treffen.»
«Ja?», antwortet Fangschreck in dem debilen Tonfall von einem, der schon *wieder* nicht verstanden hat. Es hat einfach keinen Zweck.
«Dann wünsche ich Ihnen schon mal alles Gute für danach. Etwas verfrüht, aber schaden kann's nicht.»
«Ja.»
Unsicher, ob er nun endlich entlassen ist, nimmt Fangschreck eine seltsame, *unnatürliche* Haltung an, als sei er gerade gestürzt und versuche festzustellen, was alles gebrochen ist, ohne sich dabei zu bewegen. Oder so ähnlich. Schwer zu erklären, ganz schwer zu erklären.
«Dann bis heute Abend.»
«Ja.»

Der erste Schnee des Winters fällt in pappigen Schlieren. Die ausgebleichte, ferne Sonne wärmt gerade nur die Haut. Heidbrink steht am Fenster, das Erlebte zieht an ihm vorüber und das Kommende dazu, quecksilbrige Vorahnungen einer sich unausweichlich nähernden Zukunft. Was geschehen wird, wird geschehen, ob man will oder nicht. Oft denkt er an Klaus. Die Erinnerungen sind ton- und bewegungslos. Standbilder. Die Erinnerung mag keine Bewegung. Statt zu verblassen, wird sie immer intensiver.

Was *ist* denn nun *wirklich* mit Pia und Eddy passiert? Man hört doch immer wieder von Fällen, bei denen Leute spurlos verschwinden und ihre an einem Baum aufgeknüpften Leichen Jahre später vom Förster gefunden werden. Bisher Fehlanzeige, oder wird da etwas vertuscht? Vielleicht wurden sie auch angefahren und dann über die Böschung geworfen. Ab und zu steht noch etwas in der Regionalzeitung oder hat irgendjemand eine neue, noch verstiegenere Theorie. Aber es tut sich einfach nichts, und irgendwann wird nicht mehr über den Fall gesprochen. Die beiden bleiben verschwunden.

Das erschöpfte Jahr liegt in den letzten Zügen. Kummer, Sorgen, Schwermut wehen durchs Schloss. Heiligabend sind fast alle Patienten abgereist, auch Margot. Der Abschied zwischen ihnen war rührend gewesen, bewegend, zu Herzen gehend. Margot hatte ihm noch ein Weihnachtsgeschenk überreicht, richtig schöne, edle, mutmaßlich sehr teure Handschuhe aus fuchsbraunem Rindsleder. Und einen farblich dazu passenden, mit 110 Zentimeter Umfang allerdings viel zu weiten Gürtel. Die Sachen kann sie ja unmöglich mitgebracht haben. Sie muss jemand mit der Besorgung beauftragt haben. Oder ist selber mit dem Taxi ins ferne Stettin gefahren. Heidbrink kommen die Tränen. Dauernd kommen ihm die Tränen.

Die Stille, Einsamkeit und Dunkelheit, die während der langen

Jahre des Leerstands geherrscht haben, werden wieder einkehren, sobald der letzte Patient, Arzt, Therapeut, Pfleger, die letzte Schwester verschwunden ist. Bald wird es die Klinik nicht mehr geben, so wie es alles irgendwann nicht mehr geben wird.
Ein letztes Mal macht sich Heidbrink auf zum Hochsitz. Feiner, fedriger Schnee fällt aus einem bleichen Himmel. Erstickt schreien die Vögel hoch über ihm, umkreisen die Erde wie Fliegen, die am Rand einer Schüssel entlangwimmeln. Just als er sein Ziel erreicht hat, leuchtet am Horizont ein grell gezackter Blitz, dem dumpfes Krachen folgt. Gebirge von dunklen Wolken hängen wie Ruinen kurz vor dem Einsturz. Das Gewitter wartet schon lange, nun ist die Zeit gekommen. Ein beinah unmerklicher Schauder läuft ihm die Arme hinab, bis die Finger zittern. Er greift zur Leiter, die Sprossen sind komplett vereist. Wenn er die schafft, wird alles gut, dann rastet irgendwo ein Zahnrad ein, und sein Leben springt wieder an. Eine wässrige Schwäche ergreift seine Beine, als wären sie mit Zement gefüllt. JONAS HEIDBRINK NACH SCHWEREM STURZ NICHT MEHR (GANZ) DER ALTE. Besser, er bleibt unten.
Im Haus Totenstille. Sie haben die Heizung noch weiter runtergedreht, so kommt es ihm vor, aber das ist ja nun egal. Den Schlüssel legt er am Empfang auf den Tresen. Um etwaigen Abschiedszeremonien aus dem Weg zu gehen, hat er seine Sachen bereits am Vorabend ins Auto geschafft. Muss er also nicht noch mal aufs Zimmer. Trotz der langen Standzeit springt der Motor sofort an.

4

Kirgisenträume

Jetzt ist schon wieder Frühling und eins ums andere Mal findet sich Heidbrink nachts im Traum in der Klinik wieder. Einmal träumt er, dass er, wie damals so oft, vor dem Abendbrot einen kleinen, appetitanregenden Gang durch den Schlosspark unternimmt. Es ist alles traumhaft seltsam. Ein Regenbogen spannt sich seitwärts über die Landschaft, voll ausgebildet und stark, die reinste Herrlichkeit, feucht schimmernd mit allen seinen Farben. Der Frühling ficht einen schweren Kampf, der sich, unter hundert Rückfällen ins Bitter-Winterliche, durch Monate, bis in den Juni hinein, erstreckt. Gewaltige Ausfälle an Sonne sind zu verzeichnen, an Sonnenstrahlung, diesem wichtigen Heilfaktor, ohne dessen Mithilfe die Genesung sich zweifellos verzögert.
Der Wald strotzt von einer Sorte moosiger Flechten, ist damit behangen, beladen, ganz und gar darin eingewickelt, in langen, missfarbenen Bärten, ein verzauberter und krankhafter Anblick.
Dem Wald geht es nicht gut, er krankt an dieser geilen Flechte.
Ein leichtes Abendrot, das eine Weile die gleichmäßig bedeckten Himmel belebt hat, ist schon verblichen, und jener farblose Übergangszustand herrscht in der Natur, der dem vollen Einbruch der Nacht unmittelbar vorangeht.
Heidbrink bleibt stehen, lässt die Hände wie Flossen in Brusthöhe hängen, hält inne, um zu lauschen. Die Stille, wenn er regungslos stehen bleibt, um sich selbst nicht zu hören, ist unbedingt und vollkommen, eine wattierte Lautlosigkeit, unbekannt, nie vernommen, sonst nirgends vorkommend. Kein Rauschen,

nicht eine Vogelstimme. Es ist das Urschweigen. Die Welt in ihrem bodenlosen Schweigen. Sein Puls – mal fadenförmig und kaum zu fühlen, mal holterdipolter, über Stock und Stein. Er fühlt, wie das Blut ihm aus dem Gesichte weicht und sein Unterkiefer erschlafft, sodass sein Mund im Begriffe ist, sich zu öffnen. Ich falle in Ohnmacht, denkt er, in drei Ohnmachten auf einmal, eine grüne, eine braune und eine violette. Er fühlt aufs Neue sein Blut zum Herzen strömen, sodass es hämmert.

Er freut sich aufs Abendessen, die gesegnete Nahrungsaufnahme, einsamer und kostbarer Höhepunkt des Tages. Die Mahlzeiten im Saal mit den sieben Tischen haben den allergrößten Reiz für ihn. Er bedauert es, wenn eine davon zu Ende geht, aber sein Trost ist, dass er sehr bald, in zwei oder zweieinhalb Stunden, wieder hier sitzen wird, und wenn er wieder hier sitzt, so ist es, als sei er nie aufgestanden.

Statt auf ihrem angestammten Stuhl sitzt Schwester Irene in einem rundlichen kleinen Sessel mit stummelhaften, gleichsam rudimentären Armlehnen. Sie ist außerordentlich bleich, von durchscheinender, ja phosphoreszierender Blässe. Ein kelleriger Hauch geht von ihr aus.

«Sie sind spät, Herr Heidbrink. Man ist bereits bei der Nachspeise angelangt.»

Die Stimme klingt sanft, resigniert und enthält doch ein leises Beben. Ihre Sprechweise hat etwas zugleich Hastiges und Lahmes.

«Bitte um Verzeihung, Schwester, ich eile.»

Er fühlt ihren Blick in seinem Rücken, wobei er ein Reißen in den Gliedern sowie ein Ameisenlaufen den Rücken hinunter verspürt.

Der Tisch, den Fangschreck ihm zuweist, ist riesig und sieht aus, als wären mehrere Tische zusammengeschoben. Bestimmt zwanzig Personen finden daran Platz. Der Hauptgang wurde abgeräumt und Fangschreck serviert den Nachtisch, Milka-Nut,

Chocolat à la crème d'amandes, Marquis-Napolitains und goldgesprenkelte Katzenzungen. Die Servietten sind so groß wie kleine Tischtücher.
Am Kopfende Zeissner. Seine Hände sind schwärzlich-blau angelaufen, Teile des Gesichtes ebenfalls, Augen wie aufgesprungene Schnitte in Hefegebäck. Er plustert sich auf, um die Rede fortzusetzen, die von Heidbrinks Eintreten unterbrochen wurde:
«Wir kommen aus dem Dunkel und gehen ins Dunkel, dazwischen liegen Erlebnisse, aber Anfang und Ende, Geburt und Tod, werden von uns nicht erlebt, sie haben keinen subjektiven Charakter, sie fallen als Vorgänge ganz ins Gebiet des Objektiven, so ist es damit.»
Seine tiefe, gaumige Stimme hat über Nacht die Klangfarbe eines dumpfen und wie von starken Getränken verbrannten Basses angenommen.
«Das sind Tatsachen, Gesetze, Un-er-bitt-lich-keiten. Realismus ist der wahre Nihilismus, weil das Verhältnis jeder beliebigen Größe zum Unendlichen gleich null ist. Welch ein lästerlicher Unsinn, im Grunde, die ‹Entfernung› irgendeines Sternes von der Erde nach Trillionen Kilometern oder auch Lichtjahre zu berechnen und sich einzubilden, mit solchem Zifferngeflunker verschaffe man dem Menschengeist Einblick ins Wesen der Unendlichkeit und Ewigkeit.»
Er nimmt einen Schluck Tee, verzieht angewidert sein Gesicht, und winkt verstimmt nach Fangschreck.
«Der Tee ist kalt. Eiskalt ist mein Tee, den Sie mir gebracht haben. Wie können Sie es wagen, mir eiskalten Tee zu bringen. Ich will heißen Tee! Siedeheißen Tee will ich, das ist mein Recht vor Gott und den Menschen! Ich will brühheißen.»
Frau Dähne, Pia, Selma, Sebastian, Knut ziehen ihre Köpfe ein, als befürchteten sie, die nächste Salve könnte ihnen gelten.
«Lao-Tse lehrte, dass Nichtstun förderlicher sei als jedes Ding zwischen Himmel und Erde. Wenn alle Menschen aufgehört ha-

ben würden, zu tun, werde vollkommene Ruhe und Glückseligkeit auf Erden herrschen.»
Eine Heidbrink ganz unbekannte Frau applaudiert und lässt laute Bravo-Rufe hören. Sie ist klein wie ein Kind, mit einem alten, langen Gesicht – eine Zwergin. Querfalten auf ihrer engen Stirn und ungeheure Hautsäcke unter ihren jettschwarzen Augen, hohe wurmstichige Brust, pickliges Dekolleté. Ihr Sitznachbar ein Mann, den Heidbrink ebenfalls noch nie gesehen hat und der sich als Angetrauter der Zwergin eignete. Ein kleiner, magerer Mann, rasiert und von scharfer, man möchte sagen: ätzender Hässlichkeït, die Hasenzähne störrisch entblößt. Das krüppelhafte Wesen legt sein übergroßes, ältliches Gesicht in grinsende Falten, während Zeissner von einer schnellen Folge prustender Nieser durchgerüttelt wird, die er selbst ausgelassen kommentiert:
«Ein Spaß, das Niesen, wenn die Lust dazu gewaltig anschwillt und unwiderstehlich wird und man mit berauschter Miene ein paarmal stürmisch aus- und einatmet, sich wonnig ergibt und über dem gesegneten Ausbruch die ganze Welt vergisst. Und manchmal kommt es zwei- dreimal hintereinander. Das sind kostenfreie Genüsse des Lebens.»
Er gießt einen Schuss Kognak in seine Milch, um sie sich mundgerechter zu machen. Plötzlich ein lauter Knall. Die Tür, es ist wieder die Tür! Jemand hat sie zufallen lassen und das ist ein Geräusch, das er auf den Tod nicht leiden kann, das er von jeher gehasst hat. Heidbrink verabscheut das Türenwerfen und könnte jeden schlagen, der es sich vor seinen Ohren zuschulden kommen lässt. Fangschreck stürzt herbei und erkundigt sich endlich nach Heidbrinks Wünschen. Den ganzen Nachmittag hat der darüber gegrübelt, wonach ihm wohl zumute wäre. Jetzt weiß er: Er will Omelett! Wenig später erscheint die dampfende Speise auf mehreren Platten, kanariengelb und grün gesprenkelt, einen weichlich warmen Duft von Eiern und Butter im Zimmer verbreitend. Er folgt seiner Gewohnheit, sich seine Speisen auf

dem Teller zu einem Kleingemengsel zusammenzuschneiden, während er Zeissner lauscht, der seine Ansprache sprunghaft, flatterig und zügellos assoziierend fortführt.

«Ohne das Unterhautzellengewebe, da wären wir alle bloß Morcheln. Mit den Jahren schwindet es ja, und dann gibt es den bekannten und unästhetischen Faltenwurf. Auch an den Fußsohlen ist es fett und kitzlich.»

Sein gutmütig wirkender großer Kehlkopf scheint zu pulsieren, als würde er tatsächlich gekitzelt.

Die Zwergin zeigt Anzeichen verzerrter Begeisterung. Ihrem unmäßig lauten Lachen folgt ein außerordentlich unangenehmes Pfeifen, rau, scharf und doch hell, gedehnt und gegen das Ende im Tone abfallend. Zeissner, angewidert von diesem unsinnigen Ausbruch, erteilt ihr einen scharfen Verweis.

«Hüten Sie sich vor der hier gedeihenden Ironie! Hüten Sie sich überhaupt vor dieser geistigen Haltung. Sie wird zur Liederlichkeit, zum Hindernis der Zivilisation, zu unsauberen Liebelei mit dem Stillstand, dem Ungeist, dem Laster. Es ist ja gerade, als ob man dabei in den Menschen hineinsähe, wie es da aussieht, – alles ein Matsch und Schlamm.»

Die Zwergin verstummt und sinkt in Gram. Zeissner, in dem es immer noch kocht und brodelt, nimmt den Speiseplan zur Hand, glättet ihn sorgfältig, und legt ihn vor sich auf den Tisch.

«Nur ein wenig entknittert, und schon ist er wieder wie neu. Die unbesonnene Vergeudung und Vernichtung von Zeitungspapier bedeutet Hochverrat an unserem Walde.»

Er erntet anerkennendes Murmeln. Ein Mann, klein und fett, von Leberflecken verunziert, räuspert sich aus rostiger Brust. Er bietet einen wahrhaft abstoßenden Anblick: Der Körper, matt weißlich, ausduftend, dampfend, klebrig, die Haut in aller Unreinigkeit und Makelhaftigkeit, mit Flecken, Papillen, Gilbungen, Rissen und körnig-schuppigen Gegenden, walzenförmige Handgelenke, die Hände mit gewölbten, spitz zulaufenden Nägeln.

Ein Hustenanfall treibt ihm dünnen, rosafarbenen Schaum auf die Lippen. Der Husten ein schauerlich kraftloses Wühlen im Brei organischer Auflösung. Ganz unnötigerweise rollt er die Schultern und schlägt sich dabei mit der Faust vor die Brust – alles, um seine Unbefangenheit zu bekunden. Ein abscheuliches Benehmen. Er hechelt wie ein alter Cocker, seine Atmung geschieht nur vermittelst eines ganz unzulänglichen Restbestandes von tauglichem Lungengewebe. Die Gesellschaft wartet darauf, dass Zeissner ihn sich gehörig vorknüpft, doch er ignoriert den Leberfleckigen und scheinbar mühelos findet der den Übergang von schwerem Koller zu einem gemäßigten Zustande.
Selma starrt auf die fürstlichen Reste der Nachspeise. Obgleich seit Abschluss des übergewaltigen Diners erst eine Stunde vergangen ist, vermag sie ihren krankhaften Appetit kaum zu zügeln. Und überhaupt herrscht Löwenappetit im Gewölbe, ein Heißhunger, dem zuzusehen wohl ein Vergnügen wäre, wenn er nicht gleichzeitig auf irgendeine Weise unheimlich, ja abscheulich wirkte. Ein Stück Baumkuchen, dessen schmale, gebogene Scheiben von Schokoladenadern durchzogen sind, verschwindet in ihrem kleinen, gierigen Mund, gefolgt von einer Schüssel vom überaus leckeren Schokolade-Soufflé mit Schlagrahm. Ihr rotes, ungebildetes Gesicht ist im Genusse verzerrt.
Fangschreck, unschlüssig, mürbe von andauerndem Genickzittern, steht im Speisedunst zwischen den Tischen herum. Unversehens huscht Schwester Lea in den Saal, flüstert Frau Dähne etwas ins Ohr und tänzelt weiter zu Heidbrink. Wie reizend sie geht, denkt Heidbrink, ganz wie ein Kätzchen zur Milchschüssel schleicht. Geblendet von vernunftloser Freude, öffnet sich sein ganzes Herz weit, ja schmerzlich weit. Doch sie legt nur das Tablettenröhrchen, das er im Schwesternzimmer vergessen hat, vor ihm auf den Tisch. Zeissner, inzwischen mit neuen Kräften ausgestattet, setzt seine Rede fort:
«Ich bin über anderthalb Jahre hier. Ich kann nicht länger war-

ten. Der Professor hat ursprünglich gesagt: ein Vierteljahr. Dann ist mein Aufenthalt immer wieder viertel- und halbjahrsweise verlängert worden, und ich bin immer noch nicht gesund. Es kommt auf restlose Heilung an, die Restlosigkeit sei das Entscheidende, und ein halbes Jahr hat der Professor mir neulich noch aufgebrummt.»

Erst jetzt bemerkt Heidbrink Eddy, der am Nachbartisch in ganz verquerer Haltung halb liegt, halb sitzt, halb kauert. Es ist ein grün gedeckter Rundtisch, auf dem zum Schmuck oder zur Erquickung und jedenfalls nüchternerweise eine Wasserflasche mit über den Hals gestülptem Glase steht. Eddy hat die Decken, eine nach der anderen, zuerst von links der Länge nach bis unter die Achsel über sich geschlagen, hierauf von unten über die Füße und dann von rechts, sodass er endlich ein vollkommen ebenmäßiges und glattes Paket bildet, aus dem nur Kopf, Schultern und Arme hervorsehen, als wäre er zur horizontalen Daseinsform endgültig eingekehrt, schon zur Mumie gerundet und geglättet.

Man hört ihn mit den Zähnen knirschen, ein furchtbar unangenehmes, wildes und abenteuerliches Geräusch. Eben lässt eine Fliege sich auf die unbewegliche Stirne nieder und beginnt, ihren Rüssel auf und ab zu bewegen. Heidbrink überkommt jenes epidermale Gruseln, das man volkstümlich als «Gänsehaut» bezeichnet.

Überhaupt scheint es, als wären alle Leute in ihrem Inneren von einem schwer aufzuhaltenden Zerfall ergriffen. Demoralisation, Lethargie, Stumpfsinn haben um sich gegriffen. Was liegt in der Luft? – Zanksucht. Kriselnde Gereiztheit. Namenlose Ungeduld. Eine allgemeine Neigung zu giftigem Wortwechsel, zum Wutausbruch, ja zum Handgemenge. Mangel an Ordnung und gesitteter Energie. Der Geist der Verwesung, der Wollust und der Schande. Humanitäre Schlaffheit. Ein elendes Gefühl überkommt ihn. Dazwischen aber berührt ihn plötzlich ein ganz absonderlich

ausschweifendes Gefühl der Freude und Hoffnung, und als er es empfunden hat, sitzt er nur noch da, um zu warten, ob es nicht vielleicht wiederkäme.
Die Zeitformen, denkt er, verschwimmen dir, rinnen ineinander, und was sich als wahre Form des Seins dir enthüllt, ist eine ausdehnungslose Gegenwart. Was ist ein Tag, gerechnet etwa von dem Augenblick an, wo man sich zum Mittagessen setzt, bis zum Wiedereintritt dieses Augenblicks in vierundzwanzig Stunden? Nichts. Der Tag ist zu Ende, man ist sicher, dass heute nichts mehr geschehen, keine Erschütterungen sich mehr ereignen, keine Zumutung an die Herzmuskulatur mehr gestellt werden. Zugleich aber ist man sicher, dass morgen dies alles mit aller Wahrscheinlichkeit wieder der Fall sein und von vorn beginnen werde.
Dann lauscht er wieder Zeissners Monologen, der seine, Heidbrinks Gedanken, fortzuspinnen scheint:
«Über das Wesen der Langeweile sind vielfach irrige Vorstellungen verbreitet. Man glaubt im ganzen, dass Interessantheit und Neuheit des Gehaltes die Zeit ‹vertreibe›, das heißt: verkürze, während Monotonie und Leere ihren Gang beschwere und hemme. Das ist nicht unbedingt zutreffend. Leere und Monotonie mögen zwar den Augenblick und die Stunde dehnen, aber die großen und größten Zeitmassen verkürzen und verflüchtigen sie sogar bis zur Nichtigkeit. Was ist die Zeit? Ein Geheimnis, – wesenlos und allmächtig.»

Als Heidbrink darüber nachdenkend einen Blick durch das Fenster auf den Schlosspark wirft, sieht er den Professor in ganz eigentümlicher Art sich nähern. Er hat die Gewohnheit, bei jedem seiner kurzen Schritte den ganzen schweren Körper und sogar den Kopf etwas seitwärts fallen zu lassen. Er wirkt im Freien nicht ganz so großartig wie in geschlossenem Raum. Der weiche Filzhut verkleinert seine Züge, lässt sie gleichsam zusammen-

schrumpfen und setzt selbst seine gerötete Nase in ihrer Majestät herab.
Nur Augenblicke später steht der Klinikchef vor ihnen, schwankend, in den Händen eine Flasche Champagner. Durch die offene Balkontür ist er eingetreten, sodass sich die Vorstellung aufdrängt, als sei er durch die Lüfte gekommen. Er lässt den pilzförmigen Korken mit dem Knall einer Kinderpistole dem geschmückten Hals entschlüpfen und zur Decke fahren. Doch wirkt auch seine Betrunkenheit nicht gering und beschämend, nicht als Entwürdigungszustand, sondern verbindet sich mit seiner Natur zu einer großartigen und ehrfurchtgebietenden Erscheinung. Er dämmt mit der Hand die Unterhaltung zurück, schafft Stille, wie der Dirigent, der das Durcheinander der stimmenden Instrumente zum Schweigen bringt. Der Professor hat etwas Triumphierend-Unerbittliches in seinem Mund, den Unterkiefer schief gestellt. Die Bläue in seinem Gesicht hat sich ins Veilchenfarbene vertieft, er blickt mit hochgezogenen Brauen, sodass die rechtwinklig von seiner Stirn zu den äußeren Augenwinkeln laufenden Falten sich maskenhaft vertiefen.
Professor von Rodenberg, die oberste Autorität in der Welt. Es herrscht eine kaum noch aushaltbare Spannung.
Krankheit, beginnt er, vom Wesen der Krankheit wolle er sprechen. Krankheit bedeute eine Überbetonung des Körperlichen, die den Menschen gleichsam ganz und gar auf seinen Körper zurückwerfe. Krankheit sei also unmenschlich.
In seiner Stimme ein gereiztes Beben, sein Mund bildet die Worte scharf und genau, ja plastisch.
Nur der Leidende, so der Professor, vermag des Leidenden Führer und Heiland zu sein. Kann befreien, wer selbst unterworfen ist? Der kranke Arzt bleibt ein Paradoxon. Krankheit macht den Menschen viel körperlicher, sie macht ihn gänzlich zum Körper.
Die Welt und das Leben ist danach angetan, dass man sich all-

gemein schwarz tragen sollte, und ernst, gedämpft und förmlich miteinander verkehren im Gedanken an den Tod.
Er lässt am Schlusse die Stimme sinken, als sei das der erste Satz einer längeren Erzählung.
Die Zwergin schaut mit großen Opferaugen, mit großen, vorquellenden und blutunterlaufenen blauen Augen, in denen Tränen schwimmen. Tränen, die leicht fließenden, salzlosen Tränen der Ungebildeten. Ihre Augen haben «sich festgesehen», sind in eine fixe und blinde Einstellung geraten.
Der Leberbefleckte wird vom nächsten Hustenanfall geschüttelt. Dann niest er, aber so, als ob er mit der Lunge nieste, hoch, kurz, einmalig, unheimlich. Der Professor, ungehalten, erzürnt über die Entgleisung, knüpft sich das Männlein vor:
«Darf ich mir die Erkundigung erlauben, ob Sie mit Ihren Schlüpfrigkeiten bald zu Rande zu kommen gedenken?»
Das Männlein sackt in sich zusammen wie ein Schüler, der eine verweisartige Belehrung entgegennimmt.
«Krank und dumm – es mutet ganz eigentümlich an, wenn einer dumm ist und dann auch noch krank, wenn das so zusammenkommt, das ist wohl das Trübseligste auf der Welt.»
Während er spricht, geht er über seine eigenen Worte hinweg, indem er unruhig, in rollender, schleifenförmiger Bewegung, den Kopf mit suchend erhobener Nase hin und her wendet, wie Raubtiere im Käfig tun.
«Beleidigungen müssen mit Absicht geschehen, sonst sind sie keine.»
Grenzenloses Gelächter schließt ihm die Augen und presst Tränen zwischen den Lidern hervor. Hilflos setzt der Leberfleckige zu einer Replik an, bringt aber nur unverständliche Lautmalereien hervor.
«Wie bitte? Man ist gebeten, weniger lückenhaft zu sprechen, wenn man verstanden zu werden wünscht.»
Dem Fleckigen bleibt endgültig die Luft weg.

«Das ist ja ein rechter Windbeutel.»
Hat der Professor ihn sich vorgeknöpft, weil er am Leberfleckigen, einem nur Leichtkranken, ein Exempel statuieren will? Leichtkranke gelten nicht viel, man spricht mit Geringschätzung von ihnen. Genesene Leute, abgefiebert und entgiftet, die das Sanatorium längst verlassen haben müssten, um Platz zu machen für ernsthaftere Fälle. Aber stets suchen sie ihren Aufenthalt zu verlängern, ihre Abreise unsinnig hinauszuzögern.
In der Linken hält der Professor eine mattgraue Zigarre, die sich noch im ersten Stadium der Konsumtion befindet. Schon zum Gehen gewandt, mit baritonaler Milde:
«Entsatz nähert sich. Voraneilen heißt: Zeit und Gegenwart nicht als Geschenk, sondern nur als Hindernis empfinden. Der Nichts-als-Wartende gleicht einem Fresser, dessen Verdauungsapparat die Speisen, ohne ihre Nähr- und Nutzwerte zu verarbeiten, massenhaft durchtreibt.»
Er nickt leise dazu, nicht nur mit dem Kopf, sondern mit dem ganzen Oberkörper.
«Ganz große Pupillen müssen wir erst kriegen, wie die Katzen, um zu sehen, was wir sehen wollen.»
Und weg ist er. Nach seinem abrupten Fortgang beginnt die Gesellschaft sich aufzulösen, zu zirkulieren. Als Heidbrink auf seinem Nachtspaziergang den Raucherpavillon passiert, sieht er zwei graue Weiber, halbnackt, zottelhaarig, mit hängenden Hexenbrüsten und fingerlangen Zitzen, die dort drinnen zwischen flackernden Feuerpfannen aufs Grässlichste hantieren. Über einem Becken zerreißen sie ein kleines Kind, zerreißen sie es in wilder Stille mit den Händen und verschlingen die Stücke, dass die spröden Knöchlein ihnen im Maul knacken. In ein grauenhaftes Narrenspital bin ich hier geraten, denkt er. Dantische Szenen, groteske Bilder des Grauens und der Qual: die nackten Irren im Dauerbade hockend, in allen Posen der Seelenangst und des Entsetzensstupors, einige in lautem Jammer schreiend,

andere mit erhobenen Armen und klaffenden Mündern ein Gelächter ausstoßend, worin alle Ingredienzien der Hölle sich gemischt haben; einer an seinen Nachbarn im Kreise die Frage richtend: «Did you ever see the devil with a night-cap on», worauf der Gefragte aber zur Antwort gibt: «No! I never saw the devil with a night-cap on.»

Stettiner Haff

Seine Lider klappen mit einem erschrockenen Flattern auf und wieder zu und wieder auf und wieder zu. Wie viel hat er gestern eigentlich getrunken? Eine große Flasche voll, eine kleine Flasche voll, ein Glas voll und noch ein paar Gläschen voll. Körperdunst steigt ihm in die Nase. Hefig, sauer, vergoren, wie Auberginenpastenkonzentrat. Oder ein anderes Konzentrat. Aufstehen, hilft ja nix.

Beim Zähneputzen schaut er zur Abwechslung mal wieder hin (in der Regel vermeidet er den Spiegelblick; man kann sich tage-, sogar wochenlang nicht richtig anschauen und kommt trotzdem klar). Die Augen scheinen nicht richtig im Kopf zu sitzen, sie treiben links von seinem Gesicht umher. Überhaupt wabert da allerhand wild durcheinander, sein Gesicht hat etwas Flüssiges, Unleserliches, auch für ihn selbst. Ein Hybrid aus (Elon) Musk und (Miss) Marple. Mit so einem formlosen Gesicht auf dem Fahndungsfoto würden sie ihn nie kriegen. Wanted: Jonas, der Tüftler.

Seine Knie vibrieren, eine stetige Bewegung wie der Motor eines Spielzeugautos, ihm ist außerdem ein bisschen schwindelig. Nur für einen Moment, einen kurzen Augenblick muss er sich setzen. Die Zahnbürste ruckelt dreimal, Zeit zum Ausspülen. Er formt mit dem Mund einen Flunsch, verschiebt seine Lippen, wie von

Angelhaken gezogen, mal in die eine, dann wieder in die andere Richtung. Ein Gummimensch. Ein dicklicher Gummimensch. Ein blasenschlagender, dicklicher Gummimensch. Er hat am ganzen Körper an Umfang zugelegt.
Probeweise schließt und öffnet er die Fäuste. Sein Griff ist nicht kräftiger als ein Luftzug. Richtig alt ist er noch nicht, aber auf der Schwelle. Der Dimmer runtergedreht bis knapp zur Hälfte, langsam, aber sicher ist die Batterie leer. Er hätte nie gedacht, dass ihm mal die Haare ausgehen, aber das passiert gerade. Das ganze Streben nach Individualität vergebens, man endet als kahlköpfiger, schwammiger Batzen. Gut, dass ihn seine Mutter nicht mehr sehen kann. *Jonas, was ist nur alles schiefgelaufen? Einiges, Mama, einiges.* Sein Leben, so wie er es gekannt hatte, gibt es nicht mehr. Noch immer steht er in einer Wolke von Körperausdunstungen. Auch das hätte er nicht für möglich gehalten: keine Lust, unter die Dusche zu steigen, kein Problem damit, ungewaschen ins Bett zu steigen.
Weiße Kumuluswolken türmen sich am sanft blauen Himmel. Von irgendwoher das dumpfe Klopfen eines Spechts. Ziemlich genau vor einem Jahr haben die Arbeiten am Bettenhaus begonnen. Er setzt sich auf die Terrasse und klappt sein Laptop auf. Es ist noch kein Tag verstrichen, an dem er es nicht wenigstens versucht hätte: die Späne in seinem Kopf ausrichten, konzentrieren, Hirn auspressen, warten, bis eine Idee herangeflattert kommt. Er schaut runter auf die Straße, als könnte ihn irgendeine zufällige Beobachtung auf eine revolutionäre neue Idee bringen. Er muss sich beschäftigen, den Tag rumkriegen, sich mit irgendwas am Leben halten. Für endlose Untätigkeit ist er einfach nicht gemacht, er kann das bohrende Gefühl diffuser Zeitlosigkeit nicht ertragen. Und, wer weiß ... Da, er spürt den Geniestreich schon ganz dicht über seinem Kopf schwirren. Er müsste nur noch zupacken, ihn zu sich herunterholen, sich an ihm festhalten, ihn Gestalt annehmen lassen. Sein Verstand ein durchdrehender

Reifen, der im Sand festen Halt sucht. BRUMM, KNATTER, RÖHR, WRÖH. Doch dann springt der Gang raus. Leerlauf, Kolbenfresser. Notlauf. Notlauf, gutes Wort: *Im Notlauf werden unter unzulässigen Bedingungen über eine begrenzte Zeit Aufgaben erfüllt.* Der Geistesblitz dümpelt in irgendwelchen unteren Schichten seines Hirns herum, sinkt ab und löst sich schließlich auf wie ein Zuckerstückchen, von dem nur noch eine trübe Flüssigkeit übrigbleibt.

Der grausame Gang der Dinge: Revolutionäre Geistesblitze schlagen, wenn überhaupt, nur in jungen Jahren ein. Die Phantasie eilte voraus und bahnte den Ideen ihren Weg, die ihm in einem steten, breiten Strom zufielen. Jetzt ist der Abfluss verstopft, die Kanäle sind vertrocknet, nix mehr drin in den Gehirnzellen. Auch Einstein, sagt man, hatte gegen Ende seines Lebens den Anschluss verloren.

Ihm fehlt es auch an Ausdauer. Kompliziertes kann er nicht mehr leisten, die meisten Prüfungen würde er nicht mehr bestehen. Er wird keine Vorhaben mehr in die Tat umsetzen, das weiß er doch eigentlich. Er hat in seiner alten Welt nichts mehr zu suchen. Er ist einer, der auf einen Hochsitz im Wald gehört.

Mitte Juni schockierende Neuigkeiten: Der Status des Sanatoriums ist auf der Website von *vorübergehend* nun auch offiziell auf *dauerhaft geschlossen* gesetzt worden. Keine weiteren News. Professor von Rodenberg zuletzt bearbeitet am 9. Januar, Reuter, Börner und all die anderen haben keinen eigenen Wikipediaeintrag.

Mölln – Ratzeburg – Schwerin – Güstrow – Anklam. Die Silhouetten der Strommasten heben sich wie gestanzt gegen den blauen Himmel ab.

EINGANG LIEFERVERKEHR.

PRIVATGELÄNDE. DAS BETRETEN IST UNBEFUGTEN STRENGSTENS UNTERSAGT.

Das Schloss ein ferner Außenposten, der entlegenste Ort der entlegensten Insel des entlegensten Kontinents. Überquellende Mülltonnen, ein mit Schutt gefüllter Container. Das Portal ist mit Latten vernagelt, das Mauerwerk an einigen Stellen geborsten. Modriger, fauliger Geruch entströmt dem Schlossteich. Er ist etwa zur Hälfte ausgetrocknet, die blauschwarze Lake glänzt wie flüssiger Teer. An den Rändern schimmert klebriger Schlick, willkommen im Reich der Eintagsfliegen, Frösche und Libellen. In nur einem halben Jahr ein solcher Verfall, erstaunlich, erschreckend. Und keine Menschenseele weit und breit.
Heidbrink nimmt den Weg durch das Waldstück zum Gesindehaus. In seinem Hemd ein Etikett, das ihn bei jedem Schritt in den Nacken pikt.
Mehrere Fensterscheiben im Erdgeschoss sind eingeworfen. Ein blindes Haus mit geschlossenen Augen. Von irgendwo in der Ferne stetiges Hämmern, als stünde jemand an einem Amboss. Komisch. Da! Irgendetwas hat sich bewegt. Oder täuscht er sich? Schritt für Schritt geht er weiter. 21, 22, 23, 24. Stille summt ihm in den Ohren. Vielleicht ein Plünderer! Räuber! Brandschatzer! Heidbrink schießen Bilder von demoliertem Mobiliar, zerschlagenen Monitoren, herausgerissenen Leitungen, zertrümmerten Fotoapparaten, verbogenen Orff'schen Instrumenten, ausgeweideten Rasseln, zerschnittenen Trommelfellen durch den Kopf. Brandspuren! Wasserschäden! *RIVER IS FLOWING, FLOWING AND GROWING.* Der Puls hämmert, Angst breitet sich in seinem ganzen Körper aus, die Beine drohen wegzuknicken.
Komm jetzt! Heb den Blick! Weiter! Aber wenn er wirklich einem Plünderer *in action* in die Quere käme, dann Halleluja. Drückerkönigen, Berufskriminellen, Mördern hat er absolut nichts entgegenzusetzen. Also: Der Schwächere gibt nach. Rückzug auf leisen Sohlen. In einer Pattsituation ist Unentschieden ein Sieg für den Verteidiger. Er verharrt wie betäubt, die Schwüle der Luft scheint in seinem Kopf zu sein. Keine Bewegung, kein

Mucks. Ausharren, Luft anhalten. Vielleicht war es ja auch nur eine Luftspiegelung. Ein Tier. Oder: Der Plünderer versteckt sich vor ihm, wie er selbst sich vor dem Plünderer versteckt, um dann bei Einbruch der Dunkelheit auf allen vieren davonzukriechen. 21, 22, 23, 24. Seine eingeschlafenen Beine beginnen zu prickeln.

Plong. Ein metallisches, dumpfes Geräusch, als habe jemand etwas fallen lassen; Brecheisen, Kuhfuß, Dietrich. Bitte nicht! Heidbrink kann nicht mehr.

«HALLO!?»

Seine Stimme klingt quäkend wie die eines Kindes, das Angst vor dem Zahnarzt hat. Er hält die Ungewissheit nicht mehr aus, will, dass es endlich vorbei ist, egal was passiert. Wahrscheinlich das Allerdümmste, was er machen kann.

Der glänzende Nylonanorak lässt den Professor wie einen Kleinkriminellen aussehen. Offenbar ist er es leid, sich länger zu verstecken, jetzt tritt er auf Heidbrink zu, als wäre ihre Begegnung in der weltfernsten Einöde das Normalste von der Welt. *Doctor Livingstone, I presume?* Sumpfgespenster unter sich.

«Kann ich Ihnen helfen? Dies ist Privatgelände.»

«Entschuldigung, ich war bis zur Schließung Patient hier. Ich weiß nicht, ob Sie sich erinnern, wir sind uns einmal zufällig bei einem Spaziergang begegnet.»

«Ach ja. Herr Heidbrink, wenn ich mich nicht täusche?»

Sagt er und weiß ganz genau, dass er sich nicht täuscht. Er steht da wie ein Stück Holz und mustert ihn, als wolle er abschätzen, wie Heidbrinks Leben seit der Entlassung verlaufen ist und wie es enden wird.

«Und was machen Sie hier?»

«Ich war in der Gegend, und da wollte ich mal nachschauen, was aus der Klinik geworden ist.»

«Geworden ist», echot Rodenberg. Auch er hat deutlich zugelegt.

Er sieht gar nicht mehr aus wie ein hippokratischer Halbgott, sondern wie etwas ganz Normales, ein faltiger Vorruheständler, der gerade seine Frau verloren hat, ein stellvertretender Starcar-Filialleiter. Ein dicker Mann mit grünen (Rodenberg trägt dunkelgrüne Socken) Socken, der im Bett gern Kreuzworträtsel löst.

«Und, haben Sie sich schon umgeschaut?»

«Flüchtig.»

«Nehmen Sie sich ruhig Zeit. Machen Sie sich ein Bild.»

«Stimmt es, dass die Klinik dauerhaft geschlossen ist?»

Als Zeichen, dass er absolut keine Lust hat, die Frage zu beantworten, scharrt Rodenberg mit den Füßen, als sei er in Scheiße getreten.

«Demnächst geht eine Rundmail raus an alle ehemaligen Patienten», sagt er dann schmallippig.

Eine offensichtliche Lüge. Der hat nicht geringste Lust, einem Ex-Patienten auch nur eine Sekunde länger Rede und Antwort zu stehen. Der Mund des Professors ist von der lebenslangen, sinnlosen Quasselei ganz ausgefranst. Absolutes Schweigen vorausgesetzt, wird es zehn Jahre dauern, bis die Fransen wieder einfransen.

«Was mich noch interessieren würde», hört Heidbrink sich sagen, so leicht kann er Rodenberg ja nicht vom Haken lassen.

«Ja?»

«Schon wieder vergessen.»

«Kann passieren. Na gut, hat mich jedenfalls gefreut. Ich wünsche Ihnen alles Gute.»

«Ihnen auch, Ihnen auch.»

Professor Unrat verschwindet hinterm Haus.

Sommerstille liegt über dem Haff. Der Himmel ist so durchdringend blau wie das Meer. Der Schatten einer Wolke zieht heran, dämpft das Licht und wandert weiter. Der Strand ist jetzt am frühen Abend fast menschenleer. Heidbrink zieht die Hose aus und geht ein paar Schritte ins Wasser, wie beim letzten Mal. Es riecht nach Rauch und Feuchtigkeit, als hätte es irgendwo in der Nähe gebrannt. Wie weit mag es bis zum anderen Ufer sein? Zehn Kilometer, vielleicht mehr. Er geht zurück an den Strand, faltet die Hose sorgfältig zusammen und setzt sich drauf. Er könnte sich eine Unterkunft in Ueckermünde suchen. Wahrscheinlich aber wird er später noch nach Hause fahren. Was hat er sich eigentlich erhofft? *Herzlich willkommen, Herr Heidbrink, wenn Sie wollen, können Sie gleich hierbleiben, Ihr Zimmer wartet schon auf Sie.* Als es zu dämmern beginnt, fühlt er Angst aufsteigen und durch tausend Risse in sich einsickern. Immer diese verdammte Angst. Vor Dunkelheit, vor Armut, vor dem Alt- und Dickwerden, vor Spinnen, Ratten und bissigen Hunden, vor Schmerzen, vor der Zukunft, davor, was passiert, wenn er die Augen schließt. Die Ängste werden ihn nie mehr verlassen, sie sind und bleiben die Könige dieser Welt. Er hat längst vergessen, woher sie kommen und warum und wovor er sich fürchtet. Vielleicht hat der schwarze Strom seinen Ursprung schon bei seiner Geburt genommen. Chemisches Roulette, ein brodelnder Hormonmix aus Endorphin, Dopamin, Oxytocin und tausend anderen -ins. Elektrochemische Impulse, die kreuz und quer schießen. Ursache, Wirkung, Wechselwirkung – im Grunde genommen ist so gut wie nichts bekannt. Man müsste auf Molekularebene zerfallen und zu etwas völlig Neuem werden, wenn die Option zu haben wäre.

Die Dämmerung senkt sich herab, Rosa- und Rosttöne breiten sich am Horizont aus. Für eine Bleibe hätte er sich längst auf die Socken machen müssen, in Ueckermünde heißt es sicherlich Annahmeschluss Küche 20 Uhr, Einchecken dito, ab 20:01 steht man vor verschlossenen Türen, und jetzt ist es schon gleich halb zehn.

Ihn überkommt ein diffuses Gefühl, wie ein Umriss von etwas. So viel Leben noch, das er hinter sich bringen muss. Jeder Mensch muss das Gefühl haben, er zählt, es kommt auf ihn an. Er hat dieses Gefühl nicht. Schweiß bedeckt seine Kopfhaut; er spürt, wie die Feuchtigkeit sich unter seinen Haaren entlangschlängelt. Nun hat er es wirklich oft genug versucht, bei ihm wird das nichts mehr. Das ist keine vorübergehende Pechsträhne, sondern die Zukunft. Die ganze Zeit des Wartens und der Glücksverheißungen hat zu nichts geführt. Die endlos strapazierte Hoffnung, die zu handeln verbietet und nur das Unglück verlängert. Im Grunde genommen weiß er schon lange, dass er sich nie wieder anders fühlen wird als jetzt gerade; ein nicht enden wollender Schlag in die Magengrube. Das kann er nicht länger ignorieren und so tun, als wäre nichts. Wäre die Welt ein guter Ort, dann würde doch selbst er ab und an ein bisschen Freude empfinden. Aber die Welt ist kein guter Ort. Die Aussichtslosigkeit seiner Lage ist überwältigend.

Er wird von einem Hagel Erinnerungsfetzen beschossen. Sie treiben an den Rändern seines Bewusstseins vorbei, verkrümeln sich gleich wieder zu einem feinen Pulver. Es hat sich schon lange nichts mehr getan zwischen dem Augenblick des Erwachens und dem des Einschlafens, kein einziger magischer Moment, keiner, von dem man hinterher sagt, dass sich dafür alles gelohnt hätte. Er existiert jetzt schon im Leben keines anderen Menschen mehr, nur noch in seinem eigenen. NOTLAUF. Warum gibst du nicht einfach auf, hat ihn sein Sportlehrer nach dem x-ten Fehlversuch am Barren einmal gefragt, da war er vierzehn oder so. Ja, warum eigentlich nicht. Es ist an der Zeit, seine Niederlage einzugestehen.

Dunkelheit schwillt, am Horizont leuchtet ein letzter Streifen orangefarbenen Lichts. Mauersegler schwirren in großen Bögen

am Himmel umher, bis sie abkippen und im Tiefflug vorbeisausen. Er zieht jetzt auch die Unterhose aus und stakst ins Haff. Keine Spuren im Sand, keine Wellen im Wasser. Neumond, es ist nun so dunkel, dass Himmel und Wasser verschmelzen. Er sehnt sich nach Ruhe. Es ist, als flüstere ihm etwas zu, sich zu beeilen, keine Zeit mehr zu verschwenden. *Die Zeit ist ein Kreis, und der muss sich irgendwann schließen.*
Lebewohl, Jonas Heidbrink, des Lebens treuherziges Sorgenkind! Deine Geschichte ist aus.

Nachtschwimmen. Unterm Sternenhimmel baden. *Teenage Dreams*. Hat er, wenn's hochkommt, im Leben vielleicht zwei-, dreimal gemacht. Eines nicht mehr fernen Tages werden die Menschen ins Meer zurückkehren, und ihnen werden Flossen und Kiemen wachsen.
Kein Lüftchen bewegt die Wasseroberfläche. Auf dem Meeresboden Muscheln, Feuersteine, fossile Überreste; Glücksbringer. In seinen Eingeweiden breitet sich Hitze aus. Sein Körper scheint Hitze zu erzeugen, die ihn immun macht gegen die Kälte. Sein Blut ist salziger und wärmer als das Wasser. Er schwimmt und schwimmt und schwimmt, jeder Pulsschlag hart und präzise. Erstaunlich, was in ihm steckt. Alles Kopfsache, es ist immer alles nur Kopfsache. Die letzte Farbe läuft aus dem Himmel ab wie Wasser durch einen Abfluss. Jetzt ist er schon so weit draußen. Er nimmt ein Dröhnen wahr, eine vibrierende Leere in großer Entfernung. Wahrscheinlich Einbildung. Hinter seinen Augäpfeln beginnt es zu kochen. Etwas strömt aus ihm heraus; so fühlt es sich also an. Vielleicht ist er das gar nicht mehr, der hier. Egal. Von der Hoffnung erlöst, schwimmt er weiter, ohne sich noch einmal umzuschauen.

Quellennachweise

S. 54: The River is Flowing, Text: Gila Antara
S. 71: Mud, Tiger Feet, Text: Nicky Chinn
S. 149: DJ Bobo, There's a Party, Text: René Baumann
S. 183: Lynyrd Skynyrd, Sweet Home Alabama, Text: Ronnie Van Zant
S. 257 ff.: Das Kapitel «Kirgisenträume» nimmt ausführlich Anleihen am Roman «Der Zauberberg» von Thomas Mann. Die betreffenden Passagen wurden dazu teilweise etwa im Tempus, in den Personennamen oder durch Auslassungen leicht verändert und außerdem in neue Rechtschreibung konvertiert. Die entsprechenden Stellen sind im Folgenden mit den Seitenzahlen aus dem «Zauberberg» verknüpft, nach der Fassung der Großen Kommentierten Frankfurter Ausgabe, Bd. 5. 1.: Der Zauberberg, hg. u. textkritisch durchgesehen von Michael Neumann, Frankfurt a. M. 2010.

Jetzt ist schon wieder Frühling und eins ums andere Mal findet sich Heidbrink nachts im Traum in der Klinik wieder. Einmal träumt er, dass er, wie damals so oft, vor dem Abendbrot einen kleinen, appetitanregenden Gang durch den Schlosspark unternimmt. Es ist alles traumhaft seltsam. *Ein Regenbogen spannt sich seitwärts über die Landschaft, voll ausgebildet und stark, die reinste Herrlichkeit, feucht schimmernd mit allen seinen Farben* (762). *Der Frühling ficht einen schweren Kampf, der sich, unter hundert Rückfällen ins Bitter-Winterliche, durch Monate, bis in den Juni hinein, erstreckt.* (563) *Gewaltige Ausfälle an Sonne sind zu verzeichnen, an Sonnenstrahlung, diesem wichtigen Heilfaktor, ohne dessen Mithilfe die Genesung sich zweifellos verzögert.* (729)
Der Wald strotzt von einer Sorte moosiger Flechten, ist damit behangen, beladen, ganz und gar darin eingewickelt, in langen, missfarbenen Bärten, ein verzauberter und krankhafter Anblick. Dem Wald geht es nicht gut, er krankt an dieser geilen Flechte. (966)

Ein leichtes Abendrot, das eine Weile die gleichmäßig bedeckten Himmel belebt hat ist schon verblichen, und jener farblose Übergangszustand herrscht in der Natur, der dem vollen Einbruch der Nacht unmittelbar vorangeht. (13)
Heidbrink bleibt stehen, *lässt die Hände wie Flossen in Brusthöhe hängen* (347), hält inne, um zu lauschen. *Die Stille, wenn er regungslos stehen bleibt, um sich selbst nicht zu hören, ist unbedingt und vollkommen, eine wattierte Lautlosigkeit, unbekannt, nie vernommen, sonst nirgends vorkommend.* (740) *Kein Rauschen, nicht eine Vogelstimme. Es ist das Urschweigen, die Welt in ihrem bodenlosen Schweigen.* (740) *Sein Puls – mal fadenförmig und kaum zu fühlen, mal holterdipolter, über Stock und Stein.* (399) *Er fühlt, wie das Blut ihm aus dem Gesichte weicht und sein Unterkiefer erschlafft, sodass sein Mund im Begriffe ist, sich zu öffnen.* (332f.) *Ich falle in Ohnmacht, denkt er, in drei Ohnmachten auf einmal, eine grüne, eine braune und eine violette.* (486) *Er fühlt aufs Neue sein Blut zum Herzen strömen, sodass es hämmert.* (286)
Er freut sich aufs Abendessen, *die gesegnete Nahrungsaufnahme* (276), einsamer und kostbarer Höhepunkt des Tages. *Die Mahlzeiten im Saal mit den sieben Tischen haben den allergrößten Reiz für ihn.* (740) *Er bedauert es, wenn eine davon zu Ende geht, aber sein Trost ist, dass er sehr bald, in zwei oder zweieinhalb Stunden, wieder hier sitzen wird, und wenn er wieder hier sitzt, so ist es, als sei er nie aufgestanden.* (221)
Statt auf ihrem angestammten Stuhl sitzt Schwester Irene *in einem rundlichen kleinen Sessel mit stummelhaften, gleichsam rudimentären Armlehnen* (333). *Sie ist außerordentlich bleich, von durchscheinender, ja phosphoreszierender Blässe* (26). *Ein kelleriger Hauch geht von ihr aus.* (663)
«Sie sind spät, Herr Heidbrink. Man ist bereits bei der Nachspeise angelangt.»
Die Stimme klingt sanft, resigniert und enthält doch ein leises Beben. (633) *Ihre Sprechweise hat etwas zugleich Hastiges und Lahmes.* (668)
«Bitte um Verzeihung, Schwester, Ich eile.»
Er fühlt ihren Blick in seinem Rücken, wobei er ein Reißen in den Gliedern sowie ein Ameisenlaufen den Rücken hinunter verspürt. (230)
Der Tisch, den Fangschreck ihm zuweist, ist riesig und sieht aus, als wären mehrere Tische zusammengeschoben. Bestimmt zwanzig Personen finden daran Platz. Der Hauptgang wurde abgeräumt und Fangschreck serviert den Nachtisch, *Milka-Nut, Chocolat à la crème d'amandes, Mar-*

quis-Napolitains und goldgesprenkelte Katzenzungen. (981) *Die Servietten sind so groß wie kleine Tischtücher.* (32)
Am Kopfende Zeissner. *Seine Hände sind schwärzlich-blau angelaufen, Teile seines Gesichtes ebenfalls* (971), *Augen wie aufgesprungene Schnitte in Hefegebäck* (404). Er plustert sich auf, um die Rede fortzusetzen, die von Heidbrinks Eintreten unterbrochen wurde:
«Wir kommen aus dem Dunkel und gehen ins Dunkel, dazwischen liegen Erlebnisse, aber Anfang und Ende, Geburt und Tod, werden von uns nicht erlebt, sie haben keinen subjektiven Charakter, sie fallen als Vorgänge ganz ins Gebiet des Objektiven, so ist es damit.» (833)
Seine tiefe, gaumige Stimme (187) *hat über Nacht die Klangfarbe eines dumpfen und wie von starken Getränken verbrannten Basses angenommen.* (262)
«Das sind Tatsachen, Gesetze, Un-er-bitt-lich-keiten. (872) *Realismus ist der wahre Nihilismus, weil das Verhältnis jeder beliebigen Größe zum Unendlichen gleich null ist.* (1080) *Welch ein lästerlicher Unsinn, im Grunde, die ‹Entfernung› irgendeines Sternes von der Erde nach Trillionen Kilometern oder auch Lichtjahren zu berechnen und sich einzubilden, mit solchem Zifferngeflunker verschaffe man dem Menschengeist Einblick ins Wesen der Unendlichkeit und Ewigkeit.»* (1080)
Er nimmt einen Schluck Tee, verzieht angewidert sein Gesicht und winkt verstimmt nach Fangschreck.
«Der Tee ist kalt. Eiskalt ist mein Tee, den Sie mir gebracht haben. Wie können Sie es wagen, mir eiskalten Tee zu bringen. Ich will heißen Tee! Siedeheißen Tee will ich, das ist mein Recht vor Gott und den Menschen! Ich will brühheißen.» (1067)
Frau Dähne, Pia, Selma, Sebastian, Knut ziehen ihre Köpfe ein, als befürchteten sie, die nächste Salve könnte ihnen gelten.
«Lao-Tse lehrte, dass Nichtstun förderlicher sei als jedes Ding zwischen Himmel und Erde. Wenn alle Menschen aufgehört haben würden, zu tun, werde vollkommene Ruhe und Glückseligkeit auf Erden herrschen.» (587)
Eine Heidbrink ganz unbekannte Frau applaudiert und lässt laute Bravo-Rufe hören. *Sie ist klein wie ein Kind, mit einem alten, langen Gesicht – eine Zwergin.* (67) *Querfalten auf ihrer engen Stirn und ungeheurere Hautsäcke unter ihren jettschwarzen Augen* (172), *hohe wurmstichige Brust* (234), *pickliges Dekolleté* (510). Ihr Sitznachbar ein Mann, den

Heidbrink ebenfalls noch nie gesehen hat und der sich als Angetrauter der Zwergin eignete. *Ein kleiner, magerer Mann, rasiert und von scharfer, man möchte sagen: ätzender Hässlichkeit* (580), *die Hasenzähne störrisch entblößt* (564). *Das krüppelhafte Wesen legt sein übergroßes, ältliches Gesicht in grinsende Falten* (891), während Zeissner von einer schnellen Folge prustender Nieser durchgerüttelt wird, die er selbst ausgelassen kommentiert:

«Ein Spaß, das Niesen, wenn die Lust dazu gewaltig anschwillt und unwiderstehlich wird und man mit berauschter Miene ein paarmal stürmisch aus- und einatmet, sich wonnig ergibt und über dem gesegneten Ausbruch die ganze Welt vergisst. Und manchmal kommt es zwei- dreimal hintereinander. Das sind kostenfreie Genüsse des Lebens.» (273)

Er gießt einen Schuss Kognak in seine Milch, um sie sich mundgerechter zu machen. (426) Plötzlich ein lauter Knall. Die Tür, es ist wieder die Tür! *Jemand hat sie zufallen lassen und das ist ein Geräusch, das er auf den Tod nicht leiden kann, das er von jeher gehasst hat. Heidbrink verabscheut das Türenwerfen und könnte jeden schlagen, der es sich vor seinen Ohren zuschulden kommen lässt.* (70) Fangschreck stürzt herbei und erkundigt sich endlich nach Heidbrinks Wünschen. Den ganzen Nachmittag hat der darüber gegrübelt, wonach ihm wohl zumute wäre. Jetzt weiß er: Er will Omelett! *Wenig später erscheint die dampfende Speise auf mehreren Platten, kanariengelb und grün gesprenkelt, einen weichlich warmen Duft von Eiern und Butter im Zimmer verbreitend.* (878) Er folgt seiner Gewohnheit, *sich seine Speisen auf dem Teller zu einem Kleingemengsel zusammenzuschneiden* (1066), während er Zeissner lauscht, der seine Ansprache sprunghaft, flatterig und zügellos assoziierend fortführt.

«Ohne das Unterhautzellengewebe, da wären wir alle bloß Morcheln. Mit den Jahren schwindet es ja, und dann gibt es den bekannten und unästhetischen Faltenwurf. Auch an den Fußsohlen ist es fett und kitzlich.» (411)

Sein gutmütig wirkender großer Kehlkopf (563) scheint zu pulsieren, als würde er tatsächlich gekitzelt.

Die Zwergin zeigt *Anzeichen verzerrter Begeisterung* (1044). Ihrem unmäßig lauten Lachen folgt *ein außerordentlich unangenehmes Pfeifen, rau, scharf und doch hohl, gedehnt und gegen das Ende im Tone abfallend* (78). Zeissner, angewidert von diesem unsinnigen Ausbruch, erteilt ihr einen scharfen Verweis.

«Hüten Sie sich vor der hier gedeihenden Ironie! Hüten Sie sich überhaupt vor dieser geistigen Haltung. Sie wird zur Liederlichkeit, zum Hindernis der Zivilisation, zu unsauberen Liebelei mit dem Stillstand, dem Ungeist, dem Laster. (347). *Es ist ja gerade, als ob man dabei in den Menschen hineinsähe, wie es da aussieht, – alles ein Matsch und Schlamm.* (21)»
Die Zwergin *verstummt und sinkt in Gramm.* (367) Zeissner, in dem es immer noch kocht und brodelt, nimmt den Speiseplan zur Hand, glättet ihn sorgfältig und legt ihn vor sich auf den Tisch.
«Nur ein wenig entknittert, und schon ist er wieder wie neu. *Die unbesonnene Vergeudung und Vernichtung von Zeitungspapier bedeutet Hochverrat an unserem Walde.* (985)»
Er erntet anerkennendes Murmeln. Ein Mann, *klein und fett, von Leberflecken verunziert* (77), *räuspert sich aus rostiger Brust* (274). Er bietet einen wahrhaft abstoßenden Anblick: *Der Körper, matt weißlich, ausduftend, dampfend, klebrig, die Haut in aller Unreinigkeit und Makelhaftigkeit, mit Flecken, Papillen, Gilbungen, Rissen und körnig-schuppigen Gegenden* (433 f.), *walzenförmige Handgelenke* (46), *die Hände mit gewölbten, spitz zulaufenden Nägeln* (32).
Ein Hustenanfall treibt ihm dünnen, rosafarbenen Schaum auf die Lippen. (484) *Der Husten ein schauerlich kraftloses Wühlen im Brei organischer Auflösung.* (21) *Ganz unnötigerweise rollt er die Schultern und schlägt sich dabei mit der Faust vor die Brust – alles, um seine Unbefangenheit zu bekunden.* (230) Ein abscheuliches Benehmen. Er hechelt wie ein alter Cocker, *seine Atmung geschieht nur vermittelst eines ganz unzulänglichen Restbestandes von tauglichem Lungengewebe* (472). Die Gesellschaft wartet darauf, dass Zeissner ihn sich gehörig vorknüpft, doch er ignoriert den Leberfleckigen und *scheinbar mühelos findet der den Übergang von schwerem Koller zu einem gemäßigten Zustande* (877).
Selma starrt auf die fürstlichen Reste der Nachspeise. *Obgleich seit Abschluss des übergewaltigen Diners erst eine Stunde vergangen ist* (783), vermag sie ihren krankhaften Appetit kaum zu zügeln. Und überhaupt *herrscht Löwenappetit im Gewölbe, ein Heißhunger, dem zuzusehen wohl ein Vergnügen wäre, wenn er nicht gleichzeitig auf irgendeine Weise unheimlich, ja abscheulich wirkte* (120). *Ein Stück Baumkuchen, dessen schmale, gebogene Scheiben von Schokoladenadern durchzogen sind* (615), verschwindet in ihrem kleinen, gierigen Mund, gefolgt von einem

überaus leckeren Schokolade-Soufflé mit Schlagrahm (783). *Ihr rotes, ungebildetes Gesicht ist im Genusse verzerrt.* (495)
Fangschreck, unschlüssig, mürbe von andauerndem Genickzittern, *steht im Speisedunst zwischen den Tischen herum* (346). Unversehens huscht Schwester Lea in den Saal, flüstert Frau Dähne etwas ins Ohr und tänzelt weiter zu Heidbrink. *Wie reizend sie geht, denkt Heidbrink, ganz wie ein Kätzchen zur Milchschüssel schleicht.* (215) *Geblendet von vernunftloser Freude* (370), *öffnet sich sein ganzes Herz weit, ja schmerzlich weit* (764). Doch sie legt nur das Tablettenröhrchen, das er im Schwesternzimmer vergessen hat, vor ihm auf den Tisch. Zeissner, inzwischen mit neuen Kräften ausgestattet, setzt seine Rede fort:
«Ich bin über anderthalb Jahre hier. Ich kann nicht länger warten. Der Professor hat ursprünglich gesagt: ein Vierteljahr. Dann ist mein Aufenthalt immer wieder viertel- und halbjahrsweise verlängert worden, und ich bin immer noch nicht gesund. (650) *Es kommt auf restlose Heilung an, die Restlosigkeit sei das Entscheidende, und ein halbes Jahr hat der Professor mir neulich noch aufgebrummt.»* (669)
Erst jetzt bemerkt Heidbrink Eddy, der am Nachbartisch in ganz verquerer Haltung halb liegt, halb sitzt, halb kauert. Es ist *ein grüngedeckter Rundtisch, auf dem zum Schmuck oder zur Erquickung und jedenfalls nüchternerweise eine Wasserflasche mit über den Hals gestülptem Glase steht.* (631) Eddy hat die *Decken, eine nach der anderen, zuerst von links der Länge nach bis unter die Achsel über sich geschlagen, hierauf von unten über die Füße und dann von rechts, sodass er endlich ein vollkommen ebenmäßiges und glattes Paket bildet, aus dem nur Kopf, Schultern und Arme hervorsehen* (139), als wäre er *zur horizontalen Daseinsform endgültig eingekehrt* (502), *schon zur Mumie gerundet und geglättet* (676). *Man hört ihn mit den Zähnen knirschen, ein furchtbar unangenehmes, wildes und abenteuerliches Geräusch.* (1087) *Eben lässt eine Fliege sich auf die unbewegliche Stirne nieder und beginnt, ihren Rüssel auf und ab zu bewegen.* (43) Heidbrink überkommt *jenes epidermale Gruseln, das man volkstümlich als «Gänsehaut» bezeichnet* (1053).
Überhaupt scheint es, *als wären alle Leute in ihrem Inneren von einem schwer aufzuhaltenden Zerfall ergriffen* (176). *Demoralisation, Lethargie, Stumpfsinn haben um sich gegriffen.* (885) *Was liegt in der Luft? – Zanksucht. Kriselnde Gereiztheit. Namenlose Ungeduld. Eine allgemeine Neigung zu giftigem Wortwechsel, zum Wutausbruch, ja zum*

Handgemenge. (1056) *Mangel an Ordnung und gesitteter Energie.* (358) *Der Geist der Verwesung, der Wollust und der Schande.* (394) *Humanitäre Schlaffheit.* (1078) *Ein elendes Gefühl überkommt ihn. Dazwischen aber berührt ihn plötzlich ein ganz absonderlich ausschweifendes Gefühl der Freude und Hoffnung, und als er es empfunden hat, sitzt er nur noch da, um zu warten, ob es nicht vielleicht wiederkäme.* (140)
Die Zeitformen, denkt er, verschwimmen dir, rinnen ineinander, und was sich als wahre Form des Seins dir enthüllt, ist eine ausdehnungslose Gegenwart. (290) *Was ist ein Tag, gerechnet etwa von dem Augenblick an, wo man sich zum Mittagessen setzt, bis zum Wiedereintritt dieses Augenblicks in vierundzwanzig Stunden? Nichts.* (451) *Der Tag ist zu Ende, man ist sicher, dass heute nichts mehr geschehen, keine Erschütterungen sich mehr ereignen, keine Zumutung an die Herzmuskulatur mehr gestellt werden. Zugleich aber ist man sicher, dass morgen dies alles mit aller Wahrscheinlichkeit wieder der Fall sein und von vorn beginnen werde.* (261)
Dann lauscht er wieder Zeissners Monologen, der seine, Heidbrinks Gedanken, fortzuspinnen scheint:
«*Über das Wesen der Langeweile sind vielfach irrige Vorstellungen verbreitet. Man glaubt im ganzen dass Interessantheit und Neuheit des Gehaltes die Zeit ‹vertreibe›, das heißt: verkürze, während Monotonie und Leere ihren Gang beschwere und hemme. Das ist nicht unbedingt zutreffend. Leere und Monotonie mögen zwar den Augenblick und die Stunde dehnen, aber die großen und größten Zeitmassen verkürzen und verflüchtigen sie sogar bis zur Nichtigkeit.* (164) *Was ist die Zeit? Ein Geheimnis, – wesenlos und allmächtig.* (538)»

Als Heidbrink darüber nachdenkend einen Blick durch das Fenster auf den Schlosspark wirft, sieht er den Professor in ganz eigentümlicher Art sich nähern. *Er hat die Gewohnheit, bei jedem seiner kurzen Schritte den ganzen schweren Körper und sogar den Kopf etwas seitwärts fallen zu lassen. Er wirkt im Freien nicht ganz so großartig wie in geschlossenem Raum. Der weiche Filzhut verkleinert seine Züge, lässt sie gleichsam zusammenschrumpfen und setzt selbst seine gerötete Nase in ihrer Majestät herab.* (906)
Nur Augenblicke später steht der Klinikchef vor ihnen, schwankend, in den Händen eine Flasche Champagner. *Durch die offene Balkontür ist*

er eingetreten, sodass sich die Vorstellung aufdrängt, als sei er durch die Lüfte gekommen. (300 f.) *Er lässt den pilzförmigen Korken mit dem Knall einer Kinderpistole dem geschmückten Hals entschlüpfen und zur Decke fahren.* (888) *Doch wirkt auch seine Betrunkenheit nicht gering und beschämend, nicht als Entwürdigungszustand, sondern verbindet sich mit seiner Natur zu einer großartigen und ehrfurchtgebietenden Erscheinung.* (880) *Er dämmt mit der Hand die Unterhaltung zurück, schafft Stille, wie der Dirigent, der das Durcheinander der stimmenden Instrumente zum Schweigen bringt.* (857) Der Professor hat *etwas Triumphierend-Unerbittliches in seinem Munde* (690), *den Unterkiefer schief gestellt* (718). *Die Bläue in seinem Gesicht hat sich ins Veilchenfarbene vertieft* (652), *er blickt mit hochgezogenen Brauen, sodass die rechtwinklig von seiner Stirn zu den äußeren Augenwinkeln laufenden Falten sich maskenhaft vertiefen.* (856)

Professor von Rodenberg, *die oberste Autorität in der Welt* (290). Es herrscht eine kaum noch aushaltbare Spannung.

Krankheit, beginnt er, vom Wesen der Krankheit wolle er sprechen. *Krankheit bedeute eine Überbetonung des Körperlichen, die den Menschen gleichsam ganz und gar auf seinen Körper zurückwerfe. Krankheit sei also unmenschlich.* (722 f.)

In seiner Stimme *ein gereiztes Beben* (569), *sein Mund bildet die Worte scharf und genau, ja plastisch.* (943)

Nur der Leidende, so der Professor, vermag des Leidenden Führer und Heiland zu sein. Kann befreien, wer selbst unterworfen ist? Der kranke Arzt bleibt ein Paradoxon. (210) *Krankheit macht den Menschen viel körperlicher, sie macht ihn gänzlich zum Körper.* (282)

Die Welt und das Leben ist danach angetan, dass man sich allgemein schwarz tragen sollte und ernst, gedämpft und förmlich miteinander verkehren im Gedanken an den Tod. (462)

Er lässt am Schlusse die Stimme sinken, als sei das der erste Satz einer längeren Erzählung. (944)

Die Zwergin schaut *mit großen Opferaugen* (306), mit *großen, vorquellenden und blutunterlaufenen blauen Augen, in denen Tränen schwimmen* (71). *Tränen, die leicht fließenden, salzlosen Tränen der Ungebildeten* (659). *Ihre Augen haben «sich festgesehen», sind in eine fixe und blinde Einstellung geraten.* (136)

Der Leberbefleckte wird vom nächsten Hustenanfall geschüttelt. Dann niest er, aber so, *als ob er mit der Lunge nieste, hoch, kurz, einmalig, unheimlich* (1068). Der Professor, ungehalten, erzürnt über die Entgleisung, knüpft sich das Männlein vor:

«Darf ich mir die Erkundigung erlauben, ob Sie mit Ihren Schlüpfrigkeiten bald zu Rande kommen gedenken?» (1086)

Das Männlein sackt in sich zusammen wie *ein Schüler, der eine verweisartige Belehrung entgegennimmt* (383).

«Krank und dumm – es mutet ganz eigentümlich an, wenn einer dumm ist und dann auch noch krank, wenn das so zusammenkommt, das ist wohl das Trübseligste auf der Welt.» (152)

Während er spricht, geht er über seine eigenen Worte hinweg, indem er unruhig, in rollender, schleifenförmiger Bewegung, den Kopf mit suchend erhobener Nase hin und her wendet, wie Raubtiere im Käfig tun. (263)

«Beleidigungen müssen mit Absicht geschehen, sonst sind sie keine.» (912)

Grenzenloses Gelächter schließt ihm die Augen und presst Tränen zwischen den Lidern hervor. (87) Hilflos setzt der Leberfleckige zu einer Replik an, bringt aber nur unverständliche Lautmalereien hervor.

«Wie bitte? *Man ist gebeten, weniger lückenhaft zu sprechen, wenn man verstanden zu werden wünscht.* (927)»

Dem Fleckigen bleibt endgültig die Luft weg.

«Das ist ja ein rechter Windbeutel.» (97)

Hat der Professor ihn sich vorgeknöpft, weil er am Leberfleckigen, einem nur Leichtkranken, ein Exempel statuieren will? *Leichtkranke gelten nicht viel, man spricht mit Geringschätzung von ihnen.* (321) *Genesene Leute, abgefiebert und entgiftet* (368), die das Sanatorium längst verlassen haben müssten, um Platz zu machen für ernsthaftere Fälle. Aber stets suchen sie ihren Aufenthalt zu verlängern, ihre Abreise unsinnig hinauszuzögern.

In der Linken hält der Professor *eine mattgraue Zigarre, die sich noch im ersten Stadium der Konsumtion befindet* (396). Schon zum Gehen gewandt, *mit baritonaler Milde* (301):

«Entsatz nähert sich. (394) *Voraneilen heißt: Zeit und Gegenwart nicht als Geschenk, sondern nur als Hindernis empfinden. Der Nichts-als-Wartende gleicht einem Fresser, dessen Verdauungsapparat die Speisen, ohne ihre Nähr- und Nutzwerte zu verarbeiten, massenhaft durchtreibt.»* (377)

Er nickt leise dazu, nicht nur mit dem Kopf, sondern mit dem ganzen Oberkörper. (777)

«Ganz große Pupillen müssen wir erst kriegen, wie die Katzen, um zu sehen, was wir sehen wollen.» (340)

Und weg ist er. Nach seinem abrupten Fortgang *beginnt die Gesellschaft sich aufzulösen, zu zirkulieren* (510). Als Heidbrink auf seinem Nachtspaziergang den Raucherpavillon passiert, *sieht er zwei graue Weiber, halbnackt, zottelhaarig, mit hängenden Hexenbrüsten und fingerlangen Zitzen, die dort drinnen zwischen flackernden Feuerpfannen aufs Grässlichste hantieren. Über einem Becken zerreißen sie ein kleines Kind, zerreißen sie es in wilder Stille mit den Händen und verschlingen die Stücke, dass die spröden Knöchlein ihnen im Maul knacken* (768). In ein grauenhaftes Narrenspital bin ich hier geraten, denkt er. *Dantische Szenen, groteske Bilder des Grauens und der Qual: die nackten Irren im Dauerbade hockend, in allen Posen der Seelenangst und des Entsetzensstupors, einige in lautem Jammer schreiend, andere mit erhobenen Armen und klaffenden Mündern ein Gelächter ausstoßend, worin alle Ingredienzien der Hölle sich gemischt haben* (705); *einer an seinen Nachbarn im Kreise die Frage richtend: «Did you ever see the devil with a night-cap on», worauf der Gefragte aber zur Antwort gibt: «No! I never saw the devil with a night-cap on.»* (986)